冬

李润 著

敦煌文艺出版社

图书在版编目（CIP）数据

冬 / 李润著. -- 兰州 : 敦煌文艺出版社, 2024.4
ISBN 978-7-5468-2524-3

Ⅰ.①冬… Ⅱ.①李… Ⅲ.①长篇小说－中国－当代
Ⅳ.①I247.5

中国国家版本馆CIP数据核字（2024）第073063号

冬

李润 著

责任编辑：杜鹏鹏
封面设计：曹 倩

敦煌文艺出版社出版、发行

地址：（730030）兰州市城关区读者大道568号

邮箱：dunhuangwenyi1958@126.com

0931-2131397（编辑部）

0931-2131387（发行部）

天津鑫恒彩印刷有限公司印刷

开本 787毫米×1092毫米 1/32 印张 9.25 插页 1 字数 230千

2024年4月第1版 2024年4月第1印刷

印数 1～2 000册

ISBN 978-7-5468-2524-3

定价: 58.00元

生命的奇迹在于总能穿越层层迷雾找到一束光明

而这束光明不来源于外界，它来源于自己

你永远要感谢给你逆境的众生

Contents

目 录

♡ 001 ♡　　　引子

♡ 001 ♡　　　Chapter 一

♡ 015 ♡　　　Chapter 二

♡ 031 ♡　　　Chapter 三

♡ 051 ♡　　　Chapter 四

♡ 067 ♡　　　Chapter 五

♡ 087 ♡　　　Chapter 六

♡ 109 ♡　　　Chapter 七

♡ 133 ♡　　　Chapter 八

♡ 151 ♡　　　Chapter 九

♡ 167 ♡　　　Chapter 十

♡ 181 ♡　　　Chapter 十一

♡ 199 ♡　　　Chapter 十二

♡ 217 ♡   Chapter 十三

♡ 235 ♡   Chapter 十四

♡ 251 ♡   Chapter 十五

♡ 265 ♡   Chapter 十六

♡ 283 ♡   后记

引子

　　李离永远无法洞知自己潜意识的东西，她惊讶地发现自己麻木地受控于内心那个疯魔的自己。她一次次做出的决定，一次次说出的话，连自己都像一个观众惊讶得目瞪口呆。她莫名其妙地扮演着各式各样的女人，她身边的，她听说过的，甚至她虚构出来的或离奇或平凡的女人，她们在她身上复活，她将她们重新演绎，统统变成一个荡妇。潜意识，她恨这样的女人，但又羡慕这些女人，她不断地深入了解她们，她想找到一种平衡，属于自己的平衡。她和一个叫蓝的男人上床后，那男人问她是做什么的？李离风尘地吸了口烟，用一副老练世故又带着挑逗不屑的眼神望向男人："你猜呢？"

　　男人不置可否。

　　李离幽幽地说："其实我是一个博士，我老公也是个博士。他把他所有的时间和精力都花费在了他的学业上，在半夜两点钟的时候，他还趴在写字台上做研究。我一度怀疑他是性冷淡，因为我们从结婚后，他几乎没有主动碰过我。他对性唯一感兴趣的点是他实验室的耗子，噢，就是他们做实验养的小白鼠，他耐心地观察它们交配繁殖，当他看到公鼠骑在母鼠身上眼里放出的光比他看到任何女人放出的光都灿烂。"

　　果然，男人的眼神透露出无比的好奇以及深深的同情。

李离也被自己的故事感动了，她恍然觉得自己家里有这么一个穿着白大褂，戴着深度眼镜，头发上散发着浓浓油垢味的男人，而自己抚摸着柔滑的身体得不到承认和赞美产生深深的怨恨和叛逆。

　　她平衡了。

　　好像是叶一鸣从遥远的城市打来第一通电话开始，还是从赵旭林穿着一身阳光第一次敲开她家门开始，或者是从仇振东披着一身雪花站在她的身后开始，李离爱上了一种永远无法实现的爱情幻梦。这幻梦虚不可触，高不可攀，像海市蜃楼一样出现在一个咫尺天涯的位置，它注定不可能存活在现实世界中。李离心里清楚，幻梦一样的爱情她永远不可能得到，任何一个现实的爱情在她触摸到的时刻就会崩塌，赤裸裸地展现出一个生硬的缺角让她无法直视。她身上千疮百孔，没有任何人能够填满，她像一个饥饿的孩子盲目地寻找，从不同的男人身上寻找一点安全感来填补某一块的空隙，然而终归于事无补，她空虚得像飘浮在空气中的尘土，无处落脚，随风飘散。

Chapter 一

李离的初夜是遗憾的，虽然她当时并没有太强烈的后悔，就像一场绝症在发作之前只是长出了几颗小红疹，李离并没有想到它未来滋生，蔓延，形成她挥之不去的一块心病。

李离其实不叫李离，她本名叫李丽萍，典型的乡村女孩名字。

她生在西北一个小村子，父亲是煤矿的拉煤司机，母亲，一个务农妇女。当年杨丽萍的孔雀舞在春晚的舞台上惊艳全国后，父母就给刚出生的她顺势起了一个"李丽萍"的名字。

高中的时候，她一度给自己改名——李丽，至少，简约、大方。

大学的时候，她给自己改名——李立，她希望自己从此能脱离那个捆绑着她的家庭，独立自在。

大学毕业后，她给自己改名——李离。她来到了北京，彻底地逃离，只是她更加觉得迷茫，孤单，她不知道自己要去哪里。

她这种分裂的癖好，追溯起来，还得从她的初夜开始。

她和他在网络兴起的时代，在一个寂寞的网络聊天室，脸红心跳地认识了。他们连续聊了好几天，李离每天下班的第一件事就是打开电脑，听着电话拨号的嗞嗞声，等待着那个看不见摸不着的男朋友上线。他给她带来很多的幻想和快乐。她觉得对方一定是个又帅又温柔的男人。网聊了一段时间，她终于留下了自己的号码，当晚就听到一个磁性的男中音在她心跳加速接起电话时响起。

他的声音十足好听。

"宝贝！是你吗？"这是她第一次被人叫宝贝。

"宝贝，我好想你。"这是她第一次有谈恋爱的感觉。

"宝贝，我爱你。"这是她第一次听到男人对她说这三个字。

那段时间，她完全沉迷在这种迷幻的网恋中。她想着几千公里之外的那个他，住在美丽的海滨城市，有着和蔼的父母，开着一个玩具公司，白天西装革履地同人谈判，晚上温柔地对她说着情话。她相信他说的一切，就像她完全真实地诉说自己的一切一样。她说自己在偌大的城市很寂寞，一个人吃晚饭，一个人睡觉。对方就会说，宝贝，我好想能陪你吃晚饭，搂着你睡觉。那时李离感动得热泪盈眶，在她心中，她已经认定对方是自己的男人。

她完全无法自拔。这场美丽的梦一直持续了三个月，她无时无刻不在想着他，想着那个她幻想出来的完美男人。二〇〇〇年初的网络环境才刚刚起步，他们没有见过彼此，开始他们并没有设想过会在现实生活中发生什么，所以并不知道对方的样子，正是这种神秘的感觉，让李离自我构建出一个爱人的模样。她没见过他，但她铁了心地认为，对方一定不会让她失望。他们把爱情托到一个无法攀越的高度，从来没想过有一天现实会把他们摔得粉身碎骨。最后一个月，她的电话账单居然超过了她的工资，她吓坏了，但她心中却隐隐有种骄傲，她觉得值！她觉得这才是爱情！超越一切，不顾一切的爱情。

那时的李离，该多么相信爱情。

网聊了三个月后，他终于无法忍受这种日思夜想的思念之苦，于是热情同时激动地说，十月，国庆长假，他将来北京看她，同时，他还说给她带了礼物，一个自制的玩具模型。李离知道，这个玩具模型就是他公司明年上线的新产品，自己第一手拿到，并且是对方亲手做的，如果她将这个模型转卖给别的玩具公司将是一笔横财，由此可见，对方对她是多么信任和重视，她又感动了。

诚然，她知道，这个男人来了，必定会和她发生点什么，她准备好了。

他到达她的城市是下午四点十分，李离记得很清楚。她整整等了一白天，不停地短信来，短信去，直到对方温柔地回复，飞机就要起飞了，我关机了啊。她的心在那一刻仿佛随着那架看不到的飞机飞到了空中。

"我到了，宝贝。"

说实话，李离在四个小时后收到这条短信，心中还是非常紧张。仿佛对方也和她一样忐忑，一直没有打电话，而是选择发短信。李离激动了半天，然后敲下："你打车到国贸东路那个广安宾馆吧，我已帮你定好了房。"

对方回："好的，一会见。"

李离又在镜子前端详了自己半天，镜子中脸红红的她，特意化了一个妆。要知道，那时二十二岁的她平时几乎不化妆，为了等待这个时刻，她折腾了整整一天。衣服是从为数不多的几件中精挑细选出来的，她本身出身贫寒，收入微薄，她对自己十足没有自信，她在商场里逛了一天，几乎花了一个月的工资，才勉强买到一身像样的衣服。

当一个拉着行李箱，穿着一件棕黄色风衣的男人从酒店的旋转门进来时，李离直觉就是他了。果然，他环顾了一下四周，从包里掏出手机，开始拨号。李离看着那个熟悉的名字在自己的手机屏幕上闪起，羞涩地站起来走过去。

那个人冲她笑了笑："是你吗？"

他比她想象中矮，黑，瘦。大概一米七刚出头，黑黑的，五官很普通，头发硬挺挺的，眉毛也很浓，南方人特有的双眼皮，可能是血压的原因，眼周发黑，嘴唇也是黑红色。准确地说，李离没敢仔细看他，很快低下头，尽量大方，自然地说："路上挺堵吧。"

他温柔地笑了，然后去前台处准备办理入住。李离顺势接过他的手提箱，在两手触碰那一刹，他特意握了握她的手，然后特有深意地笑了。李离的脸就红了。

他在办理入住的时候，掏出身份证，李离看到，叶一鸣。他们办理完入住，乘电梯上了所在的楼层，找到房间，把行李规整了一下，叶一鸣简单在卫生间洗了洗脸，换了件舒服的外套，便说一起出去吃点饭。

李离紧张极了，一时说不出是失望还是兴奋，总之，她像一个被推上了舞台的演员，无论如何，要把这场戏演完。还好叶一鸣比较自然，也看得出来，他很喜欢她，总是盯着她笑，搞得她面红耳赤。聊天的时候，叶一鸣说得多，讲着他的公司，他的家庭，以及他前女友的一些事。

这些事李离大多都听过，可是在电话里听和面对面听却完全不一样，电话里，她掺杂着自己的想象，想象着那些事情那么美丽，动人。而现在，眼前这个普通的男人面对面讲述这些的时候，她觉得那些美丽的想象瞬间掉在了地上，那么平凡，琐碎。

吃完饭，叶一鸣带着李离一路往酒店走去，一进门，叶一鸣就把她推在墙上，一个吻上来了。当那双炽热的嘴唇贴到她的嘴唇，她整个人都晕眩了。时间在那一瞬间静止了，房间那明晃晃的灯光也好像熄灭了。李离的所有触觉、嗅觉、视觉、听觉、味觉全部集中到了这一个吻上。这是她的初吻，就这样，毫无准备开始了。叶一鸣搂紧她的腰，整个人倾压下来把她摁在床上，仿佛要把她整个人吞进身体里。

李离被动地回应，毫无抵抗之力，任凭那条奔腾的长江在她的身体里充斥到每一个角落。半晌，叶一鸣才停下来，李离仿佛从晕厥中醒过来，迷迷糊糊睁开眼，在刺眼的逆光下，她看到叶一鸣正深情地、微笑地看着她。

"宝贝，想我吗？"三个月来电话里那个人仿佛回来了。

"想。"李离笨拙地、下意识地回了句。

第二个吻又一次突如其来地袭来，比第一次更加漫长，更加深厚，更加缠绵，就像日月在荒漠中会面，清冷与炽热两种错觉在空阔的、无限的天地间纠缠，融合，相交，碰撞。自然而然，李离今晚肯定要住在这了。

李离看到正对着床的镜子里头发凌乱，满脸潮红的自己，心里七上八下像一台就要爆炸的锅炉。今晚，她要失身了，她好害怕。然而，箭在弦上，她毫无退路。李离起身拢了拢头发，将酒店的顶灯关掉，把台灯拧开，调到一个尽量昏暗的光度，又把窗帘拉上。

她心情乱极了。

十分钟后，叶一鸣从卫生间钻出来，穿着一件白色的浴袍，头发湿漉漉，可能是光线的原因，加上刚洗完澡，整个人皮肤好多了，浓郁的眉毛显得男人味了很多。他一把搂住李离，顺势又压上来，李离像只被捆绑的羔羊，没有任何挣扎的余地，瞬间天翻地覆，一股黑色的云朵压了下来。

在整个过程中，李离闭上眼睛，完全失去自控力。叶一鸣开始把嘴唇转移到她的耳朵上，然后穿过她的脖颈，一直往下滑下去。炽热的喘息烧在她的耳边，粗糙的胡子茬磨着她的皮肤，隐隐有种痛感。李离清晰地闻到叶一鸣嘴里散发出来的味道，一种苦涩的胃液混合着烟垢的味道，就像小时候奇叔嘴里味道一样，仿佛事隔十几年，封存在记忆里的魔鬼一下出来了。那间幽暗的满是烟垢的土房子，中间一根歪歪扭扭的黑色电线吊着一盏昏黄的灯，如同现在一样，她视线往下看去，一颗黑色的肮脏的脑袋正在她的身上贪婪地工作着，像一只饿极了的狗。她的身体冰凉下来，那种熟悉的气味笼罩了她的全身，她止不住全身战栗起来。

不要怕，亲爱的。李离使劲安慰着自己，过去了，都过去了，他是叶一鸣，他是每个晚上在你耳边说着情话的叶一鸣，他是你这一辈子第一次爱的男人，也是你最爱的男人，你要感到幸福，感到激动。

叶一鸣丝毫没感觉到李离的失落，义无反顾地将吻蔓延到她的全身。很快，李离就被莫名其妙地剥光，她看着镜子中的自己，害怕极了。

窗外的路灯映射在淡黄色的窗帘上，有些斑驳的影子落在上面，外面一辆一辆驶过的汽车发出沉闷的呼啸声。李离看着灯光下恬不知耻的自己以及眼前这个黑瘦的男人，突然有股清醒。她好后悔，自己将要这么随意地，在这么一个简易的宾馆里，和这么一个普通的男人失去自己的初夜。

"怎么了，疼？"

李离咬着牙，点了点头。她已经痛到无法言语，完全没办法动弹一下。因为疼痛，身体条件反射地抽搐在一起，像被点中了穴位，麻木，冰冷。

"你是处女？"

李离没哼声，闭着眼，咬着嘴唇静等着疼痛能尽快散去。

"怎么不早说啊？"

李离完全没有办法考虑任何问题，攥紧的双手里全是冷汗。她慢慢睁开眼，看着眼前这个黑瘦的男人，左胸处有一块碗口大的疤痕，像是烧伤或者是某一种疹子溃烂愈合后留下的痕迹，疙疙瘩瘩像一块发酵面团。他很黑，但绝不是杂志上模特那种古铜色，而是一种天然的、原始的、不匀称的暗黑色，那块疤痕配在他瘦骨嶙峋的身体上显得更加肮脏。李离把眼睛望向窗外，外面还是灯光辉煌，车水马龙，就这么一个平凡的夜晚，李离把自己变成了一个女人。

事毕，叶一鸣像一条瘫软的蛇趴在李离身上，气若游丝地哼道："宝贝，我爱你。"这是李离这三个月来，无数次"我爱你"中最没有感觉的一次。她觉得累极了。夜色随着窗外的车子减少显得越来越浓，终于窗外的路灯忽地一下灭了，整个城市静了下来。李离看着身边这个已经熟睡的陌生男人，一时感觉到非常迷茫。她有一种失落的感觉。

她以为可能是失去了自己初夜的那种失落，其实她后来回忆，更多的是失去她那三个月梦幻一样的爱情的失落。当沉迷了许久的梦幻，等待了很久的期盼，终于在今天全部实现，却有种不过如此的感觉。也许，这就是生活，离梦想的距离，就像一滴眼泪从眼眶落到地面，一旦粉碎，再无复原。她永远无法参透自己复杂的内心世界，她像一个被灵魂操纵着的肉体，遵循着自己都无法读懂的内心指引，做着她自己都无法理解的事。

就像十年前她和叶一鸣，她至今不知道自己当时到底爱不爱叶一鸣。

第二天，叶一鸣问她，爱不爱他。李离勉强地点头，她仿佛天生就具备着一种隐忍的潜能，维护着她所谓的表面的莫名其妙的美好。事已至此，她认为这是她的选择，而且是别无选择的选择。

两个人起床后，叶一鸣带着李离到赵公口的玩具批发市场逛逛，叶一鸣边逛边和李离聊着他的生意，其实他的玩具厂就是一个小作坊。叶一鸣的父母曾在江浙一带的玩具加工厂工作，后来自己带一群工人，买了设备，单独开了一个小工厂。开始只是为别的大型玩具厂代加工一些简单的配件，后来随着业务的增多，规模开始扩大，到今年自己注册了一个品牌，准备生产自己的产品。二十二岁的李离，在叶一鸣滔滔不绝的介绍中，听得模模糊糊，同时她也越来越觉得自己三个月来幻想出来的梦越来越真实，从虚幻的泡影中最终呈现在眼前这个连毛孔都粒粒可见的男人脸上。谈不上失望，也谈不上开心。

叶一鸣带着李离逛了大半天，说了一些肤浅的事情后，反倒不知道再说些什么。曾经在电话里滔滔不绝的李离现在完全找不到当初那种感觉，当商场里的一面大镜子赤裸裸地照着李离和叶一鸣的时候，李离怔怔地发了半天呆，他就是和我谈了三个月恋爱的那个男人？

李离的电话响了，正是她的好姐妹林倩。

"怎么样？帅吗？"林倩开门见山就来了这句，是的，李离一直和林倩分享着她这段网恋，并且昨天和叶一鸣见面出发前还告诉了她。

"还行。"李离有点支吾。

"什么还行？赶紧分享！"

当着叶一鸣的面，李离不知道该说什么，便含糊说："我一会见面和你说吧。"

挂掉电话，李离便和叶一鸣说："我公司有点事，我得先去趟公司。"叶一鸣表示很理解，大方地说："行，你忙去吧，咱们晚上联系。"

李离转身出来，走到路口准备坐公交车。叶一鸣送她出来，站在商场门口，冲走远的她挥手笑了笑。这种批发性的商场本来就凌乱，门口杂乱停放的自行车和汽车混杂在一起，商场门口形形色色的广告牌像七红八绿的补丁。此刻秋风萧瑟，卷起门口的尘土和落叶，衬托之下，叶一鸣平凡得像人群中的一粒沙尘。

李离的初夜是遗憾的，虽然她当时并没有太强烈的后悔，就像一场绝症在发作之前只是长出了几颗小红疹，李离并没有想到它未来滋生，蔓延，形成她挥之不去的一块心病。所以当她和林倩分享这段网恋的时候，轻描淡写地掩盖了真实的原貌，只是说两个人吃了一个饭，然后找了一个咖啡厅聊了两个小时，当然了，除了核心的内容，李离尽可能详细地还原了事情的经过。林倩对此深信不疑，因为李离说得诚挚动人，她甚至夸张地数落着对方和她想象的不一样，又黑又瘦还不帅，也没有想象中成熟儒雅的气质。林倩从李离描述中听不出任何破绽，当然了，她主观地相信，这么单纯的李离是不会和她撒谎的。

只是李离在间隙去卫生间的时候，她怔怔地在卫生间呆滞了好久，亮晃晃的白炽灯照着面色有些惨白的她，有种梦想碎裂的感觉。她坚强且乐观，如同往常一样又和林倩聊起其他事情，仿佛这段故事，只是她生活中一剂小小的调味品，或者人生故事中可有可无的一段小插曲。没错，这个人，以及这段事，在李离心中从那天起就开始深深地藏起。

林倩比李离大五岁，甘肃人，白皙漂亮，一双大眼睛水汪汪黑白分明，天生的葡萄色自然卷长发配上浓郁得像画笔画上去的眉目，谁都不敢否认她是一个彻彻底底的大美女。也许是因为血统的原因，还不到三十岁的林倩，身子慢慢开始发福，原本高挑丰满的她，现在明显有些太过丰满，尤其胯部大腿一直是林倩的心病，李离开玩笑说她走起来就像甩着两袋五十斤的面粉，少不得被林倩一通掐。正是因为林倩逐渐衰退的美丽，导致林倩十足的危机感。她越来越意识到在自己青春的尾巴要找到一个好的归宿，然而和林倩一直相爱了七年的老默，却自始至终不肯同她结婚，这成了林倩最大的心病。

李离本不是一个话多之人，可是对于林倩的事，她却十足关心。她一直认为，相爱七年，林倩已年近三十岁，老默也都三十岁开外，不结婚的理由，只能证明老默没打算娶她，就是不爱她。李离不能理解，像林倩现在的条件，虽说有点微胖，但十足是个大美女，为什么偏偏要在老默这棵树上吊死。李离一直没见过老默，但从林倩的口中已经完全听成一个熟人。据林倩所说，老默是林倩的第一个男朋友，从开始的热烈到今天的平淡，两人好了七年。这七年改变了太多，原本把林倩当作掌中宝的老默现在对林倩已经严重缺乏耐心，甚至到了一种残忍的地步，这是李离怎么也无法理解和原谅的。

就像现在，林倩一个人住在这么老的一个出租房里，冷得像冰窖，老默一个星期都不来看一眼，偶尔想起来，过来住上一晚，好几天又不见人。用李离的理论来讲，这哪是男朋友啊？简直就是那什么友。那时的李离是不愿意说出这个字的，当然，她觉得没有更适合的词来形容老默和林倩的关系了，她一直不能理解的是以林倩的姿色找个男朋友多容易，为什么要受这种苦，然而林倩就像吃了秤砣铁了心一样，非老默不嫁。

今天又谈论到这，林倩便伤感地抹了一下李离额前的刘海，轻声说："你太小了，很多事，你不懂。"李离确实很多事都不懂。当她从林倩的家里出来，已是暮色黄昏，李离住的房子离林倩家非常近，当初还是林倩帮她租的，一个月二百多块钱房租的小平房。房东是老两口，地道老北京土著，自己住在正房，把旁侧的偏房分出来租给像李离这样的没太多经济能力的北漂一族。小平房没有电话，所以当时为了省话费，李离经常用巷口的公用 IC 插卡电话。那个亮蓝色的，不到一平方米的玻璃钢电话亭，在过去的三个月中是她梦想生长的地方，也像纳尼亚传奇里那个魔法衣橱，钻进去便是梦幻一样的天地。她插上卡，在那个金属键上拨下叶一鸣的电话，听到忙音响起两次后，挂断，然后不出一分钟，叶一鸣就会打过来。如今再路过这个熟悉的电话亭，就着惨淡的暮色，清冷的风刮起满地的萧瑟，电话亭外围那块弧形钢化玻璃映射出李离的影子像纸片一样单薄。她怔怔地在电话亭外站了好久，她怀念这三个月来的时光。虽然叶一鸣现在就在这个城市，但她恍惚觉得他还在那个遥远的城市，还在等着她的电话，等着给她打过来。诚然，在她心中，见过面的这个叶一鸣并不等同于同她恋爱了三个月的叶一鸣。

那三个月给她的震撼，没错，必须用震撼这个词来形容，是她有生以来从来没有过的。直到多年后的今天，李离也这么认为，她后来再也没有过那么激情投入的爱情。那种近乎完美的、近乎极致的、与世隔绝的、专人独享的梦幻般的爱情，让她活在一个粉红色的童话世界中。她把对爱情的所有幻想都加注在叶一鸣这个人身上，她无时无刻不思念他，享受着那种看不见摸不着，但美丽得像是梦境般的爱情。上瘾，大概就是这个感觉吧。

多少次静静的深夜，李离站在那个电话亭里听着叶一鸣的甜言蜜语，一聊就是几个小时，第二天早上起来发现脚肿得穿不下鞋。多少次叶一鸣温柔又带强迫性地问她，想不想老公，她都会害羞得不肯承认，直到对方不停地要求，她才勉强应一句，想，对方又会追击，想谁？她只好脸红心跳地说想老公。多少次她在上班忙碌的间隙，或者在逛街某一刻的停顿，甚至只是洗脸洗着望向镜子的一刻，她都会想起，远方的那个他此刻在干吗，于是就会发短信给他，告诉他她在做什么，问他在做什么。可能是频率太多，或者真是心有灵犀，经常会发生李离刚刚发给叶一鸣一条短信，叶一鸣同样内容的短信同时发了过来。多少次李离计划着自己搬到叶一鸣那个城市，租一个什么样的房子，布置成什么样子，甚至都默默地想好，北京这边的东西哪一些要带，哪一些留给哪些朋友。所有的这一切，从昨天到今天一个晚上一个白天彻底改变了。

事实上，后来李离又见了几次叶一鸣，但再也没和他上床，连她自己都不明白，自己为什么还要和他见面，是祭奠这段逝去的爱情？还是想再次确认一下这个男人是不是她朝思暮想的爱人？还是李离不想去破坏这段从头到尾都很美好的网恋，就算坚持，也算有始有终？或者李离潜意识中那种维护表相美好的天性不允许她留给叶一鸣一个失望的表情，就算有，也要慢慢地、缓缓地，让时间来拖平这份失望。或者都有吧。

第四天，李离把叶一鸣送到机场。飞机快起飞的时候，叶一鸣发来短信："宝贝，我走了。"只是短短的四天。一句"宝贝，我到了。"一句"宝贝，我走了。"

仿佛一切都不同了，有些东西，再也回不去了。

Chapter 二

　　她半晌才明白过来姐姐那句话的意思。自己不是亲生的？是母亲和别人生的？

　　这绝对不可能，一向视贞洁如生命的母亲怎么会做出这种事？

李离有时很矛盾，她不知道自己到底在追寻什么。她常常自省，自己把那三个月的爱情托到一个太高的高度，导致以后没有男人可以实现她想要的那种爱情？还是她天生极度缺乏安全感，不会相信任何一个真实存在的男人？父亲的凶恶，奇叔的猥琐，老默的懦弱，赵旭林的世故，以及仇振东的绝情都是一步步将她推向这个万劫不复深渊的祸首。她无比孤独，但又处处寻找温暖；她无比清高，但又无比自卑自贱；她无比混乱，但又无比渴望爱情；她是多么复杂的一个女人。

李离永远无法参透自己的内心世界，她像一个被心魔操纵着的躯体，遵循着她自己都无法读懂的内心给予她的指引，做着她自己都无法理解的事。李离的隐忍和伪装好像与生俱来的，这一段故事，就这样沉默地、不带任何声息地过去了。李离还是那个单纯的，可爱的，稍微说点两性话题就脸红的小女孩。

见到老默的第一眼，李离还是吃了一惊。老默同她想象的油嘴滑舌、不务正业、放荡不羁、不负责任的负心汉形象完全不同。相反，老默是一个憨憨的、壮壮的汉子，有着宽厚肩膀以及微微隆起的肚子，穿着一件黑色皮夹克，头发短得像铺在头上的一层黑纱，古铜色的脸庞棱角分明，笑起来一股成熟男人特有的味道，像秋天午后的阳光，坚挺的胡子茬和他的头发相得益彰，显得干练，阳刚。那天李离刚巧和林倩一同下班从公司出来，远远看见这样的一个男人手里拎着一袋东西笑着冲她们走来。那一瞬间，李离确实没办法让自己讨厌起眼前这个人。

林倩的脸马上拉下来，冷声说："你又来干吗？"

老默赔着笑，接过林倩手里的电脑包，有点讨好地说："这不来看你嘛，看，我给你带了螃蟹，阳澄湖的！"

第二天，李离看到明显高兴了很多的林倩，讽刺道："不会一顿螃蟹就把你搞定了吧？结婚的事，他还是不提？"

林倩有点脸红地说："没提！我也懒得催他了。"

李离怒其不争地挖了林倩一眼："你呀！"

第二次见到老默是一个月以后。林倩从楼梯上摔下来，把胳膊摔断了。李离看着病床上的林倩恨恨地说："老默还是人吗？把你扔在这个破房子里不管死活。冬天冷成这样！要不是你自己一个人拎那个电暖气，怎么会摔下来？"

林倩挣扎着笑："那咋办呢？"

那咋办呢？这是林倩的口头禅。林倩将优柔寡断、胆小懦弱的双鱼座特性发挥得淋漓尽致。在工作中，林倩的这种性格让她百折不挠，韧性十足，工作能力积淀得相当厚重，是李离心服口服的老师。而在生活中，林倩这种尤二姐的性格却让李离十足惋叹，这个长了一副美丽容颜的女人就像掉在马路上的一个精致钱包，随时处在一个岌岌可危的境地。她总是那么不懂得保护自己，让人看着都担心。她在老默的这段感情中像一只泡在温水中的青蛙，等着时光将她一点点耗尽。她总是说，想当年她多么苗条漂亮，追她的男人排成队，然而在她最难的时刻，只有老默陪着她。那时她的父亲去世，林倩觉得整个世界都塌了，送走父亲，她独自回到千里之外的北京，是老默在身边默默陪伴着她。那种温暖的关怀和照顾是其他男人给不了的，所以她才死心塌地地跟了他。林倩住院那几天，老默出现过几次。每次出现，都是一副讨好认错的笑容，搞得李离也没办法奚落他。

北京的冬天来得十分突然，仿佛刚刚还是秋意融融，转瞬间已是寒风阵阵，叶枯花谢。刚毕业的李离租住在一个小小的平房里，生活条件非常艰苦。白天工作中，林倩住院休假导致她突然失去了主心骨，很多工作扑面而来，让她无从适应，单位其他组的同事，好点的惺惺作态假意关心她，差劲的就冷嘲热讽等着看她笑话。生活中，薄墙窄地的小平房显得更加艰苦。晚上，一床单薄的被子俨然没有办法抵抗像流水一样涌进来的寒冷。李离只好把一些厚的棉衣拿出来全部盖在上面，经常压得她喘息都有些困难。早上起来，李离看着玻璃窗上结着漂亮的冰花，都没有勇气钻出被窝，更别说要从院子里的水龙头接上冰凉刺骨的水去洗脸刷牙。这个时候的李离，会觉得自己是被遗弃的孤儿，躺在冰冷的街头，等待一双结实的大手抱起她搂在温暖的怀里。每当这个时候，她的心就不免伤感起来，想起过去的三个月里，那泡沫般的温暖仿佛还触手可及。

忙完一天的工作后，李离尽量抽空去林倩家看望林倩。她住院一周后出院回家休息，老默便天天来照顾她的起居饮食。所以，林倩虽然有伤在身，但情绪却比以往好很多，两个人眉眼之间，传情递意，像是一对幸福的小夫妻，谁都看不出他们之间其实有着无法跨越的裂痕，不可碰及。李离看在眼里，不便多言，投入进他们的氛围中，愉快地谈天说地。

李离一直盼着的暖气终于来了，可是并不如李离预想得暖和。房东残破的暖气片滴滴答答地一直漏水。李离找了房东好几次，房东老头老太太年龄大，颤颤巍巍也使不上劲，只能拎来一个大塑料桶，让李离将就着，接满早上再倒掉。于是李离只能每天上班前倒一桶，下班回来倒一桶，晚上睡觉前再倒一桶。她每天晚上都睡不踏实，听着滴答的水声，生怕某处挣扎许久的螺丝钉突然爆裂，淹没整个房间。

这天当她和林倩、老默聊起这事时，老默仗义地说，待会你回去时，我跟你一道去看看。李离离开时，老默果然跟来了，手里拿了一个工具箱。到了李离的房间，老默麻利地把暖气的总闸关掉，很快将那扇笨重的暖气片拆了下来，李离赶紧配合着找了些废报纸垫在地上，以防渗出的水流在地面上。老默的手指粗大，黑黑的，一道道泛着淡青色的血管凝结在整个手背，十个指关节夹着深邃的皱纹像一朵朵泛着青光的金属雕花。这时候这双手上面粘着黑色的铁锈和淤泥，正有力地操纵着眼前这个生硬的钢铁玩意。李离不禁有点痴迷，她知道，有些事情是专属于男人做的，女人永远不具备这种能力。

李离看了一会，便用煤气炉烧了一壶水，一来要给眼前这个英雄沏杯茶，二来，待会英雄装好还要用热水洗洗手。这时的老默专心地蹲在地上，对付着这个破暖气。李离有种错觉，好像有了老默这么一个庞大的雄性生物待在房间，显得整个房间都没那么寒冷了，甚至觉得头顶那盏昏黄的电灯以及床前挂着的碎花布拉帘，竟有种熟悉的温暖，像小时候某个夜晚父亲心情愉悦时，吃过晚饭，蹲在地上修理工具的情景。李离乖乖站在老默的身后，像一只听话的小鸡。老默粗壮的身材蹲在地上像座黝黑的铁塔，厚实的棕褐色条绒裤被绷得近乎撕裂，显示着藏在里面结实的肌肉线条，一阵一阵的男人雄性气息，瞬间让整个房间都温暖起来。

半晌老默把暖气搞定，搓了搓手就要告辞。李离赶紧拦住，指着椅子上刚放好的那盆温水让老默洗洗手，一边赶紧沏茶让他坐坐再走。老默架不住李离的热情，推让了几下，勉强在盆里洗了洗手，死活不肯拿李离递过来的散发着香皂味的毛巾擦手，说怕给她弄脏了，粗鲁地在自己的裤子上擦了两把便要走了。李离没再勉强，万分感谢地把他送出门口。望着很快消失在漆黑夜色中的老默，李离好像有点明白林倩为什么那么爱这个男人。在这个冰冷的城市，像林倩和李离这样的女子，太需要有个依靠，有个让她们暂时取暖的怀抱，但是李离更加不明白这样的一个忠厚男人为什么会那样对待林倩。

暖气虽然修好了，但李离并没有觉得暖和多少。这个四面透风的小房子，根本抵御不了与日俱降的寒冷。房东老头为了省煤钱，几乎只能保持着锅炉不灭，别指望能热火熊熊了。

李离是寂寞的，尤其是在寒冷的冬夜。听着窗外呼啸的寒风，甚至能听出寒风在粉饰着窗户，一点点雕琢成晶莹剔透的冰花。李离在与叶一鸣慢慢降温的同时又在网上聊了一些网友，虽然有不少男人在网上同她温情蜜意，甚至要到她的电话热情洋溢地打来，但这些已经不能再像叶一鸣给李离带来那么多的兴奋和激动。仿佛一盆关掉火的开水，看似水泡四溢其实温度已经开始流失。李离不再整夜开着手机等待它的响起，她会在晚上 11 点准时关机睡觉。早上她也不再期待会有短信问候，常常到公司工作了半天，才想起手机没开。

又是一个冬夜，同往常不一样的是北京迎来了入冬以来的第一场雪。莹白的雪花肆意地飘舞着，漆黑的夜没有星星更没有月亮，在窗外窗灯的折射下，大地像一个冰封了的地窖，任凭一股穿进来的冷风掀起满地的尘屑。细如颗粒的小雪花兴奋地充斥着整个夜空，洒下满地的银白。视野能见的几米处，树木已影影绰绰变成单薄的黑色剪影。李离故意让烧开的热水一直沸腾着，这样弥漫在空气中的热气可以让屋子变得稍微暖和一些，玻璃上很快结起一层厚厚的冰花，仿佛把整个房间从寒冷中隔离出来。李离洗了脸，泡了个热水脚，关掉电灯和煤气，趁还没散去的热意赶紧钻进被窝睡下。

过了很久，迷迷糊糊中，李离感觉有人在敲门。开始她没在意，因为她住在这半年里，除了房东几乎没有人敲过她的门，并且除了林倩，仿佛她的生活中再没有朋友知道她住在这里了。敲门声不大，但沉闷有力，像闷在一个被窝的鼓。李离竖起耳朵仔细辨认了半天，才确认是有人闷在被窝里的鼓声。她吓坏了，问是谁？门外响起一个浑厚低沉的男人声音，是我，老默。

老默进来的时候，带进一股冰冷的空气，瞬间让李离打了一个寒战。老默还是穿着那件黑色的皮夹克，上面洒落着一层薄薄的雪粒，很快便融化成一层水珠，头发上也是，眉毛上也是，此刻那些水珠打湿那层黑色的毛发，像新生出来的胚芽。

"真不好意思，这么晚了。"老默脸红成猪肝色，说话结结巴巴，"林倩把我赶出来了，我没地去，路上一个车都没有。"

"你和她吵架了？"李离虽然披了一件厚厚的大棉衣，还是不停地瑟瑟发抖。

"嗯。"老默低下头，没做过多解释。李离心里清楚，肯定是林倩又触及结婚这颗地雷了。现在这天气，何况是大半夜，老默住在几十公里外的中关村，肯定是回不去了。李离有些尴尬，但也别无他法，只好镇定地让老默先坐。小小的房间里，能坐的仿佛只有李离的床了。

老默局促了半天，指着旁边放脸盆那把小破折叠椅说："算了，我就坐这吧，估计一会就天明了，你早点睡吧，明儿还上班。"

最终李离和老默推让了半天，老默还是同意和衣躺在床的一侧，并且和李离反过来，头冲着她脚的位置，大概是因为，这间破房子配的是一张足够宽阔的双人床。

李离是不可能睡着的，老默也是不可能睡着的。空气都静止了，屋子里安静得李离连呼吸都不敢自如。老默同样，李离感觉到老默已经快要掉下床去了，僵硬地坚持在床的另一侧。但他身上特有的，像图书馆的纸香味，或者秋后麦茬的清香味，又或者是阳光晒透后的棉被味，总之是一股李离似曾相识，又仿佛从未闻过的专属于老默的味道飘飘洒洒地传了过来。

李离是一个完完全全的气味控，她沉迷在各式各样的味道中，尤其是男人的味道。她可能记不住一个男人的名字，长相，或者衣着形体，但他的气味，就像一把钥匙瞬间可以打开她关于这个人的所有记忆。

权宝表舅是李离母亲远房的一个表兄弟，李离印象中权宝表舅很爱来她家。每次来，他都坐在后炕沿上，晃着两条大长腿，招呼李离过来玩，他把刚刚三四岁的李离放在自己的脚上，然后一抬腿就可以轻易地把她抬起来，然后再瞬间放下去，吓得李离惊声尖叫。权宝表舅哈哈大笑把她抱起来，双手托在她的腋下高高地举起，旋转，在李离又兴奋又害怕的叫声中放下来，搂在自己的怀里，在她的小脸上不停地亲。那时的权宝表舅身上就散发着和老默一样的气息。

权宝表舅只有一只手，所以一直没有娶到媳妇。李离总是盯着另一只圆秃秃的胳膊一遍一遍好奇地问权宝表舅，那只手哪去了？权宝表舅便一遍一遍耐心地告诉她，他在造纸厂上班，有一回裁纸的时候，他伸手去整理在裁刀下的纸，而另一个配合他的同事没注意就启动了机器。每次李离听到这，总是觉得毛骨悚然，但看着在阳光逆射下的权宝表舅慈爱乐观的笑容，又觉得那么伟大又充满安全感。这时李离就心疼地抱着权宝表舅的脖子亲亲他，告诉他不疼不疼。

这段记忆一直缠绕着李离，她也好奇为什么这段画面像刻在她脑子里一样，从来不曾刻意去记，也并不觉得它有任何代表性，只是在某个时刻，比如现在，突地，鲜活地冒了出来。

李离睡得朦朦胧胧，她已经分不清是不是睡着，但她还是能感受到身边有一个坚硬如磐石一样的身体躺在另一侧，她恍惚觉得就是她的权宝表舅睡在身边。那股温暖的气息透过厚实的皮夹克越来越清晰地传到她的鼻孔里，笼罩她的全身，让她躺在一层白色的云朵里，没有寒冷，只有阳光。

她躺在权宝表舅的怀里，看着他怜爱的眼神，听着他结实的心跳声，闻着他皮夹克里散发出来的混合着皮质气味的男人味道，她整个身体好像快要融化在这层云雾里，没有重量，没有形状。李离感觉老默，或者权宝表舅搂着她，一种厚重的压迫感仿佛要把她吸入到他的怀里，他粗壮的臂膀揽过她瘦弱的身子，深褐色的肌肤像涂满了油脂一样细滑。她耳后能清晰地感受到他嘴角缠绵的气息，像是一块刚刚出炉的全麦面包，散发着炽热的香气。他坚硬的下巴顶在她的肩膀，茂密的胡茬仿佛新割的麦茬，有种生涩的触感。他的吻是有力的，坚毅的嘴唇压迫住她所有的企图，李离感觉像吃了一块醇香巧克力，任其在口腔中融化，然后渗透到身体每个角落。这场梦就像燥热的喉咙里沁入一股清凉的泉水，像饥渴的舌尖触碰到一块芳香的蛋糕，像冰冷的嘴唇接触到一杯温暖的奶茶，是李离生平从未品尝过的美好。

一整夜，李离就在这种似真似幻的梦境中度过的。当她早上睁开眼，发现身边已经没有了人。她沉淀了一下自己激动的情绪，转身望向那一片苍凉的床沿，是的，已经没有人了。她真的不敢确定，昨晚那清晰的梦境是不是真的，是不是真的和老默拥抱亲吻了？如果是真的，老默什么时候离开的。如果是假的，为什么口腔中现在仍留有那清新的甘甜。

直到今天，李离还是不知道那一晚到底发生了什么，是一场极致的梦无形却有形，无声却有声，似真似假，似梦似幻。

第二天，李离还是无法从昨夜的梦中抽离出来，上班神思恍惚，结果本来答应给客户改的一份文件又原模原样回复给客户，客户劈头盖脸一通骂，同时又惊动了主管，主管把她叫进办公室一番语重心长地劝导。然而，这一切还是没有把李离拉回到现实，她沉迷在昨夜的梦幻中不肯出来，她贪婪地打开她身上的所有感官，味觉，触觉，听觉，嗅觉，视觉，仿佛一条条扯不断的触手，四处搜寻着她身体里储存了一夜的记忆。

李离中毒了。她突然对老默产生了一种无法言明的感觉，然而这种感觉仿佛和老默本人又那么无关。下班后，她犹豫了一路还是骑车转向林倩家。林倩住在一幢老得已经辨不清颜色的六层筒子楼里，并且，她住在顶层。在通往她家的楼梯过道里四处堆放着各种破旧家具，还有堆砌着一层一层的蜂窝煤，偶尔在某处略微干净的区域放着一码码的大白菜，混合在昏暗的光线里，形成厚重的清贫感。李离敲开林倩的门，林倩散着头发，用一根肉粉色的发带把额前的碎发拢在脑后，脸色苍白有些浮肿，但依然美丽动人。她穿了一条厚实的家居棉裤，上身半披着一件暗红色棉服，说是半披，指的是一只胳膊伸进袖筒里，另一只胳膊由于挂着绷带只能笨拙地悬在胸前。屋里只开了一盏床头灯，所以显得特别冷清，只是床脚放着一个闪着明亮光线的电暖气正热情地工作着。林倩不好意思地笑了："你都下班了？我睡得迷迷糊糊，都不知道几点了。"

李离边往里走边顺手打开房间的灯，屋里零乱的杂物瞬间大白于天下。仿佛好不容易存攒的一些温度被明亮的灯光吹散了一样，林倩顺势钻回被窝，李离经常来，她已经不需要客套了。

"老默呢？"李离开始明知故问。

"噢，回去了。"林倩并没有暴露出昨晚暴风骤雨的蛛丝马迹。

"啊？那你咋办？还没吃饭吧？"李离再接再厉，这种与生俱来的演技不需预习。

两人便准备折腾晚饭。李离不让林倩插手，自己从冰箱里拿出一袋速冻饺子，打开煤气炉，在锅里添上水，熟练得像是在自己家里。林倩便简单收拾一下屋子，把乱放的衣服叠起来放进衣柜，把吃剩下的果皮纸屑扔进垃圾桶。其实家里多个人，就会显得温暖很多。

最终她们还是把话题扯到了老默身上。林倩没提昨晚到底发生了什么，因为说得太多了，连自己都麻木了。不用说李离都知道，肯定是林倩又逼婚，老默又逃避，于是闹崩了。不出多久，老默又会来找林倩，林倩又会原谅，然后又平安无事几日，再度爆发。周而复始，无休无止。

"老妹，这女人啊不能被男人轻易得到，一旦被得到，就不值钱了。"林倩仿佛参透红尘似的叹道。李离没接话，她想着这张床上老默和林倩发生过多少次关系，以至于林倩现在像个过气的明星，说话都带着沧桑。

"我为他打过四次胎，你知道吗？"吃过晚饭的林倩重新躺回床上，望着床脚同样扯过棉被盖住腿的李离落寞地说。台灯暖黄的灯光照在林倩的脸上，投下一层暗淡的光辉，灯光映射下的林倩显得特别疲惫。李离突然觉得眼前的林倩苍老了好多，美丽的脸庞竟滋生出莫名的卑贱来。李离止不住颤抖了一下，李离知道一个女人在未婚前一旦同某个男人有了，那该是多么下贱的一件事情。她想起了自己的姐姐，想起了那个永生不愿再回忆起来的午后，母亲一鞭子抽在姐姐的脸上，一条猩红的伤痕慢慢渗出细密如丝的血珠。

李离精神恍惚地从林倩家出来，想着林倩一个人孤单地生活在这幢绝望的筒子楼里，她才滋生出一种侵入骨髓的后怕——她不是处女了。林倩活生生的例子突然让她明白，女人那一层膜的重要性。她居然能那么轻易地，盲目地，失去了。

她以后嫁人了，她的丈夫会不会像老默对待林倩这样对待她？说到老默，她突然有点怀疑，难道老默真的如林倩所说是轻易得到觉得她不值钱了就不要她？她真的不愿意相信，老默看上去是那么憨厚老实，像一尊安全可靠的石像。

李离突然觉得有股绝望在心中升起，慢慢腐蚀她的身体。黑沉沉的冬夜，看不见任何星光，积雪还没有融化，踩在脚下发出咯吱咯吱的声响，像一只冻僵的蝉在死亡前做最后的挣扎。林倩的话沉淀在她的心底，像一条薄薄的符，却轻易让她无法喘息。

她又想起高二时的那个午后，李离听说在省城打工的姐姐回来了，兴高采烈地请了假从学校跑回来。那时候她在县高中上学，只有周末一天的假可以回家，而比她大三岁的姐姐初中辍学后跟着一帮进城打工的老乡去省城一个饭店做服务员去了。那时候姐姐很少回来，但经常往回打电话，言语之间透着一股长了见识开了眼界的傲娇劲。过年回来，头发染了，化了妆，穿着漂亮的紧身衣裤，配着一件高档的翻毛皮衣，踩着一双锃亮的高跟鞋。李离觉得姐姐变得好漂亮，整个人像笼罩了一层光，大气了很多。姐姐和她有说有笑，和往常一样，但是她明显觉得姐姐变成一个女人了。她现在明白，女人在少女的时候是多么羡慕旁边那些风姿绰约的女人，羡慕她们我行我素，大方热情，可以掌控自己的美丽人生。只是当她自己一天天越来越接近这些羡慕的对象时，才会越来越怀念上学时那个呆呆傻傻的自己。她和姐姐关系一直很好，姐姐比她外向，大胆，小时候有男生欺负她，姐姐会和那些男的高声骂架，甚至还可以追着他们打。姐姐虽然学习不怎么好，但人很精明能干，家里的很多家务活都是姐姐打理，所以李离很欣赏同时也有点害怕这个大她三岁的姐姐。自从姐姐进城打工后，李离回到家面对母亲一个人，会显得孤单，所以当她听到姐姐回来，自然是非常激动。

当李离兴冲冲踏进院门，印入眼前的一幕是她终生无法忘记的。姐姐脸色青灰，眼神污浊，头发凌乱地站在院子过道中间，一条鲜红的伤痕赤裸裸地印在脑门上，一直划到右脸，像一条刺眼的火苗。正午阳光像一把把利剑穿插在地面上，射在任何事物上都凝缩成一小点的影子，阳光把姐姐的脸照亮一半，闪烁着那条骇人的鲜红，另一半埋在空洞的阴暗里，像有无尽的悲屈。姐姐没有化妆，脸上还有着少女特有的细小绒毛，在阳光下闪闪发亮，而此刻这张脸凶狠得像一只愤怒的狼。

"你有什么资格说我！妹妹是谁的种，你比谁都清楚！"

母亲站在门口，一手拿着放羊时用的皮鞭，一只手颤颤巍巍地指着姐姐，双手还粘着刚刚和面的面粉。那条污白色的围裙因为母亲剧烈地颤抖像一面被风吹碎的旗子。母亲的眼神充满着绝望和愤怒，嘴巴微微张着，却不知道该说什么。大颗的眼泪从母亲黑红的脸庞滚落下来，像一颗穿越崎岖山脉的巨石翻滚到地面。李离被眼前的情景怔住了，彻底被刚才姐姐吼出的话惊呆了，她完全没有意识到那句话对她有多么惊天动地的杀伤力。姐姐扭头看到突然出现的她，脸色变了变，很快低下了头，冰冷的目光中闪动着一股复杂的光芒。

"你！你个，下作的。"母亲的喉咙里哽咽着吐出这几个字，低沉却有力，蕴藏着耻辱和绝望。

李离仿佛突然明白了什么，又仿佛无法确信眼前存在的景象。夏日炽热的阳光射到她的头顶，她像一枚被钉进地里的钉子，动也动不了。

她半晌才明白过来姐姐那句话的意思。自己不是亲生的？是母亲和别人生的？

这绝对不可能，一向视贞洁如生命的母亲怎么会做出这种事？

刺眼的阳光瞬间冰冷下来，一幕幕黑色的影像像旋风一样席卷而来，无数件压抑在李离童年的谜团一下子全部找到了答案，整个天空都黑了。母亲没有再和她提起姐姐的事，她知道，姐姐在外面谈了对象搞大了肚子，这对母亲来说简直是晴天霹雳的事情，否则，母亲怎么会发如此大的火，以至于母女决裂到如此地步，最可怕的是，一个藏在她们之间最阴暗的秘密就这样曝光了。

李离不愿再回顾那个午后，那是一场让她永远无法忘记的噩梦。时间已经像一条条纱布紧紧地把这个秘密包裹其中，放在一个没有知觉没有神经的位置，甚至在某些时刻仿佛已经忘了它的存在，然而任何一点诱因试图撕开都会撕得她痛彻心扉，让那段逝去的时光重新血淋淋地展示在她面前。她不愿意，她抗拒挣扎，她远离了家乡故土，其实潜意识就是远离这个无法承受的伤痛。苍茫的夜空掩盖了城市的一切，而她穿行在其间，隐藏着自己不为人知的秘密，孤独地存活着。

Chapter 三

　　她不懂一个三十岁的女人，有过几百次的性生活，打过四次胎，这个男人注进她身体里的是血液，医生从她身体里取出的那团血肉是他给她的印章，她是专属这个男人的，别的男人不会再接纳她，就算有，她也做不到毫无顾忌。

李离很少回家，也很少给家里打电话。从她考上大学，在离开家乡的火车上，李离就知道，自己随着这辆拥挤破旧的列车离那个家越来越远，再也不会回头。那里不属于她，那里也容不下她，她像一只被寄养在黄雀窝里的杜鹃，终归要离开生她养她的父母、那个残破的家庭、那块贫瘠而温暖的土地，背负着一个秘密孤独地活下去。

　　李离一直觉得自己从降生到这个世界上开始，不，是从母亲的子宫里开始，她的灵魂上就印刻着一块叫耻辱的胎记。就像一场绝症，在它发作前，丝毫感受不到它在身体里的存在，直到时间越久，它越壮大，最终将毒菌散播到身体的每个角落。也像一颗种子，悄然埋下，然后在时光中生根、发芽、茁壮生长，在那个夏日午后像炸弹一样炸开她的身体，迅速滋生出枝枝杈杈覆盖了全身，然后长出锋利的毒刺扎进她的肌肤，牢牢地将她捆绑。

　　北京的冬天越来越冷，一场大雪过后，天空绽放出一种透明的蓝，被冷空气充斥的城市像被封存在一块透明的冰块里，触手之处，都有噬骨的凉意。尤其对于李离这样住在小冰窖的人来说，这种寒冷更是体现得入木三分。林倩的伤终于在三个月后康复了，虽然手指活动还有些笨拙，但更让林倩紧张的是三个月窝在家里的寂寞和日渐减少的存款数字，于是她决定上班了。

在没有林倩帮助的这三个月，李离熬过了一场漫长的战役，整个人都像新生了一般，无论从技术能力上还是宏观思想上，李离都得到一种近乎蜕变的成长。林倩看到李离进步心里也很欣慰，然而在欣慰的同时又多了一层酸楚。这种酸楚让她在重新上班第一天对李离说话都多了些卑微的语气。李离明白，像林倩这样敏感多疑、心思细腻的女人，她肯定害怕有一天被眼前这个小自己六七岁的女孩超越，也害怕她在这个女孩心中导师一样的形象瓦解，更害怕残酷的职场就这么后浪推前浪把她推到一个崖边绝境。所以李离更加注意自己的言语行为，尽量处处多照顾到林倩的情绪，就算一些小的决策也虚心地询问林倩的意见。这些林倩自然心知肚明，甚是感动，所以当她看到李离的手指长出冻疮后，关切地问现在的房子是不是太冷了，要不要搬到她家和她一起住。李离想了想，还是婉言拒绝了，但她接受了林倩的建议，决定重新租一个房子。

　　世界越大，人越渺小。苍茫天底下，这座钢筋水泥堆砌出来的城市生活着多少个平凡得像沙粒一样的人物，其实每个人在灰色的面貌下都有着他们独一无二的厚重故事。明亮的阳光像洗涤过一样洒向这座城市，可是终归有那么多阴暗角落永远得不到阳光。

　　李离搬出去最后一个箱子，又折回来看了看自己来北京后的第一个家。从小受母亲影响，李离是一个超爱干净的人，所以房子虽然破，但在她用心打理后，看上去还是很有生活情调。如今搬空这些表面的修饰，露出原本的面目，竟有些干涩的苍凉。李离想起在这里和叶一鸣发生过梦幻一样的爱情，又想起那个老默贸然来访的寒冷冬夜，竟有些不舍。这时等在大门外的林倩叫她，她才扭头出来，正好迎面撞上老默。

　　"没东西了吧？"老默换了一件黑色的羽绒服，头发还是那么短，闪着金属光泽的脸像冬日里一颗红通通的太阳。"没了。"李离看了他一眼，脸一红，慌忙低下头。她看到老默也怔了怔，眼睛里闪着一层谜一样的光芒。诚然，那个风雪飘飞的冬夜变成了他们之间独有的秘密。

严格意义上讲，这是李离第一次住楼房。小时候在村子里住的是小土坯房，和北方大多数农村的房子一样，由土黄色的泥土墙坯和粗细不一的圆木拼砌而成，歪歪斜斜的房子配上矮矮的土坯围墙，像一幅苍凉的山水画。上了大学，她住的是宿舍，也和中国大多数大学的宿舍一样，青灰色的六层小楼里面隔出一个个小小的房间，像一个混乱的蜂巢。而现在，这间七十平方米的两居室成了她来北京后的第二个家，虽然是再普通不过的一个老北京居民楼，然而对李离来说是新鲜的，是充满好奇的。老默和林倩帮她简单收拾了一下走了，李离在房间里四处摸摸索索，觉得幸福极了。这个房子是六层板楼的最顶层，东西朝向，一进门是客厅，一左一右两个房间，挨着主卧的是卫生间，挨着次卧的是厨房。房子很旧，复合木地板已辨不清颜色，厨房和卫生间的瓷砖被油烟和水渍涂抹得垢迹斑斑。李离有信心，她会把它变成一个温馨的家。

艳红色的霞光铺满了整个房间，紫红色的太阳像一颗熟透的柿子挂在黑色楼宇之间。李离终于逃离了寒冷的折磨，这个房子的统一供暖可以让她穿着单衣在家收拾卫生。此刻李离正利落地收拾着房间，等待着约好的房客来看房。她在租下这个房子的时候就打算将主卧转租出去，这样可以分摊一大半的房租。对于月收入一千两百块的她来说，拿出四百元支付房租还是可以承受的。

事隔很多年，李离再度想起那个午后，还清晰得像电影画面一样。一开门一个高大的帅哥披着一身霞光出现在她面前，脸上挂着温暖的笑容，一口白白的牙齿像高级餐厅摆放整齐的瓷器。那时夕阳西下，从楼道穿射进来的霞光正好逆射在他身上，把他高大的身体勾勒出一个闪着光晕的边缘。这个人是李离在现实生活中见到的最帅的男生，他叫赵旭林，而与赵旭林随行的女孩朱雅琪才是要租房的人。朱雅琪有着一头漂亮的乌黑长发，高挑大方，一看就知家境比较好。李离很难相信这样的女孩会租房子，她的潜意识认为这样的女孩应该住在高档的公寓，出行都车接车送才对。简单了解了一下，李离才知道朱雅琪是附近工大的学生，只是不习惯住宿舍才决定在外租房子。李离看了看她身边帅气的赵旭林，心里全然明白不习惯住宿舍的含义是什么。

朱雅琪手插着口袋在房间里仔细看了看，显然对李离收拾后的房子比较满意。李离是有轻微洁癖的，也可以理解为一种完美主义。李离晚上不擦一遍地是没办法入睡的；她无法接受浴室的日化品摆放凌乱，必须大小高低有序，标签向着同一方向；她也无法接受地板上有一根毛发，看到后，必须捡起来，同样，如果衣服上不小心沾上一点污渍，她绝对等不到下班，必须马上清洗干净。李离这种强迫症迫使她处处维持着自己心中的那份完美，而现在这份完美打动了有同样爱好的朱雅琪，所以朱雅琪仔细询问了关于房子以及未来生活的问题后，最终决定租下这个房租五百元的主卧。

李离暗暗高兴，她不太清楚高兴的原因是因为朱雅琪还是赵旭林。朱雅琪同她有着相同的癖好和生活习惯，李离甚至想着她们会成为好朋友，然后一起逛家居市场买碎花桌布；一起把生活用品用收纳盒分类整理好，贴上标签备注；她们一起鞭策一起进步，那该是多么完美的生活。帅气高大的赵旭林，意味着成了这个房子的常客，虽然他们表面上没有住在一起，但李离知道，未来的生活，她将会和赵旭林有着很多的交集，这个影视剧里出来的男孩给李离带来太多的憧憬。总之，在李离见过十几个上门看房的租客后，朱雅琪成为最终敲定的人。

事实上，同朱雅琪合租的生活并没有李离想象的那样美好。朱雅琪大多数时间还是在学校，就算偶尔回来，也是匆匆梳洗完毕钻进自己的房间里不出来，第二天又悄无声息地离开。门上挂着的那把锁就像和李离的分水岭，昭示着井水不犯河水的意思。李离和她同一个房子住了近一个月，说过的话都没超过十句，李离不免有些失落。赵旭林来的次数就更少了，就算来也是朱雅琪去开门，然后两人一起进她的房间，有时撞见在客厅的李离，只是客气地冲她笑一下，点下头，连话都不怎么说。

在这个陌生的城市，李离感觉很寂寞。她觉得城市越大，人与人的距离越远，每天上班挤在拥挤的公交车里，人头攒动，密密匝匝，大家甚至能听到彼此的心跳，然而谁又了解谁呢。这个城市里的人已经习惯把自己深深藏起，就像在这个寒冷的冬天，把自己裹在肥厚的棉衣里，封存着心底仅有的一丝温暖。生活在同一个屋檐下的朱雅琪和李离，喝着同一个水龙头流出的水，呼吸着同一个空间的空气，走着相同的道路，爬着相同的楼梯，感受着同样的阴晴冷暖，然而，她们之间有道厚厚的墙，把他们隔成两个世界。

确实，李离知道，她和朱雅琪生活在两个世界。对方漂亮、大方，有着城里人特有的优越气质，穿的、用的、吃的、喝的，连谈论的，都是李离从未接触的领域。卫生间里放的那些琳琅满目的日化品，贴着满是英文的标签，同李离只有两三瓶的超市货形成鲜明的对比。最重要的是，人家有一个完美的男朋友，高大，帅气，有着阳光一样灿烂的笑容，有着山峰一样挺拔的身材，是多少女孩梦寐以求的男朋友范本。朱雅琪和赵旭林走在一起，就像韩剧里男女主人公的镜头。朱雅琪玲珑紧致的身材依靠在赵旭林宽阔的肩膀下，显得娇小动人。朱雅琪乌黑垂坠的卷发，在赵旭林手掌的摩挲下绽放蓬勃生机。

每次赵旭林来的夜晚，李离总能听到另外一个房间朱雅琪和赵旭林热烈的声音。开始李离羞涩难当，就躲在自己房间里戴上耳机假装听不到，可是时间久了，她越来越好奇，越来越无法抵挡自己内心的骚动，止不住竖起耳朵听起来，有时听不太清楚，她便蹑手蹑脚，躲在幽暗的客厅，隔着薄薄玻璃窗听房间里的动静，那么真切，那么刺激。朱雅琪的每一句呻吟，赵旭林的每一声喘息，床板激烈摇晃碰撞的声响，甚至都能听到赵旭林每个动作带给朱雅琪不同的感受。

这一切都让李离感觉到前所未有的激动和刺激，同时夹杂着羞愧和自卑。

李离甚至觉得，朱雅琪之所以这么骄傲，这么美丽，一定是赵旭林给她注入了什么能量，让她从内到外散发着一种无形光芒，照得陷在阴暗中的李离那么卑微，那么渺小。李离太羡慕她，由于太过羡慕使她越来越自卑，她觉得之所以自己得不到想要的爱情，是因为自己长相太过平凡，气质太过平庸。她每次洗过澡对着雾蒙蒙的镜子，看到自己白皙的肌肤，玲珑的身体，像维纳斯一样迷幻。然而，当她用手擦去那些水雾，看着赤裸的、毫无掩饰的自己，一种寒意当头淋下。她有什么资格获得这样的爱情？她那卑微的身份，贫寒的家庭以及那块心里的伤疤，让她注定是孤独的，注定只能藏在漆黑的夜里，望着空洞的天花板，一次一次闭上眼睛，幻想赵旭林，将她吞噬，将她淹没，将她照亮。

李离太寂寞了，她开始又沉迷在网络上，白天工作完毕，晚上回到家随便吃两口饭，然后关上门，打开电脑，听着那吱吱拨号的声音，李离总是期待发生些什么，然而一整夜过去，什么也没发生。

李离开始变得麻木且浮躁，对网络上的人没有了曾经的热情和真诚，有一搭没一搭，时而用文字扮演着各式各样的女人玩弄着屏幕背后那个虚幻的男人。短短半年，李离觉得自己变化太大了，她听到网上男人们赤裸裸的挑逗不再脸红心跳，而是老练地周旋应付，甚至从中还能得到刺激和快感。她有时会把电话留给对方，然后听着电话里或深沉或轻浮的男人声音，陪着她度过寂寞的长夜。只是她再也没有多大信心去见网友，她知道，她扮演给这些男人的自己不是真实的自己，她不风骚，她不美丽，也不成熟，她只是一个极度缺少这些的小女孩。北京这座城市，冬天极其漫长，同样漫长的是李离心中的寂寞。李离每一天醒来都会怀疑自己孤身在这座城市奋斗的意义，但两秒钟后，她还是迅速地起床、洗漱、穿衣，把自己收拾得一尘不染，挤上公交车去上班。诚然，她比谁都知道，她没有退路。

爱上一个男人需要多长的时间？李离觉得，也许只是一秒钟，他闪现在你面前，然后就深深印入你的灵魂，没有理由，也不需要理由。赵旭林就是一瞬间住进李离心中的男人，虽然半年来他连话都没怎么和李离说过，然而在李离心中，这个男人再也无法抹去。每次赵旭林和朱雅琪在屋里的时候，李离听着隔壁激烈的声音，她仿佛可以想象赵旭林那俊美的脸庞此刻正是热汗淋漓，他那双星辰一样的眸子一定散发着迷幻的光芒。李离燥热的身体，像一台被点燃的机器，轰隆启动，寻找着那股来自灵魂的召唤，在黑夜里摸索，在寂静里寻找，她把毯子紧紧缠裹在身上，幻想着赵旭林伏在她的身上，像一座厚厚的塔压得她透不过气来，无法动弹，无法呼吸。她被他完全包裹住，捆绑住，她觉得十足的温暖和安全。赵旭林带着阳光一样炽热的吻炙烤着她身上每一寸肌肤，所到之处瞬间变成干裂的土壤，等待着雨露的滋养。他像一台机器在她这座荒芜的山川上开垦，百花绽放，绿草茵茵。她挣扎着，抵抗着，无力地做着最后的还击，任她积蓄在体内岩浆般的欲望掀起惊涛骇浪，冲击着她身体的每一根血管，无处逃匿，无法控制。

她深深爱上赵旭林，她知道自己这份卑微的爱连诉说的勇气都没有，她把它深深地藏在内心，连林倩都没有说。有时朱雅琪忘记锁门，她会悄悄溜进朱雅琪的房间，看着这间赵旭林住过的房间。那张写字台上，有几本名人传记或营销工具书，她拿起来，翻看着，上面偶尔出现的随意勾画和备注都让李离端详半天；门口的床脚下，有几双大码的男士运动鞋，像下场的球员静静地睡着；衣柜旁的挂衣架上，挂着一件肩臂处有着白条的蓝色羽绒服，李离把它拿下来，披在身上，仿佛里面还有赵旭林残留的体温。他们的床上有两个枕头，虽然床品是女生喜欢的粉色碎花图案，可是李离知道，这片粉红花园包裹过赵旭林的身体。她小心翼翼地躺在上面，一丝一丝甜甜的味道涌过来，像是朱雅琪那高级的浴液，洗发水以及香水混合的味道，仿佛又像一个男人和一个女人缠绵过后残留的荷尔蒙味道。这种味道像一道迷药，瞬间麻痹了李离的身体。

李离在激情过后是非常失落的，甚至可以称为痛苦。这种痛苦不光是来自于身体从高处崩塌下来的失重感，更多是来自于内心的矛盾和挣扎。她望着自己赤身裸体躺在不属于她的床上，想着不属于她的男人，她觉得自己有着一个青春少女的身体却有颗阴暗污秽的内心，她深深地感到疲倦和心寒。有人说，性是最廉价的奢侈品，李离同意这句话，在她一无所有的这段岁月中，她一切的不快，压抑，寂寞，迷茫，都通过这种最廉价最有效的方式解决。

生活和心灵上的落差让李离愈加分裂，她迷恋上这种做贼般的快感，她甚至偷偷配了朱雅琪房间的钥匙，在确定朱雅琪不会回来的时候，溜进朱雅琪的房间，把朱雅琪的衣服穿在身上，喷上她昂贵的香水，披散开头发，躺在她的床上，幻想着自己漂亮大气，有着一头乌黑柔滑的长发，像一只刚刚出浴的美人鱼。她扭动着身体，放射着柔媚的眼神，对着空气轻唤，赵旭林。她沉迷在这种虚假的满足中，在空荡无人的舞台上一个人表演，无比满足。

当一切结束，她重新回到李离的身体，她觉得自己可笑极了。在这间不属于自己的，充满着优越感的房间里瞬间变成了一个可笑的小丑。是的，自己拿什么和朱雅琪比，她们如此接近又如此遥远，她拥有着她一切没有的。她可以大方地穿着十厘米高跟鞋，配着到大腿根部的小短裙，涂鲜红色的唇彩，戴着硕大的墨镜招摇过市；她可以举着漂亮的水晶指甲拆开刚刚买回来的化妆品，毫不避讳给李离介绍这款眼霜多么好用，而不会考虑它的价格是李离一个月的房租；她可以为韩剧里那些天上的爱情流眼泪却对新闻里上不起学的孩子毫不同情；她可以指着帅气的赵旭林大骂让他滚，不用担心对方真的离开；甚至她随意丢在茶几上的荔枝、杨梅等水果，都是李离从没吃过的。她和她虽然生活在一个房子里，但李离知道，她们的房间，一间是绚烂的阳光，一间是冰冷的白霜。她们年龄相仿，身高相同，甚至连内衣尺寸都一样，然而她们从出生以来就注定永远不可能一样。

很多年以后，李离终于达到了朱雅琪的标准，有着漂亮的身材和脸孔，穿着昂贵大气的衣服，出入各个洋气的西餐厅或咖啡厅，谈论着时尚杂志里的名牌，然而李离知道，自己永远不是朱雅琪。

那年的冬天在李离的记忆里特别漫长，过了元旦又迎来了新一轮的降雪。肥厚的积雪覆盖了整座城市，包括那些曾经肮脏凌乱的街道或角落。李离已经习惯了朱雅琪对自己的冰冷，同时也习惯了朱雅琪永远不会是自己的朋友这个概念。她知道只有林倩才是自己真正的朋友，因为她们拥有着太多共同的东西，比如贫寒的家世、微薄的收入、寂寞的时光以及固执地在这种生活里的坚持。

虽然她们不约而同地达成了一种默契，就是尽量不提老默，然而她们每一次的谈话，最终都会扯出老默。又是一个周末，李离同林倩在天坛公园逛了大半天，出来又钻到一家门口贴着明晃晃"北京烤鸭特价39元一套"招牌的饭店，吃得欣喜满足。李离算计着这个周末太开心，天坛门票才八块钱，从家门口坐五毛钱的车就到了，如今又吃到这么便宜的烤鸭。林倩也赞同，半晌她笑着说了一句，其实老默结婚了。

幸好李离吃饱了，否则这句话足可以让李离一口也吃不下。她怎么也没想到，原来一直不肯娶林倩的老默早就结婚了，并且已经有一个七岁的儿子。

窗外，厚重的积雪压在脆弱的树枝上，一声脆响，随着一大片积雪飘然坠落，不堪重力的树枝最终折断。雪后的天，出奇的蓝，蓝得只剩下一望无际的蓝色，没有一点杂渍，仿佛无际深远，又仿佛只是一个平面。灿烂的阳光洒在积雪上，发着刺眼的光芒，更让李离刺眼的是，那根折断的树枝留下的生硬疤痕。

"我该怎么办？"虽然林倩已经尽量掩饰了自己情绪，显得轻描淡写，然而这个赤裸裸的问题还是暴露了她的脆弱。

"老默也太孙子了！他妈的是人吗？"李离表现得出奇愤怒，仿佛被老默欺骗的不仅仅是林倩，还包括她自己。

林倩默声不语，平静得像雪后大地，一切的挣扎都隐忍在她内心。其实她早就猜到了，只是她不愿意承认，甚至还心存幻想，想着有朝一日，老默如他所说，挣到了钱，买上了房，摆平了家里，可以心安理得地娶她。事实上，这三个条件，现在看起来那么的渺茫。老默在中关村开了一间小的电脑维修站，为了所谓的"上门服务"，有时候坐一个小时公交车只是给一个笨到出奇的客户找到显示器的开关，自然，赚不到多少钱。买房，就更不必想了，每个月的店铺租金有时都得林倩帮衬，而最让林倩没多想的第三个条件现在却成了最困难的一个。林倩一直以为那个所谓的"摆平了家里"指的是老默那个半身不遂的父亲，他需要定期寄钱的，需要定期回家看望的，需要过年过节回去陪伴的，需要踏踏实实送走的，其实是他的妻子以及儿子。

"你是猪吗？处了七年，你都没发现他结婚了？"李离显然气坏了，气坏的主要原因是林倩的木讷和软弱。

林倩是软弱，是木讷，但绝不是愚蠢，她不是毫无怀疑，被老默这样欺骗，只是在她发现的时候，已经骑虎难下。她只身漂在陌生的北京，是老默陪着她，是老默无微不至地照顾，是老默任打任骂任劳任怨的关心让她深陷泥潭，无法抽身。她太爱老默了，她甚至觉得没有老默也许早就没有了自己，也许在某个冰冷的深夜打开了煤气离开了这个世界，也许在偌大的人群随随便便找个男人嫁了消失在人海，也许在北京某个小出租房做着一点可怜的工作苟延残喘。

这是二十多岁的李离不可能懂得的，她不懂得一个三十岁的女人，还在一个私人小公司做一个小职员的那种危机感。林倩知道自己的能力，就算离职了，也不可能找到更好的工作，在北京这座残酷的城市，一拨接一拨的年轻大学生涌来，自己拿什么和人家抗衡，自己手里这点所谓的经验和技术，只要稍微加五百块的工资就能找到一大批人来替代她，眼前的李离只用了不到两年，明显在很多方面已经超越了她；她不懂得一个三十岁的女人，和一个男人相爱了六七年，同他度过那么多个日日夜夜，点点滴滴的回忆已住进她的脑子，流进她的血液，不是某一个男人随随便便就能代替。她已经习惯了他的气息，习惯了他的味道，习惯了他上床是先迈哪只脚，生气是哪个眉毛发抖，习惯了在她痛苦或快乐的时候拨下那个熟悉的号码，习惯了发生困难时他第一时间站在她身边；她不懂一个三十岁的女人，有过几百次的性生活，打过四次胎，这个男人注进她身体里的是血液，医生从她身体里取出的那团血肉是他给她的印章，她是专属这个男人的，别的男人不会再接纳她，就算有，她也做不到毫无顾忌。

"我就不信你这么漂亮找不到个好男人！"李离这句话给了林倩很大的安慰，虽然林倩知道，这仅仅是安慰。自己在北京认识的所有朋友都知道她和老默的关系，谁还可能给她介绍男朋友，何况现在自己身体发福，眼角也开始有了细碎皱纹，她深深懂得自己不再是曾经的自己。林倩清楚自己的位置，正是因为太过清楚，反倒毫无办法。这就是现实，赤裸裸的现实。

"雪真漂亮！"林倩半晌说了这么一句。李离顺着她的目光望出去，整个城市一片洁白，破旧的、阴暗的、肮脏的一切，都被这场大雪掩盖了去，留下空茫的苍白。如果说叶一鸣带给她的是满足她所有想象的爱情，那么老默带给她的就是现实的爱情，像那条被路人踩得泥泞的马路。如果她是林倩，她该如何选择？每个人站在一个旁观者的角度都会表现得果断勇敢，有主有见。事实上，作为当事人，谁能真正做到拿得起放得下呢？李离想起那个风雪的夜里，老默铁塔一样躺在她身边的情景，那个夜晚甜蜜得像梦幻一样，她如何舍得放弃？李离之所以说得如此刚烈，其实也是给自己壮胆，她骨子里同样也流淌着和林倩一样软弱和自卑的血液，只是它像一条暗流，悄无声息，无人知晓。李离甚至冒出个连自己都无法原谅的想法——谁让你那么下贱，落到今日。李离被自己吓到了，她无法理解自己怎么能对自己最好的姐妹有这般想法，林倩下贱吗？如果放在自己母亲的角度看，她太贱了，连婚也没结为对方打了四次胎，还有脸活在这个世界上吗？可是站在自己的角度看，她理解她，因为换成自己，自己能贞洁到哪去？

谈话又一次不了了之，回程的时候她们没有选择坐公交，而是踩着厚厚的雪，一直走回家里。她们如同大街上那些来来往往的行人一样，穿着鲜艳的棉服，系着厚厚的围巾，闪动着漂亮的笑脸，嘻嘻哈哈打闹着。她们沉醉在这短暂的美丽中，在积雪融化之前的纯净中。她们不愿想未来，也不敢想未来，甚至她们都不敢回家，慢吞吞地游走在大街上，夸张地笑着，追逐着，因为她们知道她们回去的家，一个写着绝望，一个写着迷茫。

很多年后，李离想起林倩总会想起那个下午，她们跌跌撞撞疯跑在雪路上的情景。好像从那天起，林倩的生活彻底改变了，就像她一直紧抓的最后一棵稻草折断了。总之，就是那个再平凡不过的一个冬天，美丽的雪后下午，一朵鲜艳的花凋谢了。林倩一直是李离最好的朋友，过了很多年，经历了很多人很多事，李离更加确定，这辈子最好的朋友就是林倩。她们有着太多的共同点，甚至李离有时会觉得林倩就是另一个自己，一个走在时间前头的自己，她用她的经历和过程像演电影一样告诉自己，未来是什么样。有时候，李离从某一个男人的床上回来，卸下浓妆，洗一个彻底的澡，披上浴袍，挽着湿漉漉的头发，坐在电脑桌前打开电脑，有意无意双击那个灰色的头像。她期待着她能再次上线，听她这样素面朝天，毫无保留地诉说。有时，她忍不住，就对着那个灰色的对话框敲下满满一屏的心事，恨恨地点击回车，对方总是毫无反应，这时李离的眼泪就会毫无防备地溢出来。

事实上，当天李离和林倩在路口挥手分别后，就满腹心事地走回家。新搬的楼房和林倩住的仍然不远，所以她们几乎每天都结伴回家，甚至一起吃晚饭，所以李离并没有觉得那一个告别能有多大分量。后来，李离无比后悔那一天自己没能好好陪陪林倩，或者只是拉着她吃个晚饭，或者陪着她回去挤在一个被窝睡一觉，或者给老默打个电话让老默哄哄她，也许林倩就不会和老默分裂，不会离开北京，不会认识关志军，也就不会死去，一切就会改变了。然而人生永远不可能有那么多的假设和重来，人们在生活的浪潮中翻滚着，有时滚到浪尖，有时滚到水底，有时再也回不来。

李离到了自己的家门口，才发现自己出门没带钥匙，在门口辗转了半天，决定出去吃个晚饭，她想大概晚一点朱雅琪就会回来。

李离走进家门口的一家新疆饭馆，她其实不喜欢这里，环境非常差，而且脏，并且她不太喜欢吃太过荤腥的，什么羊肉串、烤羊腿之类的，但是，这里最吸引她的一点就是便宜，一份炒面片才八块钱，一份番茄面片汤才六块钱。何况今天这么厚的雪，她也懒得再走远了，打算就在这里解决自己的晚餐。

一进门，她就怔了。正对面坐着一个高高大大的男孩，此刻冲她咧嘴一笑，一只手拿着一根烤串，另一只手招呼她："李离！"李离没想到赵旭林会在这里，没想到的主要原因是她潜意识中认为赵旭林这样的人物怎么可能出入这种脏乱差的饭馆。

李离走过去："你，你怎么在这里？"

"吃饭啊！"赵旭林答得很坦诚，满脸的阳光仿佛照亮了这个黑乎乎的小店。李离不禁低下头，笑了笑。这时赵旭林已招呼服务员拿菜单过来，让李离点菜。李离看也没看就冲服务员说，我只要一份汤面片。赵旭林鼓动她点几串烤串，或者再点两个菜，李离死活不肯，赵旭林执意又让服务员加了一个馕炒肉，还特意冲李离说，他家这个菜不错。

看得出来，赵旭林老来这家饭馆吃饭，这让李离很好奇。于是李离便问:"朱雅琪也来这吃吗?"赵旭林挥了挥手:"怎么可能?别提她了,今儿刚和我吵完!"

李离马上善解人意地问怎么了,赵旭林显然不愿多讲,摇了摇头,然后又冲她一抬下巴笑了:"你喝酒吗?"

李离赶紧摇头。

赵旭林乐了:"喝点吧,反正住得近,也不怕回不去。"说着便给她倒了一杯。李离还没来得及反对,杯子已经倒满了,李离脱口而出的"我不喝"三个字也渐渐没了声音。

赵旭林并没有勉强李离,每次都是自己拿着杯子往她的杯子上一撞,然后一口倒进去了,至于李离喝不喝,他也不在意。李离过意不去,象征性地抿上一小口,赵旭林就会借机夸张地赞美:"好!敞亮!"搞得李离又一个大红脸。

这算是李离同赵旭林第一次正式的面对面谈话。从赵旭林的只言片语中,李离才知道,赵旭林也是农村的,这让她非常震惊,她怎么也不相信这么阳光帅气,浑身散发着光芒的男生会是农村出来的。诚然,她脑子中无数个疑问无法解答,农村出来的怎么会有这么好的皮肤和大方的气质?怎么可能穿得这么时尚有品位?然而,赵旭林说他割过麦子,锄过地,还收过玉米和土豆,种种细节不得不让李离相信,他确实是农村出来的。李离对眼前这个男孩瞬间多么一层亲切感,同时又产生了一种深深的钦慕,他是怎么蜕变得这么完美和彻底,不带有一点乡土色彩。看着自己寒酸的穿着和粗糙的皮肤,甚至连拿筷子的手仿佛都带着一层土气,李离不禁缩了一下手指。

赵旭林一杯一杯地喝着,俊美的脸庞隐隐透着一层微红,眼神也开始笨拙起来,直直地盯着李离,搞得李离再次红了脸。赵旭林的普通话非常标准,声音也好听,他讲起自己小时候的一些事。原来他生在山东一个小农村，很小的时候父亲就去世了，他的哥哥在初中辍学回家务农，照应着家里的生活，而他踩着哥哥的肩膀上了大学。所以，在校时他努力学习，放假回到家就尽量多干活儿，他感叹欠哥哥的太多，他一定要努力，以后多赚钱好帮助家里，说到动情处，声音都有些哽咽。李离听故事一样听着赵旭林的讲述，完全无法相信，眼前这个男孩居然和自己如此接近。她没有多说，她只是怔怔地看着这个男孩，敬佩同时又有些羡慕，至少，他有一个爱他的哥哥和母亲。

赵旭林果然喝多了，他粗鲁地推开李离抢着结账的手，说："谢谢你今儿听我倒苦水，好久没这么痛快过了。"结完账，赵旭林摇摇晃晃往家走，李离想扶他，又不好意思，只好跟在他后面，帮他拿着包。赵旭林还抢过来说："没事，我没喝多，能行。"

上楼梯的时候，赵旭林趔趄了一下，李离赶紧扶住他的胳膊，他高大的身体往李离身上倾倒下来，李离险些撑不住。幸好赵旭林很快挺直了身子，笑了一下，没事。爬了几层楼，李离都有点冒汗了，赵旭林迷迷糊糊地问，咱家几楼。李离整个人都木了，这种情景让她觉得自己像她女朋友一样。

李离面红耳赤地将赵旭林扶进家门，赵旭林感觉自己到了安全地带，一头扎在床上便人事不醒了。李离站在他的房间不知是该走还是该留，手足无措地看着眼前这个倾慕已久的男人。

李离第一个念头是孤男寡女共处一室，并且自己还要帮他脱鞋，脱外套，这简直是太过窘迫的事。另一个念头又想着赵旭林会不会借酒壮胆对她不轨，她该如何反应。两种念头此起彼伏，让李离整个人都止不住燥热起来，鞋子脱了半天才脱下来。赵旭林的白色袜子干干净净，一点异味都没有，李离忍不住轻声说："旭林哥，你把衣服脱了再睡吧。"

赵旭林纹丝不动，李离没办法，托着他的头想把枕头给他垫上。赵旭林迷糊地顺着她的手劲把庞大的身子挪正了些，又呼呼睡去。暖黄的灯光下，那张宛若孩童般的脸更加迷人了，整齐健康的黑色头发根根直立在古铜色的肌肤上，完美得像雨后新生的竹林，眉毛浓郁得像山水画中的浓墨，高挺的鼻梁下，一张微张的嘴唇像一枚熟透的桃子。李离不禁看痴了，她紧张极了，以至于她所有的思想和四肢都不能协调，她呆滞在床边，任凭脑海翻滚着激动、惆怅、兴奋、失落形形色色的情绪。半晌，赵旭林突然一把搂住她，把头紧挨着她的大腿，坚韧的头发隔着她的裤子仿佛贴住了她的皮肤，李离猛地惊醒，慌忙避开。赵旭林的手臂颓然地落下，吊在床沿上晃了晃。

李离赶紧把他的手臂扶起来，扯过被子给他盖上。赵旭林忽然一扭身，半闭着眼嘟囔了一声："我要吐。"李离慌忙跑进卫生间取了脸盆，放在床下。赵旭林把脑袋探出床沿，哇地吐了出来。酸涩的腥味瞬间唤醒李离久远的记忆，父亲当年喝多了大吵大骂，吐得满地都是的情景像电影镜头一样闪现出来。赵旭林吐了一会，又躺下，没多久，又吐。来回折腾了很多次，吐到最后只剩下黏稠的唾液和胃酸了。李离居然没有厌恶，甚至有些激动，仿佛父亲喝醉的记忆完全没有影响到她，她跑来跑去，一会帮他清理呕吐物，一会又拿热毛巾为他擦脸，像一个贤惠的妻子，照顾着自己的爱人。

折腾了一个多小时，赵旭林终于沉静下来了。李离收拾好了一切，但她久久不肯从他的房间里出来，是不舍吗？她有种好不容易上场的替补队员最终又被换下来的失落。李离忽然想到赵旭林吐了这么多一定很饿，于是她二话没说，重新披上棉衣，围上围巾，戴上手套，下了楼，找到自己的自行车，满心暖融融地用劲踩着脚蹬，在大雪里穿行，在灯火阑珊的街上搜寻。如果站在一个上帝的视角看这个画面一定很感人，会看到一个女孩裹得严严实实，顶着刺骨的寒风，在厚重的雪地里艰难地骑行，细碎的雪粒打在她红扑扑的脸上马上融掉，闪着钻石光芒的睫毛下是一双黝黑的眸子，此刻，这双眼睛里烧着火焰，她心里沸腾着一锅开水，她要为旭林哥买一份绿豆粥，她必须买到，然后用干净的瓷碗盛在他的面前，一口一口喂他吃掉，这才算是一个完美的收尾。

Chapter 四

　　这一切赵旭林和朱雅琪并未知晓。他们带有些许的同情和赞扬，处在一个高高在上的位置看待着身边这个貌不惊人的姑娘。

　　她才二十四岁，她还是个处女。

李离不知道林倩有没有离开老默，她仿佛默默地忍受了这致命的一刀，把身体蜷缩起来，将疼痛压缩到最小，等待它一点点恢复、融化、消失。她没再和李离提起，李离也没好意思再问。李离生怕自己一个善意的询问到了林倩身上就变成了变相的责难和逼迫。诚然，大部分人，在这种情况下都会选择离开老默，不离开的，大家会用很多残忍的词来形容她，比如懦弱、没骨气、活该或者下贱。

　　李离在一次次夜深的时候，都会将自己换位到林倩身上。她能理解的只是在这个陌生的城市，一个女人生存的艰难，不管如何，老默至少是她精神上的一根支柱，她不忍将这根支柱拆了，任她漂流在冰冷的海洋。然而，不离开老默呢？意味着进入了一个无底的黑洞，五六年了，老默不肯离婚娶她，唯一的原因就是他放不下他的良心，虽然他并不爱那个女人，但那个女人为他生了儿子，照顾着他瘫痪在床的父亲，维持着他那个贫困的家庭。这个女人对他要求不高，只要偶尔回去看看她，定期寄点生活费给她，她就可以完全信任地、一心一意地为老默付出，心甘情愿将自己的一生倾注在他身上，谁都不敢想象假如老默和她提出离婚，那将对她是多么致命的打击。而林倩呢？她毕竟还年轻，有自食其力的能力，还是一个有着理智和良心的女人，她们之间的天平，显而易见。

老默是不可能离婚的。拖下去，林倩的年龄越来越大，注定会走到一个四面楚歌的绝境。放开来，林倩也不可能轻易找到另一块绿洲，并且撕开的那道伤口不亚于将她开膛豁肚挖了她的心去。

李离甚至想，算了吧，反正老默一年在外也不常回老家，林倩就这么不争不抢地跟着他凑合过得了。然而，冥冥中，她和林倩都知道这是一种多么卑微和下贱的妥协。

时间一点点在推进，现实像冬天的细雨慢慢侵蚀进皮肤，沉淀出沧桑，然后从目光中涣散出来。又是一年春节，林倩也回家乡了，李离身边的人，熟悉或不熟悉的都各有各的去处，只有她，每每到了这个时刻，就会无限伤感。她觉得自己是个怪物，和别人都不一样，再差再穷的人，总会有一个家等着他，那是他的港湾，也是他为之奋斗和付出的地方，而自己，没有。大学期间回去过一次后，她就再没有回过家了，在北京的日子，她有时都会忘了自己还有一个家，只有当别人问起她父母时，她才会心酸之余草草作答。

李离很渴望有个家，这大概是她最大的梦想吧。她对家的向往大于任何一切，每一个她住过的房子，除了自己那个家，她都把它当作自己的家，精心地收拾，添置着一个家应该有的生活琐碎，她会觉得幸福，会觉得踏实，有一种逃离牢笼终于自由的兴奋感。然而这几年，随着她一个人生活得越久，她越觉得自己经营的家还是冰冷的，她知道，重要的不是房子，是人。她村里那个家，给她压力和困扰的，给她噩梦和痛苦的，其实也不是房子，是人，她的父母。她曾一度以为天下的家庭都是一个样子，她生下来就要忍受这种束缚和冷漠，随着她的年龄越来越大，她才知道只有自己家是这个样子。

这是她第二次在北京过春节了，第一次是因为林倩没有回家乡，她们两个人一起热热闹闹地去超市采购，回家又是忙着贴对联，又是包饺子，吃完看春晚，她并没有感觉什么异样，甚至还很开心。今年，完全不同了，林倩不在了，赵旭林和朱雅琪更不可能在。放了假，她从公司回到家，才恍然觉得像一个热闹的足球赛场，比赛结束，瞬间人走楼空，只剩下她一个人还停留在惯性的忙碌中。她还是买了一条鱼，买了几副对联和红红的福字，回到家打开屋里的灯光，惨白又空旷，她竟发了半天的呆。她不允许自己这样，马上行动起来，贴对联，准备年夜饭。

她还特意给林倩打了个电话，高声地向她拜年，好让她觉得自己过得非常开心。她把电视机的声音调大，热闹欢腾的声音传来，让李离更加焦躁。她本来想干脆吃完饭就睡觉，可是又觉得太过苍凉，她把饺子捞出来，把菜端到茶几上，她看着电视上的小品哈哈大笑，一个人也可以过年，不是吗？

接近零点，电视机里的主持人和观众们一起高声喊着倒计时，随着数字一个一个变小，钟声敲响，全国人民都沸腾了。窗外早已是礼花绽放，鞭炮齐鸣，李离趴在窗户上，看着外面这个五彩缤纷的世界，她真的笑不出来。她久久地看着窗外，万家灯火，空气中弥漫着硫黄硝烟的味道，整个城市都在一片喜气洋洋的浸染中，独独忘了还有一个女孩在这里。她不知道自己在这个城市要过多少个年，自己这一生要过多少个这样的年，她望着远方，会不会有一个人在等着她，那时他们可以一起点燃烟花，真心真意地祝愿来年幸福。

初一到初五，对于李离来说，没什么不同，她只是觉得生活一下子不方便了，很多小饭店、杂货店都关了门，街上也人影凋零，她也不知道该去哪里。她在网上搜了搜几个办庙会的地方，兴冲冲地跑了去，可是看着到处都是团团圆圆的人家，她又很难过。后面，她也再懒得出去了，干脆在网上下载了几部电视剧，没日没夜沉浸在里面，忘掉自己。

　　初七，城市逐渐恢复到了往常，离京的人们陆续返程归来，到处可见拖着行李箱一脸喜气的人。朱雅琪也回来了，见了她，明显热情了很多，笑着问她过年好。这或多或少让李离有点受宠若惊。李离赶紧讨好似的绽开笑脸："你怎么这么早就回来了？"

　　"嗯。"朱雅琪没有回答，然后笑眯眯地说："还没吃饭吧？外面的饭馆都没开门呢，要不咱们做点吃的吧？"

　　李离自然表现出惊喜的样子，连声说好。朱雅琪是不会做饭的，她翘着她闪亮的水晶指甲在旁边咋咋呼呼，切个菜都显得无从下手。李离只好自己亲力亲为，不过身边有个人陪着还是蛮开心，何况一向高傲冷漠的朱雅琪现在变成小粉丝的模样，赞叹着李离真是个持家好手。李离仿佛找到了自己的价值，从冰箱里拿出买好的肉块，大刀阔斧地要为朱雅琪烧一道红烧肉，此外还要做一道难度极高的蜜汁排骨。朱琪雅大声欢呼，转而又说咱们两个女孩吃这么多肉合适吗？李离笑说，菜市场现在还没开门呢。朱雅琪说超市有啊，马上自告奋勇去超市买菜。李离恍然，朱雅琪的消费观是在超市买那种一盒一盒包装好的昂贵蔬菜。

　　总之，两个女孩一起做了一顿家常便饭，吃得很开心，聊得也开心，李离扮演着绿叶听着对面这朵红花如何娇艳人间。不难看出，朱雅琪确实够单纯，虽然比李离还大两岁，然而她心里那点事全在脸上写着。她家庭优越，父亲是政府机关的高干，母亲也是公务员，家里就她一个女儿，自是爱若珍宝。李离看着眼前这个女孩子，心里苍茫一片，自己的世界她肯定闻所未闻，更别提感同身受了。朱雅琪唯一的一点心事便是和赵旭林的爱情，她觉得赵旭林很花心，总是在她背后和别的女人有纠缠。李离问她有没有什么把柄。她又没有，只是说恋爱中的女人最敏感，从她的眼神或话语中就能看得或听得出来。朱雅琪说赵旭林总是回避着她接电话，有心事也不和她说，或者电话通讯录里某某女的给他发什么暧昧短信，比如今天，她给他打了一整天的电话都没接。李离突然不知道该怎么劝慰眼前这个女孩，仿佛让一个饥肠辘辘的乞丐去劝一个人吃下这块色泽鲜美的红烧肉。李离没有吭声，帮朱雅琪夹了块红烧肉，示意她多吃点，朱雅琪连声说谢谢，诚然她也没指望李离劝她什么。她很快又说，现在的女孩烂着呢，一个个狐狸精的样子光想勾引男人，像你这么善良、单纯、传统的女孩太少了。

李离瞬间不知该怎么咽下嘴巴里的菜。显然，这三个褒义词就是朱雅琪眼里的自己，同时也很显然，自己完全构不成对朱雅琪的威胁。李离不知是悲是喜，忽地想起赵旭林醉酒的那个夜晚，如果朱雅琪知道，会不会将面前这盆红烧肉扣在她头上，然后将她彻底踢进黑名单。

李离笑了，有种苦涩，是啊，自己拿什么和朱雅琪比，这简直就是天与地的距离。身体还在颠沛流离的生活中挣扎，欲望却不知廉耻地悄悄滋生，李离把自己深深地藏起，藏在一种看似安全、美好，又普通，平凡的外表下，用一种无声无息的姿态小心地存活着。

她分不清自己对赵旭林的爱慕是变深了还是变浅了，尤其在寂寞的深夜，隔壁传来赵旭林和朱雅琪大胆激烈的声响时，李离整个人都变得浮躁和僵硬，像一只被炙烤在阳光下的虫子。羞涩，怨恨，酸楚，自卑夹杂在欲望中折磨得她心烦意乱。李离涌上来的全是一种酸涩的情绪，同时满腔对赵旭林的怨恨与不满，甚至觉得他阳光闪亮的身体和面容也不再美丽了。她想象着赵旭林的模样，她想象着那天赵旭林醉酒后伏在她身上的厚重感，想着那张青涩却又刚毅的脸庞，想着那副坚实宽阔的肩膀，想着两条修长挺拔的大腿，仿佛自从那次和赵旭林接触后，她对赵旭林的迷恋更加立体了，所以，这些愈发让李离无法自拔，她迷恋上这种感觉，迷恋这种与赵旭林近在咫尺的暗恋，甚至她白天再看到衣冠楚楚的赵旭林都会脸红，诚然，她潜意识中仿佛觉得自己和赵旭林早已不是普通的朋友关系了。

这一切赵旭林和朱雅琪并未知晓。他们带有些许的同情和赞扬，处在一个高高在上的位置看待着身边这个貌不惊人的姑娘。

她才二十四岁，她还是个处女。

随着朱雅琪越来越喜欢李离，李离却越来越厌烦朱雅琪。她的这种厌烦是没有来由的，连李离自己都不清楚自己曾经那么渴望得到朱雅琪的友谊，如今对方主动示好她为何又想后退呢。李离觉得一方面的原因是嫉妒，她嫉妒朱雅琪。另一方面的原因是厌恶，她厌恶朱雅琪的肤浅，肤浅到她仅剩下一个华丽的外壳，她了解赵旭林的感受吗？了解李离的感受吗？然而，这些想法都被李离完美地掩盖在内心，朱雅琪毫无察觉。她主动问询李离的感情状况，表示十足关心，当然，李离很容易地掩饰过去。在朱雅琪的眼中，李离太内向，太保守，太腼腆了，这样很难找到男朋友。如果她知道这么内向、保守、腼腆的李离在网上勾引着各种男人，同他们赤裸裸地聊着两性话题，她还会这么想吗？所以李离厌烦她的肤浅。

李离对北京的冬天印象特别深，仿佛在北京这些年，她所有的事情都发生在冬天。那种冰冷入骨的空气，漆黑空茫的黑夜，空洞寂静的寂寞，无声无息的伤痛是她对过去的大部分记忆。

北京越来越大，像一只巨型章鱼，随着各种各样的道路铺设以及平地而起的高楼耸立，她的触角越来越大，吞并周边的一切，过去美好的记忆，也随着消失。夜幕降临，红色的车尾灯将整个城市点燃，像一锅沸腾的辣椒油。李离开着车路过大郊亭桥，十年后，这里已经车水马龙，鼎盛繁华。一栋栋不知何时建起的高楼和立交桥，让李离完全辨不出这是她曾经青春驻留过的地方。隔着车窗玻璃，看到寒风中自行车道上的匆匆行人，李离总会想起十年前的情景。那时她和林倩同这些人一样，穿着肥硕的棉服，用厚厚的帽子和围巾将头包裹得只露出一双眼睛，口鼻呼出的热气在寒冷中像白色的烟雾，很快凝结成细碎的冰晶粘在眉眼之间，她们骑着从二手市场买来的破旧自行车，开心地奔走在下班回家的途中。一路上聊着办公室的闲言碎语，或者一起开开玩笑聊聊心事，甚至听着 MP3 里的音乐大声地唱着歌，马路上汽车的噪声压过她们尖细的歌声，她们越发大胆地放开嗓门唱。道路两旁是白色的积雪，在车灯的闪耀下发射出莹白的光芒，她们骑过大郊亭桥就到了她们居住的楼子庄，那是四环边上的小村子，仿佛一桥之隔就把都市的繁华隔了去，只剩下她们姐妹俩的世界。那时她们经常唱的一首歌原本是一部轻喜剧的主题歌，现在却变成李离最伤痛的记忆：

我想我会一直孤单　这一辈子都这么孤单

我想我会一直孤单　这样孤单一辈子

天空越蔚蓝　越怕抬头看

电影越圆满　就越觉得伤感

有越多的时间　就越觉得不安

因为我总是孤单　过着孤单的日子

喜欢的人不出现　出现的人不喜欢

有的爱犹豫不决　还在想他就离开

想过要将就一点　却发现将就更难

于是我学着乐观　过着孤单的日子

那时的她们根本没有在乎歌词的内容，大胆地、放肆地将它演绎在她们从公司到回家的路上。旁边的小汽车不时呼啸驶过，带着一股高贵的气场。她们总是幻想有一天自己也可以坐在那里面，穿着漂亮的衣服，吹着温暖的空调，和自己的老公或孩子幸福地回到某一处温暖的楼房。如今十年过去，她拥有了曾经梦想的物质条件，反而越来越怀念起曾经那份执着和纯真，这光速一般的十年，改变了太多的东西，包括日渐庞大的北京，包括早已远去的林倩，包括面目全非的自己，包括太多太多的人和事。只是李离再也不敢唱起这首老歌，她用跌跌撞撞的青春时光活灵活现地演绎了这首歌词。

那天李离和林倩挥手分别后，李离发生了赵旭林醉酒那么热情火辣的故事，而林倩却彻彻底底和老默分开了。

林倩并没有发多大的火，她只是失望到了一种像是死亡的境地。她为在家等了她一天的老默做了最后一顿晚餐，有她最拿手的青豆炒鸡丁，还有老默最爱吃的蒜香茄泥，甚至林倩还花了一个多小时包了虾仁鲜饺。她同往常一样，做完满满一桌饭后，把围裙摘了，去卫生间洗了洗手，把头发好好理了理，顺便补了补妆，她想漂漂亮亮地和这七年告别。

老默仿佛察觉出什么，有点坐立不安，觍着脸，在林倩忙乎这一切的时候，不时跑到林倩身边问询要不要帮什么忙，林倩笑着摇头，她居然笑了，是的，这七年，所有该流的眼泪都流完了，该责骂的话也骂完了，此刻，林倩居然轻松了很多。

等她收拾利落，把电暖气打开，橘色的光打在他们的身上，带着一股暖融融的气流。林倩给老默倒好酒，又给自己满满倒了一杯，那是去年老默过生日林倩买给他的好酒，老默一直舍不得喝。老默终于忍不住了，讪笑着问，今天什么日子啊，这么高兴。林倩没有回答，举起杯子，目光柔柔的，橘色的电暖气光映在那双水汪汪的眼睛里，像一潭焰火下的清泉："来，干杯！"

说着自己仰头喝了进去，仿佛是太辣了，林倩的眼睛瞬时湿了，慌忙夹了口菜。

老默看着她，自己也一口喝了进去，好酒。一晚上，林倩想了千言万语，此时却不知道从何说起。看着面前这个憨厚的、简单的、甚至有点懦弱的男人，林倩一点都恨不起他。极大的爱其实是没有恨的，无论这个人怎么伤害你，欺骗你，做出什么伤天害理的事，说出什么残忍决裂的话，你要真爱他到一定程度，是恨不起来的。想起这七年的点点滴滴，仿佛短暂的只是昨天，时间残忍得像一个无情的杀手，一次次将生死诀别推到眼前，今夜过后，她要和这个男人彻底告别。

老默终于忍不住了，充满关切地问她："宝，怎么了？"这一句让一向软弱的林倩差点动摇，但她还是忍住了。她看着老默，像一个慈爱的母亲送走自己的孩子一样："老默，我们分开吧。"

老默没有说话。他知道，这一次不同于曾经的任何一次谈分手，他从今晚的每一点细节都能感受到林倩的变化，仿佛一汪清冽的泉水，一点一点凝结成冰，最后变成一块坚硬冰冷的石头。虽然电暖气的热风吹在他的身体，但他仍感到一股彻底的寒意从心底升起，嘴里残存的酒精，瞬间变得又苦又涩，老默止不住干咳了一下。林倩没再说话，仍然深情地看着他，目光中充满着无限的怜爱。

老默一直小心翼翼维护的感情，在今天终于要结束了。他比谁都清楚，这一天迟早都会来，他只是没想到它来的时刻，他会这么痛。老默不是个善于表达的人，更不是一个情绪化的人，他只是觉得整个世界突然黑了。

他仰头又把一杯酒倒了进去，他不能再自私地挽留了。

他知道，这段感情受伤最大的人不是自己，而是林倩。他爱眼前这个女人，他心疼她孤苦伶仃一个人在北京的不易，他甚至愿意为这个女人豁出性命。只是他不能再自私地占有她了，他给不了她想要的生活，就必须放她走。他只是心痛，只是舍不得，他不知道自己失去林倩的生活还有没有光芒，可是，他背负着那个小村子里一家人的希望，他只能这样。

"那，那，以后我们还能联系吗？"老默心里亮起最后一颗火星。

"我准备回老家了。我们都会有各自的生活，还是别联系了。"

那一颗火星瞬间熄灭，巨大的黑暗从天而降压在楼子庄这座矮小的居民楼里。人生充满着各式各样的无奈，在一次次的无奈中妥协，认命，消沉，然后碌碌无为地过完整个生命。相爱的两个人没有办法在一起，这本不是什么新鲜段子，只是落在自己身上，觉得像一场醒不来的噩梦，最恐怖的是醒来后的空茫。失去了你，未来，会在哪里？事实上，后来李离打听到老默开的电脑公司发展得不错，据说员工都有上百人了，具体干什么业务李离并不太清楚，她只是感叹，如果林倩一直坚持到现在，老默会不会娶她？也许老默用大把的钱补贴给他老婆，给她安顿个好的生活，再把他父母亲接到北京，找个好的医院，这样他就可以离婚，可以光明正大地把林倩娶回家。只是人生从来没有也许，"也许"只是给失败者或者忏悔者聊以自慰的理由，它存活的价值只是增加了更多的后悔和心痛。

和老默分开后，林倩过了一段多么苍白的日子，李离并不知道，那时候的李离更多的精力都放在赵旭林身上，陷在自己的小情小爱里。她没有察觉到林倩的变化，她还偶尔小心翼翼地打听林倩和老默的情况，直到春节后，林倩说她要回甘肃了。在李离的记忆中，林倩走的那天，北京仍然特别冷。

林倩走之前把租的房子退了，很多东西该扔的扔，该送人的送人，该打包寄回老家的寄回老家。自始至终这些都是林倩和李离两个人完成，李离自然要表现得快乐一些，免得林倩睹物伤悲。李离讪笑地说："这下好，你搬走，这么多东西都送我了，我可赚了。"林倩苦笑一下，然后在搬空的房子窗前驻足待了一会。李离突然想到自己搬离那个小平房的情景，诚然，人在告别自己过去的一段时光时都会感觉到伤感，尤其，是和某一个人七年的相恋时光。

李离总是会换位思考，假如自己是林倩怎么办。这种假设让她不寒而栗，她开始有点佩服眼前这个一向柔弱的女人。林倩在李离家里暂住了几日，白天她把手头该交接的工作交接完毕，把该见的朋友都见了，告了别。晚上，她们挤在一张床上，聊聊心事，分享一下八卦，当李离简单地说了说赵旭林的事后，林倩笑了，掐了一下她的胸说："放心吧，你长得这么漂亮，肯定也会找到那么帅的男朋友。"

李离内心很高兴，她不知道是因为林倩夸她漂亮，还是祝福她找到赵旭林那样的男友，还是说在林倩的眼里，她和朱雅琪是平等的，她并不低人一等。

送林倩走的那天，她们结伴去逛王府井，李离要把林倩打扮得漂漂亮亮地回去。灰色的街道两边，是一排排只剩枝杈的槐树，曲折有力的黑色树枝伸向天空，像一双双垂死挣扎的手。树木背后是一片湛蓝的天，浩大的天底下，这座城市显得颓废与安静，无数个小人物的悲欢离合，在这座城市里上演，然后被这片死沉的灰色所掩盖，无声无息。

林倩本身长得漂亮，只是稍微有些胖，平时为了掩饰她的体型，她总是选择一些黑灰色系的衣服。这在二十二岁的李离眼里，未免太过老气了。她鼓动着林倩买身亮色的衣服，在灰色的冬天也显得精神，漂亮。李离为林倩挑了一件粉红色的粗织毛衣，款式垂坠宽松，林倩穿上，非常漂亮，一来肥大的衣襟掩遮了腰围，二来粉红色衬托得林倩的皮肤白皙滋润。李离又帮她挑了条黑色的紧身弹力裤配上黑色的高跟皮靴，马上整个人都变得高挑、丰满、美丽了。暗棕色的自然卷长发慵懒地披下来，像一面水中摇动的绸子，明亮光洁的额头下，一双星月闪耀的眸子，连李离都看痴了，连连拍手称赞。

　　林倩开始有些害羞，觉得太过鲜嫩，但在李离的鼓动下还是买下了。买完衣服，又买了一些别的东西，李离把林倩送到机场。这是李离生平第一次来机场，她被眼前这个硕大空阔同时又人影繁忙的场景怔住了，痴痴地看了半晌，而林倩熟练地拖着行李箱去柜台办登机手续，等李离缓过神来已经找不到林倩的身影了。她慌忙在偌大的机场里寻找那个粉红色的影子，而手机又偏偏没电了。找寻了好几个柜台，仍然没有找到林倩，李离感觉到有些紧张，她又不熟悉机场，只好挨个问人去银川的飞机在哪坐？别人像看怪物似的看她一眼，就匆匆离开了。

　　李离自卑感又涌了上来，她觉得自己特别土气和愚蠢，于是她执意不再去问人，在每个有人排队的柜台前都搜寻一番，可是还是没有找到。空阔的机场，人影匆匆，闪光的地板倒映着各式各样的人，或高贵挺拔，或寒碜卑微，他们都在为自己的梦想而奔波着，努力着，头顶上飞来飞去的飞机，承载着多少人的故事，又结束了多少人的过去，开始了多少人的未来。

　　整整找了近一个小时，李离的脚都有些酸痛，她甚至觉得林倩是不是已经登机了。直到她听到广播里有个女声喊话："乘坐XXXX次航班去往银川的林倩请注意，请您尽快到安检口办理登机！"

　　李离慌忙往那个安检口跑去，远远看见，一身粉红的林倩正在四下张望着找她。而此时，登机口的安检人员已经催促着林倩快点进入安检通道，全飞机只等她一个人了。

李离突然眼睛就热了。

林倩也红了眼眶，冲过来，给了她一个大大的拥抱。林倩的双手冰冷，紧紧抱着李离的手指都有些发白，隔着衣服，李离都能感觉到一股寒意侵袭过来，她也伸开双臂抱紧林倩，试图给她一点小小的温暖。林倩可能哭了，她把脸埋在李离瘦弱的肩膀上，浓密的头发盖住了所有的悲伤，却盖不住无法抑制的颤抖。

"亲爱的，好好的！"

半晌，林倩松开手，拍了拍李离的后背，抬起头，擦了一下满脸的泪水，绽开一个灿烂的笑容。

"我走了！"林倩转身走进安检通道，李离站在那里，看着那个粉红的背影，那么漂亮，那么动人。在闪着光的地板上，林倩显得高挑挺拔，甚至瘦了很多，那一头长长的卷发伴随着她踩着高跟鞋急速行走的律动，来回摆动，像活着的水草一般。在拐进登机口的时候她又回头向李离挥了挥手，眼睛红红的，但嘴巴是咧开的，露出一口洁白整齐的牙齿冲她甜美的一笑。那一瞬，仿佛整个机场都安静了，旁边的所有人都模糊了。很多年后，李离想起林倩的模样，就是这个模样，像一个漂亮的天使，穿着一身鲜艳的粉红，皮肤白皙光洁，眼神纯净温暖，浑身闪着柔和的光芒，在挥手告别后，就回到了天上。人生就是这样，充满着一次一次的告别，有这种相互祝福，挥手离开的告别，也有那种默默的，无声无息的告别，就像自己从来没有和自己的过去告别一样。不知道从什么时候开始，自己就不再是那个单纯内向的小女孩了。不知不觉中，城市的齿轮磨灭了她的热情和梦想，现实的打击让她害怕和畏缩，她自己都不知道自己到底要什么，要去哪里。

从机场出来，已是接近暮色时分，艳红色的夕阳将天空渲染成一幅美丽的油画，整个天空从深蓝到紫红过渡出好多个层次。巨大的飞机从头顶上飞过，在夕阳的逆射下变成一个黑色的剪影，像一只翱翔的大鸟。李离痴痴地望着它越来越远，消失在视线里，瞬间觉得自己的世界就像现在的暮色，渐渐沉入黑暗。林倩的离开，仿佛代表了李离信仰的崩塌，包括对爱情的和对事业的信仰。一个女人，在这座浩大的城市生存，渺小得像一颗灰色的尘埃。林倩经过近十年的挣扎，仍然落寞离去，随她离开的只有那一个小小的旅行箱。李离不敢想象，自己踏着林倩的老路，一个人住着小小的房子，做着一份收入微薄的工作，她能坚持多久。随着夕阳最后一道温暖的光消失在黑色的楼宇间，整个城市彻底陷入了迷茫的灰暗里。寒冷逐渐包围了李离的身体，她止不住抱紧双臂蜷缩起来，远远望去变成一颗模糊的黑点。

Chapter 五

　　在她八岁的时候，奇叔的事情在她身体里留下一个肮脏的秘密，她害怕别人知道。她诅咒着奇叔早点死掉，那样，这个秘密就永远无人知道了。

林倩离开没多久，接替她职位的新员工，也就是李离的新领导入职了。张楠，一个微胖秃顶戴着一副深度近视镜的中年男人。说是中年男人，直到李离看到他的资料才知道，他其实并不大，居然比林倩还小一岁。李离不清楚这副老成的面容下藏着多少复杂的内容，但李离还是很礼貌友好地接受了他。

　　刚入职的张楠对李离还是很客气的，虽然时不时特意强调一下自己的领导地位，但在各方各面表现得还算低调和积极。李离本身就是一个不爱争抢，不爱冒尖的人，她对人总是温和善意，甚至有些谦卑的，所以在一段时间里，张楠和李离处得还算融洽。

　　时间的齿轮有序地推进，李离的大部分时间都是被灰色的平淡充满。

　　在林倩离开以后的很长一段时间里，李离是没有朋友的，她把自己藏在平凡的生活中，几乎没有几个人注意她的存在，更别说她是喜是悲，是好是坏了。李离喜欢这个样子的生活，她从小就习惯了把自己隔离在孤独的小世界里，她甚至幻想过找一间没有窗户的小房间，躲在里面，永远不出来。白天李离会准时上班，待在角落那个自己的工位里无声无息，除了必要的工作交流，她几乎不会说别的话。晚上下班，她会在路过的菜市场买一点菜，回去做饭给自己吃，有时犯懒，就买上一包速冻水饺或者在小饭馆打包一份简餐什么的了事。她不太清楚自己的未来在哪里，也不奢望她在这座城市还会遇到什么爱情。她麻木地随着时间一天又一天地重复着日子，至少她每一天工作都能努力，至少她赚到的钱足够养活自己，至少她慢慢地在这座城市扎下了根。

张楠确实是一个城府很深的人，他本身业务能力不错，加上又很会周旋人际关系，尤其在老板面前，说话办事都恰到好处地表现自己。时间久了，他逐渐在公司树立起自己的地位，越来越春风得意，连说话都中气十足充满自信。李离的勤奋和忍让被张楠拿捏得非常精准，他逐渐将自己手头的一些工作全转交给李离去做，有了过李离扛，有了功他自己抢。这些李离心知肚明，但她并没有表现出太多的不快，还是如往常一样默默地接受了，她心里认为自己处在一个学习的阶段，多干一些未必是坏事，何况张楠是自己的顶头上司，这也在他的职权范围之内，她无法反抗。张楠有时会给李离一些小恩小惠，比如出差回来给她带点小礼物，或者早上来了给她带份早餐，甚至有一次他把他老婆的一双鞋带过来，说他老婆没穿几次有些浪费就送给她，前两项，李离勉强接受了，后一项让李离顿感不快，她敏感脆弱的自尊心受到了严重的打击，她从不愿意接受别人的怜悯和同情，哪怕对方是善意或无意的，她都会像受到了惊吓的动物立马竖起全身的毛发。张楠遭到李离的拒绝后，并无多大尴尬，自嘲了几句便顺利下台了。

事情发生质的变化是在一个漆黑的深夜，入秋以后公司业务迎来高峰，每个人都像上紧了发条的闹钟，争分夺秒，废寝忘食地工作着。偏偏在最关键的一天，李离电脑崩盘，做了好几天的工作内容全部丢失了，而这些内容直接影响其他环节的进展，也意味着整个项目甚至整个公司都面临着很大的风险。李离整个人都近乎崩溃，她不知道该怎么应付这个灭顶之灾，她几乎是哭着向张楠讲述了事情的经过。张楠挠了挠自己原本不多的头发，整个表情陷入了凝重的黑暗。李离透过他那副厚厚的镜片，想从那双眼睛里寻找一丝希望，来温暖自己当头浇下的冰冷。半晌，那双眼睛闪烁了一下，直勾勾地盯着她，李离以为张楠会借机责骂她或者刁难她，没想他突然苦笑了一下冲她说："那怎么办？咱俩加班干吧。"

就是这样一个深夜，漆黑覆盖了整座城市，阴云翻滚着渐渐包围了过来。同事们逐渐散去，办公室仅剩下张楠和李离两个人，李离怀着十足感激和自责的心情坐在张楠的边上协助着张楠工作。时间一点一滴地过去，李离看着电脑上那逐渐成形的工作内容，心里各种滋味翻滚而来。一来感激张楠在关键时刻挺身而出挽救了她，二来自卑自己的能力差张楠太远，同时她或多或少觉得此时两个人待在一间窄小的办公室有些尴尬。加班到了凌晨，整个城市都静了下来，仿佛只剩下这间小小的办公室里张楠噼里啪啦的敲键盘声，张楠并没有和李离说多少话，神色凝重地将全部精力集中在工作上。李离只好去给他倒杯水，然后像个小丫鬟似的坐在一边等候盼咐。

疲惫的倦意席卷而来，李离勉强挣扎着厚重的眼皮，看着面前仍然聚精会神的张楠，止不住将接踵而来一个哈欠咽下去，憋出一眼的眼泪。张楠扭头看了看她，笑了，示意她去会客室的房间睡会。李离执意不肯，张楠便无奈地摇了摇头继续扭头工作。

窗外彻底静下来了，透过窗户，李离看到外面的楼宇几乎没有多少亮光，零星的几个窗户有灯光透出来，一定是像他们一样的加班族。张楠猛不防地问了一句："小李，有男朋友了吗？"李离慌忙摇头。

亮黄色的灯光安静地洒满整个房间，除了张楠面前那台荧荧发亮的电脑，以及墙上正卖命吹着热风的空调，仿佛所有的物件都睡着了，散发着一种困倦的光芒。李离不知不觉地睡着了。

半晌，张楠捅了捅她，她慌忙惊醒，马上不好意思地红了脸。张楠笑了，又让她去睡，李离不肯，张楠便揉了揉她的头发，语气近乎疼爱地说："你赶紧睡去，明儿早上我估计来不了了，你得替我。"

李离听着有道理，加上自己实在困得坐都坐不稳了，便点了点头。李离不知道她的这个决定意味着一场噩梦拉开了序幕，上帝气定神闲地将一颗炸弹放在你的面前，等待着你下一步踩中，炸得魂飞魄散，支离破碎。

当黑夜褪去人们的衣服，也就褪去他们的伪装，欲望就像出笼的恶兽，凶猛地撕咬着已经奄奄一息的理智，在漆黑的夜里肆意妄为。李离实在太困了，仿佛刚躺下她就进入了梦乡。刺眼的白炽灯透过她薄薄的眼皮呈现出温暖的红色，柔软的沙发床承载着她疲惫的身体，四肢沉重得像是死去的尸体一样。李离已经顾不及自己还没梳洗，甚至连鞋都没有脱，就这样瘫软地倒下。

空调的暖风吹得李离口干舌燥，半梦半醒之间，她仿佛来到一片炽热的沙漠，一望无际的红色，干涩的太阳风吹得她近乎虚脱，她一步也走不动，一句话都说不出来，她艰难地想移动自己的步子，可是身体一点力气都没有。喉咙里像着了火一样，灼热的温度从嗓子蔓延到身体各个角落，李离像一条被丢进沙漠的鱼，任凭强烈炽热的阳光灼烧着她的身体，她一动都不能动。

也不知过了多久，她在这片干燥的沙漠中煎熬，似梦似醒地挣扎着，她多么渴望有一滴水，哪怕只是一滴水滴在她的嗓子里，她就可以积攒一点抖动的力气。她觉得自己身子像陷进黏稠炽热的游沙里，一股厚重的力量压迫着她，她已经快不能呼吸。突然，李离感觉到有一股清凉柔滑的溪流从她的口腔穿过喉咙流进她的身体，仿佛炽热的血红色之间突流进一条清凉的蓝色，随着那细细的血管渐渐输进李离的全身，她枯死的身体慢慢恢复出滋润的颜色。

随着李离触觉，味觉，嗅觉，听觉逐渐清晰，李离突然觉得这好像不似在做梦，她勉强睁开眼睛，刺眼的白色灯光照得李离什么也看不清，但她清晰地感觉到她疲软的身体上趴着一个沉重的男人。李离吓坏了，全身的力气在惊恐下瞬间回归，这种惊恐不亚于夜路上突然蹿出一头狼，甚至比这还要恐怖。李离下意识地一扭脑袋甩开对方，然后用力想坐起来，没想对方一把摁住她的肩膀，不容她有一丝反抗，喉咙里低吼道："别动！"

李离终于看清了，白色的灯光下，张楠那颗圆乎乎的脑袋正反射着明晃晃的亮光，摘掉眼镜的那双眼睛乌黑深陷，此刻正淫邪地看着她，并且张楠的裤子已褪到了膝下，在她身上使劲摩擦。

李离整个人都被固定在对方沉重的身体下，胸口上方还被一条铁杠一样的胳膊摁着，她恐慌极了，甚至忘记了呼喊和求救。只能用足全身的力气，摆脱张楠山一样的压迫。这时张楠的臭嘴又朝她探索过来，并且左手用力撕扯着李离的裤子，幸好李离穿的是件紧身牛仔裤，还系了一条腰带，张楠越是着急越是扯不下来。李离双腿拼命乱踢，双手在张楠的背上像刀一样抓下去。可是整个身体因为胸口这条千斤杠铃压着完全起不来，她只能盲目地反抗。张楠牢牢地控制住她的死穴，她像一条被人摁住七寸的蛇，任凭有登天的本领也无法施展。

李离绝望极了，脑子里突然闪现出那幅噩梦般的画面，奇叔光秃秃的脑袋在她的身体上舔来舔去，留下肮脏发臭的唾液。各种不堪的、肮脏的、耻辱的记忆像山洪一样冲下来，李离整个眼前都黑了，感觉像是忽然落入地狱一样，周边的各种妖魔鬼怪都张牙舞爪地扑了过来，她全身的汗毛全部竖了起来。李离大喊一声，简直像魔鬼附体般地爆发出巨大的力量，身体猛地抬起来。她的脑门狠狠地撞在张楠的鼻子上，张楠吃痛忍不住叫了一声，下意识抬起手护住鼻子。李离趁机爬起来，一把推开衣衫不整的张楠，边提裤子边用最快的速度打开门冲了出去。

李离不知道是怎么跑出办公室，跑下楼梯，跑到街上。清冷的大街上几乎没有人，明晃晃的路灯照得整个城市像一个空洞的地狱。李离脸上全是眼泪，她跌跌撞撞冲了出来，嗓子因为太过害怕都哭不出完整的声音，远远传来像是一只被砍断手脚的猫正在凄惨呜咽。黑洞洞的林荫路她看不到方向，也顾不上方向，眼泪模糊下，远处的灯光全变成一把把利剑射进她的瞳孔，她用尽全身的力气往前奔跑。

深秋的冬夜已经很冷了，但李离此刻根本感觉不到寒冷，她炙热的脸颊仿佛烧红的烙铁，流到脸上的眼泪都好像瞬间蒸发成水汽。她全身颤抖着，深一脚浅一脚，在黑幽幽的林荫路盲目地奔跑着。她脑子里这时出现的并不是张楠，而是奇叔，那双像鬼魅一样的眼睛发着灰蓝的光，干瘪的嘴唇里一颗颗黄牙散发着腥臭的味道，那双手像冬天的树杈划过她身体每个地方都留下干涩的刺痛。她用力地跑着，仿佛要脱离那个魔牢，要脱离那个阴森恐怖的噩梦，摆脱藏在心底折腾她一生的魔鬼。

不知跑了多久，李离已经无法喘息了，胸腔像一个吹得快要爆炸的气球，憋着满腔的气体无法呼出。她无法哭出声音，眼泪模糊了她的视线，她甚至能感觉到眼泪凝固在脸上像一道道干透的胶水，新的眼泪慢慢溢出覆盖在上面，层层叠叠，沟沟壑壑，形成一块坚硬的壳。

李离蹲下来，捂住胸口，可能是跑得太快，哭得太过用力，现在停下来，她忍不住地干咳起来，咳得眼泪再次涌出来，嗓子里的口水混杂着眼泪和鼻涕全部流了出来，怎么也吐不干净。她又闻到刚才张楠留在她嘴里的味道，胃里一阵一阵地恶心，她用力想把它吐出来，可是望着黏连成丝的液体，她绝望极了，她觉得自己本来肮脏的身体又印下了更加肮脏的一道污痕，就像一条雪白的毛巾，一次次被扔进淤泥中，她努力把它清醒干净，无奈命运又一次把她扔进了泥潭。

张楠这件事发生得太过突然，让李离整个人都崩溃了，这应该是她近年来最大的一次心理冲击。她以为她逃离了那个小村子，逃离了那群人，她就可以安全地、卑微地、平凡地活下去。可是生活并不肯轻易放过她，安排在她脚下的炸弹就在这个普通的夜晚引爆，让她辛苦搭建起来的美好表象荡然无存。她恨死这个世界了，她恨死身边的一切人一切事！她恨母亲生下她，她恨父亲虐待她，她恨姐姐揭穿她，她恨权宝表叔关心她，她恨奇叔猥亵她，她恨叶一鸣欺骗她，她恨赵旭林冷漠她，她恨朱雅琪超过她，她甚至恨林倩，为什么那么悲苦，那么软弱，那么像她！她恨命运！她恨苍天！她恨一切礼义教条，仁义道德，她恨人类的冷漠，世态的炎凉！她从小就卑微地活着，苟且偷生到现在，她并没有要求太多，为什么还要这么对她！

李离瘫坐在冰凉的地上，看着眼前这个熟悉又那么陌生的城市。黑幽幽的树木像地狱的魔爪笼罩过来，远处高高矮矮，无穷无尽的楼宇化成影影绰绰的城墙向她倾倒过来。她抱紧双腿，任眼泪鼻涕淌下来，泥土草屑粘满一身。她从来就不完美，从来就没完美过。从她出生，父亲连看都懒得看她一眼，生她养她的母亲也不怎么喜欢她，李离好像不记得母亲对她笑过，更别说那种慈爱的关怀和抚摸了。姐姐对她虽然好，但姐姐从来都是压在她头上，指使她，管教她，她穿剩的，吃剩的才轮到她，而且姐姐自从那次被母亲赶出家门后，她们姐妹的关系也一夜之间变质了，很少联系。李离的童年是灰色的，她从小就知道自己是个多余的赔钱货，她小心翼翼地在那个小村子里长大，像一个不敢见着光的小老鼠。她从不敢和父母要求什么，甚至很多时候，她想把自己化成透明人，隐形在这个家里。李离印象中的家几乎全是打架和争吵，父亲每次出车回来，总是喝得醉醺醺，然后找碴打骂母亲和她们，她无比害怕父亲回来，仿佛父亲一回来，整个屋子都充斥着一股牢狱般的气息。

最不幸的事情远不止如此，李离觉得自己像一个被诅咒过的灵魂，一次一次接受着命运给予她的惩罚，在她八岁的时候，奇叔的事情在她身体里留下一个肮脏的秘密，她害怕别人知道。她诅咒着奇叔早点死掉，那样，这个秘密就永远无人知道了。

可是，就算没人知道，在多少个夜里，她都能被恐怖的画面惊醒，哭着喊着渴望有人来救她。

从来没有人，也不可能有人出现。

生活只会让她更加醒悟自己的地位，没错，自己从生下来就是一个命运的弃子，幸运与美好这种褒义词永远不会属于她，她注定就是一个被命运玩弄的可怜虫。

李离不愿再回忆了，这种回忆只会让她对人生更加绝望，只会揭开她心底的伤疤任它汩汩流血。李离不知道在地上坐了多久，天已经开始泛出迷蒙的亮光。灰蓝色的东方逐渐拉开白天的序幕，整个城市在雾气腾腾中慢慢苏醒过来，发生在夜间的那些肮脏阴暗的事情也随着白天的到来慢慢逝去。苏醒的还有李离，本来她想给林倩打个电话的，后来她想到林倩此时肯定睡了，何况就算打通她也没有勇气说出这些来。她从小就学会了隐忍，多么巨大的伤痛和打击都可以在她眼泪的冷却下慢慢沉入心底。

"没什么！亲爱的！别怕！"她擦了擦眼泪告诉自己。"李离你没有家人，没有朋友，没有退路！ 你还要吃饭穿衣，还要在这座城市中存活下去，你没有资格软弱，更没有资格抱怨，你连向别人诉说的资格都没有！你只有靠自己，起来吧，天亮了，新的一天开始了！"

李离简单整了整衣服，拢了拢头发，沿着青灰色的人行道慢慢地往公交车站牌走去。深秋的清晨十足寒冷，李离在外冻了一夜，加上精神上受到这么大的打击，她明显觉得四肢软弱无力，甚至有些酸痛，头也又胀又痛，胃里一阵一阵恶心，导致她不得不紧紧抱住自己的身体，仿佛一不小心自己就会散架。

李离精神恍惚地上了公交车，车里只有零星几个人，可能是要赶着上早班，或者去机场或火车站，一个个拎着或大或小的包，全身裹得严严实实，表情木讷。李离找了个角落的座位坐下来，把头靠在泛着白色雾气的车窗玻璃上，半眯着眼睛看着窗外灰白迷蒙的世界在眼前滑过。几家小饭馆开着门，里面冒着腾腾的热气，老板们开始新一天的生意；一些上早课的初中学生，三五结伴围过去买新蒸好的包子，嘻嘻哈哈地打闹着；天桥或公园的某一块空场，老人们摆着整齐的队形打着太极拳或者跳着扇子舞；街头绿植栏边上，穿着明黄色工作服的环卫工人正清扫着一夜积淀的垃圾和灰尘。一夜过后，这个城市毫无变化，仿佛什么都没有发生一样，李离苦笑了一下，闭上了眼睛。

她虚弱地回到家后，从饮水机上接了一大杯温水喝下去，然后钻进自己的房间，锁上房门，拉上窗帘，奢侈地打开空调，把温度开到30度，把身上的所有衣服都脱下，扔在地上，然后赤裸裸地钻进被窝，把头埋进绵软的枕头里，把被角掖得严严实实，不留一丝空隙。她太累了，她需要好好睡一觉。

希望一觉醒来，一切都过去，一切都忘记。

铅灰色的云层包裹了整个城市，云层下方黏稠的雾气塞满了城市的各个角落。楼宇、人群、车辆全部陷入进一潭令人窒息的灰暗中。

空气冰冷而干涩，仿佛凝固成了固体，呼吸进去都无法消化。

要下雪了，天空酝酿着阴郁的怒气，带给这座城市一种死亡般的压抑。

李离浑身滚烫，呼吸着空调吹来的炽热暖风，身上压着厚重的棉被，她做了一个极其恐怖的梦。梦里的她赤身裸体被扔在一个狼烟滚滚的战场，所有人都披挂着坚硬的铠甲，戴着冰冷的面具，手里拿着寒光凛冽的兵刃厮杀。浓烈的烟尘迷乱了她的双眼，赤裸的身体肮脏不堪，她无助地用双手护着自己的私处，惊恐地看着眼前的一切。她一点力气也没有，舌头仿佛被人割掉了一样，一点声音都发不出来。惨叫声，厮杀声，刀剑插入肉体的穿刺声，血液喷射出来的喷溅声，马蹄踩踏尸体的沉闷声，婴儿失去母亲的啼哭声，妇女遭受强暴的哭喊声，各种声音汇聚成末日来临时的咆哮，轰炸着李离的耳膜。李离害怕极了，可是没有一个方向让她逃跑，没一个地方可以躲避，没一个人能给她保护，她就这样绝望地一丝不挂地被扔在这个满目疮痍的世界。

李离是被门外剧烈的争吵和打斗声惊醒的，她开始以为是梦里的幻觉还纠缠在脑中，但随着意识逐渐清醒，她开始明白，确实是有人在客厅打斗。她挣扎着爬起来，身体由于高烧已毫无力气，她分不清到底是白天还是黑夜，屋子里昏暗一片。外面的争吵声越来越激烈，各种器具被砸在地面发出刺耳的鸣叫。李离疲软地穿上睡衣，又披了件外套，脑子里混沌得像一锅沸腾的浆糊。

她打开门，刺眼的灯光顿时射进眼里，她努力将视线聚焦起来。她看到明晃晃的白炽灯下，朱雅琪像一只异变的僵尸暴躁地扯着赵旭林扭打，她的头发凌乱，面容狰狞。赵旭林穿着一件大号的篮球背心，已被朱雅琪撕裂出一个大口子，身上脸上无数条红色的抓痕像砍在树上的刀印。

李离不敢相信眼前的景象，她仿佛还停留在刚刚那个恐怖的梦里。她怔怔地，双目迷茫地望着他们。

"放屁！你说！你说，她是谁！你这个王八蛋！"朱雅琪并没有因为李离的出现有半点收敛，反而像有了观众似的更加疯狂，扯住赵旭林的衣服，死命踢打。她的脸因为暴怒在清冷的灯光下呈现着一层诡异的白色，犀利的吼骂声仿佛要把嗓子撕裂一般，响彻夜空。

"你有完没完？你妈的！看看你的样子！"赵旭林也气急了，一把拧住朱雅琪的胳膊，把她摁在沙发上。朱雅琪四肢乱踢，一脚把旁边的茶几踹翻，茶几上的瓶瓶罐罐全部散落下来。

"好你赵旭林！你打我！你今儿打不死我你不是男人！你打不死我，我就和你没完！"朱雅琪气极了，仿佛今天就要拼个你死我活，鱼死网破。她挣扎出一只手，摸到沙发上的一个靠垫用劲砸向赵旭林，可是绵软的靠垫根本没有任何杀伤力，赵旭林的大手死死地钳住的她的另一只手，同时压在她的身体上。朱雅琪绝望地将靠垫一扔，用尖利的指甲狠狠地抓向赵旭林的面门，瞬间，赵旭林那张帅气的脸上又出现了四条猩红的抓痕。赵旭林这下惹火了，张开大手，响亮地抽了朱雅琪一个耳光，夹杂着那声清脆的声响，吼骂出一句："我操你妈！"

朱雅琪疯了，眼泪磅礴而出，冲花了眼影，像一只大雨里淋透的鸡。"啊！赵旭林！你打死我！别忘了，没有我哪有你今天！我今儿就和你一起死！"

两个人瞬时又扭扯在一起，哭声，吼骂声，厮打声搅和在一起，家具已被他们大力扭动到各个地方，屋子里的一些小器具，七零八落扔得满处都是。

李离恍然才明白到底发现了什么，她止不住瑟瑟发抖。她想伸手阻拦，可是身体软得步子都迈不开，她用了很大力气，才发出幽幽的一声：

"别，别打了。"

然后一团黑暗的云重重地落了下来，李离眼前漆黑一片，明黄的灯光鬼魅般地消逝，朱雅琪刺耳的尖叫瞬间变得无比遥远。李离感到自己的脚一软，陷入一个空茫的黑暗中，最后重重地坠入到生硬的地面上，她所有的知觉都消失了。

李离多么羡慕朱雅琪和赵旭林，觉得他们就像活在云朵上的人物，只是一夜之间，云朵中的天使坠落凡尘跌得丑陋不堪。李离只是短暂昏迷了半分钟，但这半分钟还是把赵旭林和朱雅琪的吵闹打断了。他们惊讶地发现一直躲在房间里沉睡的女孩已经病得近乎虚脱，于是他们急忙连搀带扶地把李离弄回到床上，朱雅琪一摸李离的脑门，热得烫手。她吓坏了，赶紧招呼赵旭林一起把李离送到医院。

李离的意识已经迷糊了，她感觉到自己伏在赵旭林的背上，他宽阔的后背像小时候经常躺的那块麦场，温暖平坦；她闻到赵旭林身上沁人心脾的阳光气息，仿佛快要把她融化；她听到赵旭林结实的心跳和浓重的喘息，近得就在她的耳畔。李离的一滴眼泪悄悄地滑落，无声地渗进他的后背。这应该是李离和赵旭林最亲近的一次接触，她暗恋了他近一年，只有这一刻，她心里才稍稍有一点点心酸的满足。朱雅琪跟在旁边托着她的后背，赵旭林大步流星地背着她走下楼，冲出小区，招手拦下一辆出租车。

一个小时后，随着那几瓶退烧药和消炎药通过细细的输液管滴入身体，李离渐渐清醒了，她看了看守在边上的朱雅琪，问："赵旭林呢？"

"噢，他去给你买粥去了。"李离止不住苦笑了一下，仿佛她唯一给予他的东西他又原封不动地退回来了。

李离得知朱雅琪帮她垫了药钱，很是感激，连说回家就还给她，朱雅琪自是客气一番。当李离看到大夫给她开了近四百块钱的药后，心里立马慌了，她趁朱雅琪去卫生间的间隙，急忙问急症室的护士能不能退掉一些。护士不耐烦地告诉她，入了系统的单子是不能退的，再说了，你烧得那么厉害，三天的药已是最少的剂量了。李离默默忍受了，她心里酸楚地想到，李离，你连病都病不起。

急症输液室的病人很多，大多数都是老年人，有的是老伴陪着，包裹得严严实实，面容黯淡，旁边的老伴悄悄地问询一两句"冷不冷""好点没有"的话，不时帮对方输液那条胳膊的袖子拉下来一点，担心勒得太紧，供血不足。有的是家里的儿女陪着，利索地跑东跑西，一时问询护士输的都是些什么药，有没有什么副作用，一时又转头对病着的老人说"以后多保重好自己，来趟医院多麻烦"等等。李离看着他们，心里好生羡慕，同时又泛起浓浓的酸楚。她担心自己有朝一日老了，病成这样，会有谁陪着自己。

转念又想到了母亲，年纪不到五十岁的母亲，看上去比输液室里那些六七十岁的老人都老，她艰难地活在这个贫穷冷漠的家庭里，唯一的信仰和动力就是攒钱。她那个深褐色的重得像保险柜似的老松木黑箱子藏着她唯一的希望，只有她终年挂在脖子上的那把钥匙才能给她唯一的安全感。

李离仿佛有些理解母亲了。

边输着液，李离边喝了几口赵旭林打包回来的紫米粥，慢慢地，李离的身体逐渐恢复了一些体力。她连连感谢赵旭林和朱雅琪，赵旭林和朱雅琪简单客气了几句，便没再说话，双方黑着脸互不理睬对方。

李离也没好多问，输完液，朱雅琪帮她套上棉衣，系上围巾，赵旭林帮她拿着药，三个人一起从医院出来打车回到了家。

回到家后，大家各自进了自己的房间。李离半躺在床上，虽然身子还是有些软软的，可是脑子清楚了不少。现在是刚刚入夜，窗外下起今年的第一场雪，正式迎来了新的冬天。李离没有开灯，裹着厚厚的大衣靠着床背，将被子盖在自己胸部以下，她没舍得开空调，并且她也讨厌空调那干热的暖风。她竖起耳朵听着客厅的动静，好像朱雅琪和赵旭林没再争吵。过了半晌，她听到客厅传来一个男人的厚重脚步声，然后是咣的一声重重的关门声，李离知道，赵旭林走了。

这个满身散发着阳光气息的男孩，他心底藏着什么样的秘密呢？

李离仿佛看到一个高大的身影，走进白茫茫的雪路中，两边高高的路灯射下来的灯光，打在他满身风雪的身上，在地上拖着一个瘦长的身影。晶莹的雪花在他的头顶上空飞舞着，落在他的头发上、肩膀上，反射着钻石般的光芒。

如果自己是朱雅琪，舍得那么厮打他吗？

第二天，李离挣扎着想要上班，要知道，超过一天的病假，就要扣半天的工资，何况公司那么忙，她不愿惹老板不高兴。李离把断了一天电的手机充上电打开，伴随着屏幕闪亮开启，一条短信发着清脆的铃音收了进来，李离看了一眼发信人的名字是张楠，连内容也没打开，就点了删除键。她不愿意再回想起那个夜晚，虽然只是过去了一天，李离觉得它已经是上个世纪的事情了。她从小就练就了一个本领，就是把某些不愿面对的东西选择性地遗忘，然后把它包裹得严严实实封存在心底，时间久了，就好像它真的不存在了。李离是不会因为这件事而失去工作的，对她来说，在这个城市生存，最大的保障就是她拥有一份工作，她可以自食其力，这比什么都重要，至于张楠，她决定以后尽量不去面对，尽量将自己藏到一个更加隐蔽的地方。

上午九点，她准时到了公司，可能是昨晚同事们又加班了，所以办公室里来的人不多，大家也没多问她昨天为什么没来的事情，各自冷着脸忙着自己的事。李离悄悄走到自己的座位，打开电脑，看了一下隔壁张楠的座位还是空的，桌子上一大堆的文件以及各色文具杂物等乱七八糟地散落着，和往常毫无异样。李离呼了一口气，转身出去给自己倒了杯热水，是的，一切都没改变。

过了一个多小时，张楠还是来了，肥硕的身躯扭进来，头上仅剩不多的几缕头发好像被风吹得更加杂乱了，表情有些疲惫，但精神貌似还不错，冲几个同事大声地打了招呼，然后走进自己的工位，他看到了坐在隔壁工位的李离，怔了一下，然后一脸热情："哟，小李来了，听说你昨天病了？"

李离纹丝没动，仿佛这句话根本不是对她讲的，甚至就像没有听见一样。

张楠也没多说，笑着低声说了句："多喝点水，这天，变得太快。"然后便坐下来，开始了他的工作。

李离的冷漠抗拒，张楠是感觉到的，然而他完全可以做到一副毫不知情的样子，仍如往常同别的同事口若悬河，指点江山，仍如往常客气坦然地同李离交代工作，正常交往。仿佛，心怀鬼胎的是李离，这让李离十足地厌恶和恶心。李离一概选择沉默应对，她几乎不会正眼看张楠一眼，张楠给她的工作，她默默接了，做完了，发送邮件给他，反倒张楠还假意耐心，大度地同她交流一些工作问题，李离一概不予回应。

张楠实在憋不过，给她写了封邮件："咱们私事归私事，别影响工作，让别人看到多不好。"

李离回了一个字"滚",外加无数个感叹号。

李离不是个善于心计争斗的人,她唯一的武器只有她的沉默。这对张楠来说,反倒像一只饥饿的狼面对一只刺猬,不知从何下口。李离默默地隐藏下了这件事,没有声张或借此要挟,这让张楠心里悬着的一块石头落了地,然而接下来几天这种冷漠的对抗让张楠更加头疼,毕竟是直线上下级,他做贼心虚又没办法严厉对待,可是照此下去正常的工作就无法推进。

过了很多天,李离仍然一如既往,到了后来,连同事们都或多或少看出张楠和李离有很深的矛盾,在背后窃窃私语,目光中也透着无限的猜疑和八卦。李离自然可以做到身正不怕影子斜,何况她本身就沉默内向,不善与人沟通,这些对她来说,没有什么压力。然而,对张楠来说,每天都要僵着脸去打哈哈,搞得疲惫不堪。到后来越来越严重,连老板都看出来了,把李离叫进办公室谈话,李离沉默得一言不发,到最后竟难掩激动流下了眼泪。

最终,张楠辞职了。

当晚李离下班出来,长吁了一口气。北京的冬天天黑得非常早,不到六点,夜色已经非常浓重。李离重新走在那天她仓皇奔逃的林荫路上,正值圣诞前夕,各路商家都抓住这一年一次难得的商机,大肆地渲染着节日氛围,道路两旁的树枝上挂满了各色各样闪亮的灯光,晶莹剔透。路两旁的店铺,无一例外在玻璃窗上用喷字器喷着雪花般的花哨字样。身披红袍的圣诞老人和有着漂亮长角的驯鹿被演化成各式各样的卡通形象陈列得到处都是。大型一点的酒店或商场,在门口的空地上放置着巨大的圣诞树,树上装点着五彩缤纷的装饰物,树下放置着大大小小的彩色礼盒,吸引着无数年轻男女争相在树下拍照。来来往往的人,有的三五一群,谈笑风生,有的独自抱着电话脸上洋溢着甜蜜的表情，各种欢快的圣诞歌曲从各处飘来，让整个城市都沉醉在一片欢乐祥和的海洋中。

在这么美好的夜晚，在这个充满着欢乐和祝福的夜晚，在这个本该心怀善意向上天许下美好愿望的夜晚，李离望着黑幽幽的天空，在心里发下一个恶毒的诅咒：

让张楠出门被车压死吧！

Chapter 六

　　李离觉得放置在自己脑子中多年的条条框框，像一面面镜子，在今晚，在朱雅琪那一声声刺耳的叫声中一面面破碎，碎成满地的玻璃碴，闪着晶莹的寒光。镜子里闪现出母亲那张严肃的脸，冰冷的眼睛里闪射出愤怒的光芒。

李离不太清楚朱雅琪和赵旭林是怎么和好的。在他们冷战了不到两周的时间后，赵旭林再次来到了她们居住的房子，当天夜晚又一次听到他们那热情激烈的声响。仿佛那一晚发生的事，从没发生过，连李离都怀疑那天她看到听到的一切只是她的幻觉。他们之间到底有着怎样的复杂关系，以至于两个人决裂到那般模样，依然还能和好如初。

　　他们当晚异常激烈，完全不同于往日，李离在玻璃窗外，被里面疯狂的举动吓到了。凭借声响，李离听到赵旭林把朱雅琪绑在床上，用各种侮辱性的语言辱骂她，羞辱她，折磨她，后来他用皮带在她身上抽出一声一声清脆的声响，朱雅琪没有反抗，反而显得特别享受。

　　赵旭林像一个高高在上的主人训斥着不听话的婢女，各种污秽不堪的话语从文质彬彬的赵旭林口中说出，这让李离整个灵魂都感受到从未有过的刺激和震撼。半晌，朱雅琪终于在这种巨大的压迫下妥协了。

　　这些污浊不堪的话，让李离整个大脑瞬间出现了短暂的空白，她简直不敢相信她听到的话，仿佛一道凌厉的电光劈下来一般，接下来涌上来一种无法形容的滋味，羞愧，震惊，刺激，激动，那种无穷无尽，从来没有过的感觉像绳子一样勒紧她的身体，让她窒息。

　　李离从来没有想过，一个女人居然可以说出这么污浊淫荡的话，还说得如此坦然与直接，这该是多么的无耻和下贱。这简直比她一睁眼发现张楠压在身上更让她震惊，就像西方人头一次见广州人吃血淋淋的动物内脏一样，整个思想观都崩塌了。在她从小接受的思想教育里，性对女人来说是极其隐晦和私密的，甚至是耻辱和可怕的，女人怎么可以这么赤裸地表达自己的感受，还主动作践自己去迎合对方，这让男人该怎么看待这个恬不知耻的女人。可是充斥在李离身体里的那股叛逆的血液，此刻却像一条闻到血腥味的鲨鱼，瞬间疯狂起来，从未有过的快感穿过全身的血管和神经四处碰撞，让李离目光所及都是躁动的血红色。

黑沉沉的冬夜，寂静的房间被赵旭林和朱雅琪疯狂的声响充斥得像一台发动起来的火车，巨大的轰鸣声轰炸着李离敏感的耳膜，在李离疯狂迷乱的过程中，脑子里却突然闪现出母亲那张遗像般肃穆的脸，此刻正在恶狠狠地盯着自己无耻的女儿，转瞬这张脸又变成一副荡妇的样子，躺在一个男人身下高叫着，那张面孔一会变成母亲，一会变成自己，一会又变成朱雅琪，三张面孔层叠交替，共同特征都是散发着淡蓝的光，无限放荡，像一只女鬼正在吮吸着男人的鲜血。

贱货！贱货！

这两个丑陋的字眼像皮鞭一样狠狠地抽打在李离赤裸的身上，然而，所及之处，除了火辣的疼痛，还夹杂着无尽的快感。李离觉得放置在自己脑子中多年的条条框框，像一面面镜子，在今晚，在朱雅琪那一声声刺耳的叫声中一面面破碎，碎成满地的玻璃碴，闪着晶莹的寒光。镜子里闪现出母亲那张严肃的脸，冰冷的眼睛里闪射出愤怒的光芒。

李离瞬间浑身冰冷，一股巨大的恐惧席卷而来。

回到自己房间，李离钻进被窝，身体一直瑟瑟发抖，半晌没有暖和过来。可能是快感失去后产生了严重的失落感，李离怎么也睡不着，内心涌动浓浓的寒意和酸楚，又一次面对自己孤独地躺上床上，隔壁的两个人已经心力疲惫地睡了过去，只有她像个可笑的观众对着剧情大哭大笑后才反省出自己的位置。是的，朱雅琪喊出的那些话，她这辈子都说不出来，她实在不能理解这么下贱无耻的女人，赵旭林为什么还会喜欢她，而自己为什么还会从中找寻到那么刺激和兴奋的快感，难道自己骨子里也流着像朱雅琪一样放荡的血液，就像奇叔所说，自己天生就是一个贱货？

李离又想起了她的童年。

在这个万物沉静的深夜，记忆像一壶放在火炉上的水，悄无声息地沸腾了，随着人的意识越来越薄弱，它爆发出强大的力量掀掉封盖汹涌而出。隐藏在李离内心深处的秘密太多了，她从来不肯把它们拿出来面对，此刻夜深人静，疲倦而又脆弱的李离再也没有力气掩藏它们，它们像一股一股黑色的烟云，幻化成真实的影像闪现在李离的眼前。

那是一间年久失修的土坯老房子，屋顶上长满了荒草，微风吹过显得更加萧条，正面开着一个歪歪斜斜的木门以及一个用塑料布遮挡着的窗户。屋子里昏暗污脏，一进门便是一个三四平方米的火炕，上面铺着几层破旧的席子，席子上面堆着一堆黑灰污脏的行李，炕的另一头也是用土坯修葺出来一个灶台，由于通风排烟不好，原本粗糙的墙面挂着黑乎乎的污尘，屋子里萦绕着一股焦煳的味道，屋子光线昏暗，物件杂乱，破旧，地上放着几个大木柜子，墙上挂着七七八八的农活工具，此刻日暮低垂，余晖穿过门窗的缝隙洒进几束微光，显得更加幽暗与恐怖。

这是看果园老头奇叔的家，年仅八岁的李离衣着破烂，头发凌乱，站在靠炕沿的位置，浑身瑟瑟发抖，她害怕极了，她知道这次奇叔一定不会轻饶她。

她和小伙伴们经常跑来奇叔看管的这个果园偷果子，奇叔为了防范他们，养了一只大狼狗放在园子里，有一次同伴润平差点被狼狗咬到，他们为了报复，偷偷把农药混在馒头里喂了狗，当晚狗就被毒死了。奇叔气个半死，跛着脚闹到他们各自的家里，他们也少不得被父母一通狠打，由此他们就和奇叔结下了梁子。小孩们欺负奇叔老光棍一条，腿脚也不好，想着法整治他，这次润平在果园的门把手上抹了一层厚厚的屎，然后故意敲敲打打，惹得奇叔出来追他们，没想一开门弄了一手臭屎，这下把奇叔惹火了，狠命追打他们，那些小男孩跑得快，最终李离被逮住了。

李离看着眼前这个黑瘦干枯、面容凶恶的老头感觉像看到了地狱里的魔王，吓得都不会说话了。奇叔把她抓进来后，回手把门反锁好，然后半倚在炕角的行李上，顺势从行李下面掏出一个旱烟袋，捻好烟丝，把旁边的煤油灯点着，不紧不慢地叼着烟斗凑到火苗旁，用力一吸，火苗便整个被吸进装好烟丝的斗里，红亮的火光一闪，半晌从奇叔那张满是黄牙的嘴里吐出一股青蓝色的烟雾。

李离一动不敢动，像一只被狼逮住的羔羊，蜷缩着身子等待发落。半晌，奇叔将手里抽剩的烟灰在鞋帮上磕掉，用那双乌蓝的眼睛打量着她，一脸的凶相。

"这么小就敢偷果子，长大不得偷男人？啊！"

李离以为奇叔肯定会狠狠揍她一顿，这她倒是不怕，她只是希望他别告诉母亲，否则，她除了挨打挨饿，可能连学都上不成了。可是奇叔并没打她，反倒说出这种不正经的话，她让一个小女孩一下子都不知怎么回答。

"奇叔，我不敢了，我再也不偷了，放我回个哇，我妈会打我的。"李离边哭边哀求道，双腿都止不住有些发抖。

"放你回个？你知道你偷的果子是谁的？是公家的！是要坐牢的，你知道不？我这就把你送你妈那，看你妈怎么赔，怎么处置！"

"奇叔，我错了，求你了，不要告我妈。"李离已经吓得大哭起来了，她不想坐牢，更不想连累家里，她家那么穷，哪有钱赔啊。如果这事让母亲知道，后果不堪设想。

奇叔逼迫小李离跪在地下，慢慢踱步过来，看不清表情，仿佛生气又仿佛愉悦，他伸出干枯的手在李离身上摸摸掐掐。李离不敢躲，又害怕，眼睛盯着奇叔那只跛脚，等待着奇叔的动作。

"看这细眉细眼的，和你妈一样是个骚货！是不是？"

李离心里简直就像涌进一股黏稠酸涩的污水，翻滚着恐惧和耻辱的气泡险些让她无法呼吸。她实在没有办法接受一个大人对她说出这种话，她甚至都听不懂这话的意思，觉得这应该是她听过的最直白最肮脏的语言了。她吓坏了，双手拧掐着衣襟，大颗大颗的眼泪不自觉地掉下来，滑过脏兮兮的小脸蛋，留下两道光亮的印迹。

李离吓傻了，她实在不知道奇叔要怎么样才肯放过她。她抬起来泪眼模糊地看了看奇叔，不明白奇叔要什么。奇叔凶狠地呵斥着她。李离看着地上黑黢黢的煤灰，听着外面远远的微弱的虫鸣声，多么希望有个人进来救救她。

李离心里害怕极了，她觉得她可能活着走不出这间小屋了，她不知道奇叔还会有什么招数对付她，会不会用刀割她的肉，挖她的眼睛；会不会把她关进漆黑的地窖；会不会杀掉她，把她埋在果树下；年仅八岁的李离完全不知道奇叔在干什么，她想到了她能想到的所有可能性。想到自己可能会死，再也见不到爸妈，同学，姐姐；再也不能上学，玩耍；再也看不到第二天的太阳；她害怕极了，她越害怕越不敢大声哭闹，她哀求着："叔，饶了我吧，我再不敢了。"

"饶了你？好呀，那看小贱货听不听叔的话。"

那是李离有生以来第一次说出这么难听的话，连她自己都想不到的话。至今，李离想到那天奇叔逼她说出的那些污言秽语，仿佛每一个字都像一个耻辱的符号刻进她的心里；每一个字从嘴巴里说出来，都像一把刀片一刀一刀割着舌头，让她满口鲜血，舌溃牙烂。

仿佛是一种冥冥的注定，李离用尽全身力气想忘记它，否定它。然后它像一张生死符刻进了她的命运，无论她逃到哪里，改名换姓，遇到哪个男人，这张符咒已经写好了她的人生。

奇叔对听话的李离很是满意，他命令李离跪在炕上，对着奇叔，一遍一遍地回答奇叔污秽的问题。李离十万个不愿意，然而她毫无办法，像一只任人宰割的小绵羊，无助地按照奇叔的要求做着。

奇叔嘴里边咒骂着脏话边折磨着她，李离完全不知道怎么办，僵着身子。她险些吐了出来，她又不敢反抗，只求奇叔能早一点结束，放她回家。

真的不知道过了多久，李离觉得自己几乎要窒息过去了。奇叔也有些累了，恶狠狠地盯着她："敢回去告诉你妈，我就告公安局说你偷果子，把你们全家都抓起来，知道不？"李离哭着点头。

"以后听叔的话，叔让你干啥就干啥，知道不？你以后敢反抗，叔就去你们学校找你去！"

李离什么也不敢想，不停地点头不停地答应，她只想尽快逃离这个地狱般的地方。

奇叔帮她把衣裤穿好，又给她糊拢了一下泪花了的脸，才放她出来。李离从那间破砖房里跑出来，正是暮色时分，夕阳将整个大地都染成一片金色，路两边绿油油的庄稼也披着一层灿烂的光芒，李离大哭着，发了疯似的往回跑，但她心里清楚，她绝对不能告诉母亲，否则母亲一定会把她打死，母亲绝不会要这个如此下贱的女儿的。

后来奇叔趁没人的时候，又偷偷找过她，诈唬她，让她再到他那个房子去，不然就告诉母亲，告诉学校。李离没办法，只好又去，每次都会让奇叔折腾半天才能出来。那一段时间，她几乎天天做噩梦，梦到奇叔变成了魔鬼把她抓进了山洞，要吃她的肉，喝她的血。她尖叫着在噩梦中惊醒，母亲问她，她也不敢实说。她想方设法躲着奇叔，但凡被他抓到，她就得跟着他走，这种噩梦般的日子一直持续到小学毕业，她慢慢懂事，明白了奇叔是在骗她，她才敢反抗，奇叔才慢慢罢休。

可是这段污脏耻辱的记忆，就像一段噩梦，永恒地留在了李离心里面。每当夜深人静，她总会想起。在和叶一鸣第一次发生关系的那一晚，叶一鸣嘴巴里那股味道，让她想起了奇叔。张楠强暴她的那一晚，张楠在她身上也让她想起了奇叔。朱雅琪大喊着自己是贱货，也让那天的情景历历在目。

这段不堪的记忆几乎快把她压抑致死，她把这个秘密压在自己的心底，谁都不敢告诉。她知道，自己从那时就不再纯洁，身上沾满了肮脏的印迹，就算她怎么回避，怎么清洗，都洗不掉刻在灵魂里的那股恶臭，在这个寂静的深夜汹涌来袭。

李离的母亲是个极度保守且自闭的女人，终日穿着一身素黑，连头发都包在一块黑头巾下面，领口袖口的纽扣永远扣得严严实实，她像一个守卫贞洁的女神，不容一丝污渍侵犯。李离成长的大部分时间是与母亲和姐姐共处的，李离小时候并没有察觉自己的母亲有什么不正常，直到后来李离长大了，离开了家到了社会，再从别人的角度去观察母亲，才发现母亲真的和常人太不一样了，她甚至怀疑母亲有精神疾病。

母亲不善言谈，特立独行，这让她在村子里分外另类。村子里的人，尤其是有老公孩子的妇女们，闲暇之余总爱聚在村口的大槐树下，搬上个小凳子，边干着手里的零活儿边扯一些半荤半素的八卦，聊得热火起来，各种污秽的词都会冒出来。母亲从不参与，甚至非常厌恶，母亲在她们眼里，就是一个格格不入的怪人。母亲很少笑，李离印象中的母亲就是冷着脸，忙着自己手里的事，不和人交流，也不需要交流。父亲常年不在家，家里里里外外的大多数活儿都是母亲的，而母亲又是一个极度整洁的人，白天在地里忙农活，晚上回来还要给她们姐俩做饭，浆洗衣服，很少能看到她闲暇的时候。

简易的三间土坯房由于母亲太过整洁地收拾，显得特别没有人气，桌子上几乎无任何摆件，墙上也没有像别人家一样的年画和相框，甚至院子里都没有应该有的一些生活垃圾，就是这样一个冰冷的房子，生活着她们母女三人。

生活，在母亲眼里是固化的，是千篇一律的。她早上六点起床，做早饭，喂鸡喂猪，收拾院子，等她和姐姐上学走了，便出工到地里干农活，快晌午的时候再回来做饭，下午再出工，晚上回来吃晚饭，在睡之前擦地擦桌子，擦一切家里能看到的物件，然后在灯下做针线活儿或者别的什么。母亲做的事几乎不超过这个框框，甚至她做的饭来来回回就那么几个菜，扫地都是从东边灶台扫起扫到西边门口，在哪几个角落扫几下都是有固定套路的。母亲一生都没有出过这个小村子，电视也很少看，李离经常想，母亲的一生比她养的那些鸡还苍白。

母亲对李离和姐姐是严厉的，甚至是苛刻的。李离和姐姐几乎没什么朋友，也不可能有朋友。她们的业余时间完全被家务占据，母亲的洁癖习惯导致她们的家务量要比正常家庭多好几倍，地一天扫三次，玻璃恨不得一天就要擦一次。除了这些，母亲还限制她们的自由，一些相好的伙伴找她们玩，女的还好，男的一概不许她们出去。经常挂在嘴边的话就是"好好的不在家待着，跟这些野小子混啥"，有一个叫红英的小女孩，是和李离走得最近的小伙伴，可是母亲严禁她和红英玩，母亲说红英的妈妈不是正经女人，女儿也不是好东西。李离脑海里，对"不正经"和"正经"这两个词有着根深蒂固的认知，但凡任何一点事和"不正经"挂上钩，她马上就要放弃，回归到"正经"的行列里来。比如李离的衣领扣子绝对不能无意识解开，哪怕再热再累都要扣严实；比如李离的头发必须梳得齐齐整整，一丝不苟，绝不能出现凌乱和蓬松的情况，李离的姐姐进城后染了一头棕黄色的头发，差点把母亲气疯。再比如，衣服的颜色绝不能另类，特别扎眼的颜色和款式，统统会被母亲禁止；比如，任何时候，任何场合，都不能表现得太过兴奋激动，大喊大叫。有次姑姑家的表哥娶媳妇，李离和一些表亲姊妹们玩疯了，起哄让表哥亲新娘子，结果被母亲拉到外面去，劈脸就是一个耳光，"浪得不着边了，你个女娃娃家咋呼什么"，等等。

印象中，母亲对于一个女人的品行是极度苛刻的，在她思维里，一个女人一旦不正经了，那就等于陷入粪坑里的馒头，彻底没救了。

镇子里有个不大的派出所，有次李离和母亲路过，看到上面新贴的告示，说的是邻村某某女青年在晚上回村路上被藏在路边某男青年拖进树林强奸，然后那男青年被判了十年牢刑。母亲看完这告示后，先是恨恨地说，这种男的抓到了就该枪毙，然后又不无感叹地说，那女的以后还咋活啊，不如死了算了。这件事在李离的印象中停留了很久很久，她在想，如果奇叔的事被母亲知道，母亲该如何羞愤难当，扼腕叹息，周边街坊邻居该如何评论游说，她该如何了结自己的生命，跳井还是上吊？诚然，在母亲眼里，自己死去也不能弥补她留下的耻辱，奇叔在她身上留下的不仅是她心理上难以抹去的伤痕，还有那追随一生的耻辱。

多少次她从奇叔的破屋里战战兢兢地出来，本来心里已经害怕和难过到了极点，她还要担心会不会被人发现，她自己跑到小河边哭着清洗自己的脸和头发。多少次，她望着清幽幽的河水，想一头跳下去，就断绝了这段噩梦；多少次她哀求奇叔放过她，不要再找她，可是就像一只小羔羊劝说狼不要吃她一样艰难；多少次她想扑到母亲怀里痛痛快快地哭一场，让母亲帮帮她，可她永远没有勇气开口；一个年仅八岁的小女孩就要承受生命带给她如此的压力。

关于性，在李离的意识中是极度隐晦的事情，甚至当她第一次发育的时候，她看到自己逐渐长大的胸部，她觉得非常羞愧，并且忐忑不安。由此，她更加自卑，尽量不与人接触，甚至在人前都不敢抬头挺胸，像个做错事的孩子畏畏缩缩。

母亲是很少管她的，李离就像母亲身边一只乖巧的小土狗，出身卑贱，生性懦弱，不言不语，少有新闻。如今这个蜷缩在她身边的小土狗长出了性特征，意味着她也正式进入成年人的行列，这或多或少还是让母亲有点吃惊和烦躁。她看着早上起床正在穿衣服的李离，微微隆起的小胸部在单薄的小汗衫下分外突出，甚至骨瘦如柴的小身子也好像多了几分少女特有的丰盈。母亲突然严肃地说了句："这眼见大了，以后拿布裹一裹，省得在人前不像个样子，再者少跟那些男娃子打闹，女娃子要有点女娃子样。"

李离的脸瞬间红了，巨大的耻辱感袭了过来，她有点恼怒自己这个不争气的身体，长出了这些风流的气息，同时她从母亲的话语中感觉到一股无形的压力，觉得自己又给母亲添了乱，更多的是她对自己的变化开始惶恐，她不知道身体的这些变化意味着什么，意味着自己不再可以蜷缩起来就没人看到，如今胸口就像两个明晃晃的招牌一样，会把各种目光吸引过来，包括男人暗暗打量的目光以及女人阴晴不明的目光。这让她害怕，同时心虚，她觉得装在自己身体里那个丑陋的伤疤也要挣脱出来了，她终日惶恐不安，精神萎靡。

她找来一条粗棉白布将自己的胸部裹起来，然后再套上厚实的外套，把头发也剪短，尽量让别人不要注意到她。

李离第一次来例假的时候害怕极了，又不敢和母亲说，自己想着自己得了绝症，会不会死去，又想着如果真死了，或者也能给父母省点心。后来还是姐姐发现了，教她怎么把手纸叠成长条垫在里面。身体和心理的双重折磨让她极度悲观，她不免又想起母亲常说的话，"女人，生下来就是受罪的"。

李离憎恨母亲这句话，可是又不得不被这句话所困。她从小就想着有朝一日，自己独立起来，再也不困于家庭这个牢笼，再也不受女人这份束缚，自由自在地掌握自己的命运。然而，现在她终于挣脱了那个封闭的家庭，可是流在身体的血液，藏在脑子中的思想却固执地捆绑着她。女人，是否生来就为男人而生，她们生而软弱，在男人强大的力量面前俯首称臣。男人可以占有各种各样的女人，甚至为此感到骄傲，而女人一旦被男人占有了，就显得廉价，如果女人找了几个男人，将会被人唾弃与厌恶。这难道就是两性的法则？

李离忽然好像有点理解父亲严重的重男轻女思想，在他眼里，女人只是附属品，就是用来满足性欲，同时又能生儿育女，照料家庭的工具，只有男人才能顶门立户，成为一个家庭的主宰者。女人不应该有思想和感情，只能有忠诚和服从。父亲看母亲的眼睛里，从未有过所谓的爱，就算偶尔绽放出一些温暖，也像看待一个听话的宠物做了一件遂他心意的事。父亲习惯了身边这个女人给予他的照料，无论这些照料是否体贴入微，都是这个女人应尽的职责。但凡这个女人忤逆了他，他便肝火大动，施以管教之手。李离又想起父亲薅住母亲头发往墙上撞的画面，母亲破败的面容，凌乱的头发，纤细的胳膊做着无谓的挣扎，而父亲那粗壮的胳膊拧着她，像拎一只小鸡。

女人为什么就要生来受罪？

朱雅琪凭什么就可以离经叛道，不受这份约束？可以大哭大笑，招摇人生？凭什么？同为女人，朱雅琪的羞耻在哪里？她的卑微和服从在哪里？如果朱雅琪是她的母亲，或者是她，父亲会不会像见了怪物一样，杀之而后快？又或者，如果母亲真如朱雅琪敢于风骚放荡，敢于同父亲拼争，反倒会让父亲另眼相看，或者畏危妥协。

第二日，朱雅琪打扮得风姿绰约地出现在厨房，正碰上准备早餐的李离。两人相见，朱雅琪绽出灿烂的笑容，仿佛刚经历了什么喜事一般。谁也不曾知道，就在昨晚，一窗之隔，这两个女人又多么的放浪形骸。

光是幻化影像的有力介质，红的花，绿的树，这座城市的红男绿女，世间万象，皆在光的映射下以各种漂亮的色彩和姿态存在着。她是漂亮的，她是丑陋的，桌子是方的，凳子是圆的，牛奶是白色的，鸡蛋是金色的。白日一到，所有的事物具象成我们所在的世界，形成的规则，排好了秩序。李离和朱雅琪扮演着礼尚往来的好姐妹，寒暄着窗外冰冷的天气。朱雅琪劝李离多喝牛奶，才能让皮肤更白嫩，而她不知道，对于李离来说，一箱普通牛奶的价格足够她买一年用的小米粥了。

朱雅琪匆匆吃罢早餐，便飘然离去。她是北京本地人，大部分的周末时间她都会回家看望父母，顺便拉着父母亲逛街，给自己置办新的衣服或生活用品。上周，她就拉回来一口一米二的豪华大鱼缸，五六个工人忙乎了大半天才安装起来。鱼缸里布置着各色水草以及五彩斑斓的小鱼，水波流动，灯光映射，俨然是一方热带雨林。李离从未见过这么漂亮的鱼缸，所以看起来，她比朱雅琪还要喜欢它。她常常坐在旁边的沙发椅上，目不转睛地盯着里面的小鱼看。据说，鱼的记忆只有七秒，所以当它们从鱼缸的一边游到另一边，折返的时候，它们已经忘记之前的情景，所以所到之处又是一条崭新的旅途。这一点，李离甚是羡慕，或许只有足够单纯才能做到真正的幸福，困在一个狭小的水域，依然可以自得其乐，悠然一生。而人的大脑有着惊人的存储能力，走过的所有路都存着清晰的印记折射在你的身体发肤。

这时，朱雅琪房间的门突地打开，赵旭林睡眼惺忪地出来了。李离大为惊奇，不免有些尴尬，诚然，赵旭林很少单独留住在朱雅琪这里的。赵旭林看到李离，也略有些惊讶，和李离笑了笑，便钻进卫生间洗漱去了。李离全身瞬间紧张起来，连她自己都不知道为何每次见到赵旭林都有一种做贼心虚的感觉。赵旭林洗漱出来，穿着一件宽松的白色背心和一条肥大的短裤，宽大的脚掌随意地趿拉着一双人字拖，刚刚洗过的脸还蒙着一层温润的水汽，头发一缕一缕的像雨后青草。

赵旭林看到李离餐桌上的小米粥，眼睛里闪出亮光："这是你熬的？"

李离赶紧跑进厨房又盛了一碗，同时又迅速在蒸锅里热了两个馒头，端了出来。干净的餐桌上还有早就备好的酱豆腐和咸菜。咸菜是李离自己腌制的，把新鲜白萝卜切成块、放上姜片和红辣椒，密封在坛子里两个星期就可以吃了，清脆酸爽，甚是美味。果然赵旭林对李离的手艺赞不绝口，说这咸菜和他妈妈腌制得很像。李离甚是高兴，脸都红了。

　　赵旭林坐在餐桌上，吃着一碟小咸菜和一碗小米粥大快朵颐，把两个馒头吃出山珍海味的感觉。这让李离有些恍惚，冬日的阳光洒落进来，铺在地面上呈现出斑驳的光影，破旧的老房子在这一刻变得温馨起来，连同那些破旧的家具也增添了一层生活的气息。李离束手束脚地坐在赵旭林的对面，一时间不知道说什么好，又不舍得离开，她紧张得气息都有些不稳。明媚的冬日阳光下，一个高大英俊的男人穿着一身随意的家居服，坐在她面前，吃着她亲手做的早餐，时光安详，岁月静好，如果这是她最终的生活定格，那该有多么美好。只是，她知道，这不过是生活长河的一瞬巧合，是朱雅琪饱食过后随意洒落的几滴香甜而已。

　　赵旭林倒是落落大方，随意问询了李离的一些工作情况，得知李离目前的工作环境，不禁建议李离继续深造，他认为在这种私人小公司，根本不具备什么发展前景，也接触不到高质量的项目，难以积攒经验。想进入一些大公司，学历是第一道门槛，李离现在年轻，正是继续深造的好时机。赵旭林侃侃而谈，利弊权衡，一席话让李离心服口服。在李离的人生道路上，从来没有一个人给过她这样的分析和建议，此刻的赵旭林俨然化身成李离的人生导师。他本就年长李离好几岁，加上他见多识广，聪明睿智，李离同他悬之甚远。听了赵旭林的分析，李离恍然才意识到自己从未好好规划过自己的未来，难道真如赵旭林所言，一直在这家小公司踏实安逸地待着？随着年龄的增加，会陆续加一点工资，升一个小职，最终呢？林倩不就是活生生的例子吗？若干年后，自己依然住着廉价的合租房，为了生计而疲于奔命，在冰冷的城市中靠那可怜的薪水取暖，在苟且偷生中期待着一个可以依靠的臂膀。这并不是生活，仅仅是活着。是的，这不是她要的未来，她曾用生命换取来的梦想不应该是这样，自己离开那个村子不是梦想的终点，而是真正的起点。从那时起，自己才真正有能力掌控自己的命运。

眼前的赵旭林身上散发着光辉，高大的身躯蕴藏着无穷的力量。李离坐在他的对面内心极度复杂，如果不是租房这个契机，也许她此生都不会有机会同这样的人共进一次早餐，还难以得知这样优秀的人在夜幕降临后，会变成那样一个暴戾的魔王。想到此，李离的脸不禁有些发烫，忙起身收拾起碗筷，赵旭林也赶紧起身，连连推让，死活他要自己洗，两人推让间，距离更近，两双手也不小心碰触到了，李离心乱如麻，慌忙撒手。这细微的动作，还是被赵旭林感觉到了，落落大方地笑了一下，拿起碗筷走进厨房。不一会厨房里传来哗哗的自来水声，赵旭林竟不经意哼起了歌，声音非常有磁性，竟是李离非常喜欢的邓丽君的歌。李离一个人在客厅怔了半响，想回到自己的房间，心中好像有万分不舍，仿佛一旦离开，这片刻的美好就会烟消云散，但不回去，又实在找不到杵在这里的理由。内心的小魔鬼开始跳跃，让李离心里慌张，她走进厨房，拿起茶壶。

"你要不要喝一点茶？"李离悄声问道。

赵旭林答得倒是爽快，完全没感受到李离的内心冲撞。李离走近赵旭林洗碗的水槽，把茶壶伸到水龙头下，此刻他们两个几乎贴到了一起，李离甚至能感觉到赵旭林炽热的体温以及自己沸腾的血液。

接好水，李离把茶壶放在燃气灶上，打开火，看着悠悠的蓝色火苗升腾，感觉气氛到了一种诡异的尴尬。

"你……"两个人几乎是同时张口，李离的脸马上就红了。

"你先说。"赵旭林大笑。

李离的脸更红了，她也只好笑了一下，化解自己的窘迫。

"今天周末，你打算干吗去呢？"

"我去工大上一会自习，马上要考研了，我英文还要多看几篇国外的文章才行。"

"你考研？"有了话题，李离轻松了好多，马上带着崇拜的语气问道。在朱雅琪嘴里，赵旭林是一个出身寒微，不学无术的小白脸，但在李离的眼中，赵旭林仿佛是一个被女巫诱骗的王子，肩负着巨大的使命。

赵旭林也马上切入了正题，鼓励李离也考，他觉得李离现在年轻，早点考上研究生，对后面的职业会有质的提升，更重要的是，上研究生能进入一个更高阶的社会圈层，对李离的眼界、思想也会有着举足轻重的影响。李离被说得有些动心，此时水也开了，李离赶紧泡上茶，两人坐在客厅就着考学的事聊了起来。赵旭林把考研的方方面面介绍了一遍，打消了李离的许多顾虑，李离从来都不怕学习，从小她就比别的孩子更加珍惜学习的机会，自然也就更加努力和用功，从小学到高中，她一直保持着全班前十的名次。唯一让她没有信心的是学费，赵旭林说，最差的学校，学费也需要十多万，而北大或者清华这类的名校，少则也需要二十多万。李离的心凉了一大半，她知道，她现在这点工资，除去日常用度，勒紧裤腰带一年也攒不下两万块，十多万对她来说无疑是一座高不可攀的山峰。赵旭林见李离面色有异，瞬时就明白了李离的心思，告诉她，现在考研国家都有相应的助学措施，可以申请贷款。李离感激地朝赵旭林一笑，连连点头。

赵旭林突然说："要不，你今天和我一起去工大吧，正好我把我的课件和笔记给你看看，如果你有兴趣，我今年考上，明年我把这些全赠送给你。"

李离几乎是毫不犹豫地点了点头，她知道，不仅仅是考研的原因。

她内心的小恶魔跳得更厉害了，它们珍惜她和赵旭林任何单独相处的时刻，哪怕没有任何可能，仅仅是待在他的身边，就足以让她冰冷的灵魂获得一刻阳光的照耀。

冬日的北京，像一座土泥工厂，目光所及全是清冷的灰色，清冽的阳光照射上去，反射着白花花的光。街道上汽车的尾气，行人穿过厚厚围巾的呼气，小饭店开火冒出的热气，形成一缕缕白色的轻雾让冬日的寒冷更加显现。工大离李离家不远，李离跟在赵旭林的后面，小心翼翼地走着。赵旭林穿了一件深蓝色夹着亮黄色条纹的羽绒服，虽然厚重，但配着他高大的身材和英俊的面容，又是一个冬日韩剧男主角的感觉，而李离穿着一件及膝的暗粉色带帽棉服，像极了跟在他后面的女助理。他们之间隔着大概两米的安全距离，这让李离安全，但也让她悲观，她知道这两米距离，就如同朱雅琪房间的那扇玻璃窗，让她和赵旭林成为两个完全不同的世界。

到了学校，赵旭林非常熟悉地找了一间教室坐下，从包里拿出一些资料，示意李离坐下，悄声给她讲了每门课的核心，然后让她自己先大概看看。李离坐在他旁边，恍惚间竟有种重回校园的感觉。只是她从未想过，会有这样一个英俊阳光的男生陪在她身边。

李离的大学时代可以用苍白来形容，由于家境贫寒，她几乎没有多余的钱用来打扮自己，衣服很多都是姐姐替换下来的，有些偏小不合身，加上她也没有搭配的权利，只能勉强协调即可。贫寒的家境同样带给她自卑的心理，她把自己藏在人群隐蔽处，像个灰色的影子无声无息，要不是每年发助学金时老师会叫到她的名字，她像不存在一样活在这个校园。校园的风花雪月与她无关，音乐童话与她无关，八卦闲闻也与她无关，校门外一排排的饭店，服装店，化妆品店统统与她无关。她每天都三点一线，从宿舍到教室，再到图书馆。开始的时候，同舍的舍友还会招呼她一起逛街，她都冷冷地回绝，久了，她在大家心中就是一个神秘的怪人，再没有人同她往来。她把自己封闭起来，在她自己看来是在保护自己，她怕一不小心，自己那颗贫寒的、肮脏的灵魂就会被他人发现。她害怕她在那个小村子里的一切被他人所知，无论是同情还是嘲笑，对她来说都是一种莫名的恐惧。

此刻，不到两年，换了一个环境，仿佛就像换了天地，她光明正大地同一个阳光的男生坐在一起，讨论起学习的种种，她仿佛也一下子有了资格同那些来来往往、说说笑笑的女生一样享受起美好的校园时光。这让李离有些目眩神迷，她根本没有办法静下心来看书，她张开了身上的每一个细胞，感受着这难得的时刻，与此同时，她也深深明白，自己之所以有资格坐在这里，是因为一个共同的目标——考研，那么就冲这一点，她也会不遗余力地去考。这样，也许在未来，她还有资格同赵旭林有更多的交集。

中午，赵旭林带着她去工大的食堂吃了饭，如同大学时期一样，他俩并排走进食堂，一起点菜，然后端着餐盘坐在一起，整个过程，李离几乎没有说什么话。一来，她本身性格就少言寡语，二来，她那颗自卑的心此刻更加自卑，她就像一个没有邀请函的寒门少女混进了高端酒会局促不安。赵旭林倒是落落大方，亲和自然地和她聊了很多上学时的趣事，会让李离不经意地露出羞涩的笑容。李离忽然发现，不在朱雅琪身边的赵旭林好像变了一个人，她自己也说不出来哪里不同，总之这一天发生的种种让她有些恍惚，她几乎有些忘记了朱雅琪的存在，甚至把赵旭林之前和朱雅琪的争吵，床上的疯狂都忘了，那些好像是另一个赵旭林身上的事情。而现在，眼前这个阳光到有些炫目的男生，在李离眼里纯净得像一个刚从河里钻出来的少年，浑身散发着金色的光芒。李离又莫名地想到，此刻的自己在赵旭林眼里是什么样子，羞涩的、保守的、涉世未深的少女，带着一丝青草的味道？可是，也就在昨晚，隔着一扇玻璃窗，赵旭林在那边翻云覆雨，李离在这边云雨流转。夜幕下的人就会变成另一个样子，是连自己都不相信的样子。人性到底有多复杂，目光所及，眼前这些嬉笑打闹的学生，他们在夜晚会是什么样子，他们经历过什么样的童年，走过什么样的路，藏着多少伤痕或者不可告人的秘密。当他们躺在床上，他们的大脑里飞腾的是什么妖魔鬼怪，迫使他们在白日做出一些莫名其妙的举动。

赵旭林注意到李离若有所思，便问询起来。李离迅速回神，浅浅一笑，这一笑让赵旭林的眼神竟有半刻停滞，也就是那半刻停滞，让李离脸一下红了，心突突地跳了起来。赵旭林缓过神来，连忙端起餐盘站起来，李离也跟着站起来，而她的内心此刻竟充满欣喜。她不知道这种欣喜从何而来，但她仿佛从赵旭林的眼神里看出自己有一丝丝价值和美，这一丝丝也足以让她心旷神怡。作为一个女人特有的魅力被一个男人所欣赏到，那么，她之前所有卑微的暗恋和疯狂的意念，在这一刻突然有了一点支撑和动力，是的，她那不可言说，但又无处安置的情感，突然找到了一个出口。

Chapter 七

　　她臣服于他，把自己的一切交付给他，只有这样，她才觉得自己真正属于这个男人了，让她觉得自己这颗肮脏的灵魂终于找到了归宿，等待着男人的慰藉。

下午结束，赵旭林便回到了自己的宿舍，李离也失魂落魄地往家里走去。这一天，她虽然没有言语多少，但内心好像塞进了无数信息，让她难以消化。回到自己的小屋，李离没有心情做别的事，懒懒地歪在床上，赵旭林的影子在她眼前晃啊晃，那半刻的眼神，让她思绪泛滥，她知道，这种东西叫爱。

　　但什么是爱呢？朱雅琪对赵旭林是爱吧。赵旭林对朱雅琪也是爱吧。那她呢？算吗？她像一个见不得光的怪物，躲在黑暗处，想着那些疯狂的事情，这能算爱吗？从某一个角度来看，她和奇叔，和张楠有什么本质的区别吗？

　　自己到底是谁，怎么形成这些龌龊念头，难道真如奇叔所说自己天生就是一个贱胚吗？怪不得父母那么不喜欢她，他们也许从一开始就看透了她。无论她怎么伪装，父母是从她赤条条来到人间就知道了她的劣根性。

　　她是一个野种。

　　李离从小就特别听话乖巧，她知道自己是多余的，听周边的人说，母亲在怀她的时候几乎就没有在乎过她，日常吃食和活动没有任何改变，甚至故意穿一些紧的衣服，好像她是一个不光彩的怪物，勒紧或遮挡就能让她慢慢消失。母亲怀她七个多月了，肚子几乎看不出来，所以李离出生时，还不到五斤。母亲生下她的时候，父亲都没有回来，她被接生婆包裹好搁在一边，母亲正眼都没看过她。她从小到大几乎记不起母亲对她有任何亲昵行为，除了责骂就是冷漠，她不知道自己来到这个世界的意义是什么。

她比一般小孩更懂事，更懂得察言观色，她小心翼翼地在这个家生存着，父亲的暴戾凶狠，母亲的冷漠苛刻，让她比院子里养的那只小狗更加卑微。李离从三四岁就开始帮母亲干活，年龄太小的时候母亲做饭，她帮着拉风箱，或者母亲到院里抱柴火时跟在母亲屁股后面，捡母亲掉落的秸秆。农村那时还没有电风机，做饭只能靠手拉风箱扇火，大人一只手便可推拉起来，而小小的李离只能站着，双手抱住风箱杆向后拉然后再全身力气往前推，经常有邻居看到，还夸她，瞧这小胳膊小腿的，这么小就能帮她娘干活儿了。

上了小学后，大多数的家务活儿李离都能干了，砍柴生火，洗衣做饭，甚至大人干的耕地播种，锄草收割都会。她内向，也不抱怨，因为她知道自己的位置，在她小小的脑海里认为，自己吃的每口饭，父母花在她身上的每一分钱，甚至她睡的那卷小铺盖都是她给父母带来的多余消耗。所以她就尽量多干一些活儿，不去惹事，把自己的需求降到最低，甚至她有时肚子饿了都不敢言语，学校收费都是姐姐帮她和父母说，每次她听到父母无意识地嘟囔"又要钱"，她都会暗暗发誓，长大了一定多挣钱还给父母。

李离的学习成绩一直很好，她非常用功和刻苦，她知道学习是她改变命运的唯一机会，也是她唯一的武器。她无比羡慕那些通过学习考上大学离开村子的孩子们，在她童年的世界里，能走出这个村子，就能过上像电视里演的那样的生活。然而她的学习之路却充满坎坷，甚至差点因此丢掉性命。

小学的时候，李离哭闹着要上学，条件是喂养家里养的两头猪，年底卖了当学费。猪的食量大，光喂粮食太浪费，所以在春夏季节，人们都会打一些猪草——一种叫"灰菜"的植物，掺上一些玉米渣煮熟了喂猪。李离印象最深的就是每年夏天一放学，她就急着往回跑，别人都会以为她饿了急着回去找冷馒头吃呢，其实她是趁太阳还没落山，把书包放下，拿上菜筐往村外跑，因为附近的灰菜早被人打光了，跑得越远就能打到越多的灰菜。那时李离认为打越多的灰菜，猪就能多吃，猪吃得越多，肉就长得越多，年底宰了卖的钱也多，这样就能继续上学。有时因为老师拖堂或者天气阴沉黑得早，打得不够，李离就胆战心惊地不敢回去，她知道回去就是母亲的一顿呵责，甚至有时连晚饭都不给吃。

　　初中的时候，父母就不同意她再上学了，她央求着老师去她家好说歹说，父母碍于情面勉强同意，然而私下却不时拿她上学就是赔钱来说事。冬天的北方农村异常寒冷，李离的小铺盖卷已经小得盖不住脚了，她只能蜷缩着瑟瑟发抖。她穿的裤子、鞋子也开始慢慢变小，脚上手上经常冻得全是发红的冻疮，母亲对此熟视无睹，她依然需要干特别多的家务活儿。老师看不下去，将她的一些旧衣服施舍给她，她勉勉强强把初中读完。可是初中升高中的时候，父亲就死活不让她上了。

　　那是中考结束后的一个夏日中午，李离回来，看到父亲的拉煤车停在院门口，代表着父亲回来了，进了家，她看到母亲正做着面条，父亲靠在炕头的行李上抽着烟，脑门上皱着一个疙瘩，她知道父亲又不高兴了。

　　果然，父亲想让母亲在面汤里下几个荷包蛋，母亲却说鸡蛋都卖了，没有。父亲不信就翻箱倒柜地找，结果从柜子里找出一篮子鸡蛋。他气极了，用劲将一篮子鸡蛋摔在地上，咒骂母亲待他不好。

母亲冷着脸辩解道，留着鸡蛋是想等着卖了给李离攒学费。

正在气头上的父亲骂道，攒个毛学费，读完初中就不供了，一个女娃娃上那么多学有毛用，迟早都是要嫁人的，还不如早点退了学帮家里干农活好。

听到这话，对李离无疑是晴天霹雳，她赶紧说她想上学，她要上学。父亲理也没理她，瞪了她几眼，让她滚出去。她慌忙哭着求父亲，一定供她上学，以后等她挣钱了，她会回报给父母。父亲指着她们母女俩骂："你们这对贱货，明里暗里地整治我，巴不得我死呢，还回报我，回报个屁！没有任何商量，初中毕业，不上了！"

李离又是哭又是求，哭闹了一中午，饭也没吃成，全家闹得鸡飞狗跳，父亲依然不松口。她绝望极了，她知道，如果不上学，意味着就要走母亲的老路，回家种个地，没几年嫁给一个庄稼汉，生几个娃，成天侍候男人孩子，挨打受气，一辈子就这样了，她不甘心，她不愿过这样的生活，这种生活对于她甚至不如死掉。

闹了一中午，父亲最后饭也不吃了，踢开门准备开车回矿里。

李离最后又冲上去，抱住父亲的腿，哭着求他，然后父亲一脚把她踢开，这一脚正好踹在李离的心口上，一阵剧烈的疼痛差点让李离背过气去，母亲也吓坏了，慌忙扶住她，揉搓她的胸口后背，帮她顺气。嘴里劝着她，闺女，不上就不上了，家里确实也没钱，供不起你，回来和妈种地也好，能给家里减轻点负担。

李离望着碧蓝的天空，耳朵里突然一切都无声了。她仿佛能听到自己心跳的节奏都变慢了，一点一点冰冷下来。她甩开母亲，跌跌撞撞冲到院子里的水井口，看也没看清，一头就栽了进去。

冰冷的井水瞬间吞没了她，她的所有感官在重重跌入水里那一刹失去了一切知觉。晕眩了几秒之后，这些知觉全部被针刺般的疼痛所覆盖。原来极度冰冷的感觉就是像数万根针一齐扎进了身体，包括眼球，耳膜，头皮，鼻孔，口腔。李离只觉得天旋地转，全身疼得快要窒息，她下意识地挣扎起来。她睁开眼，眼前一片白色的空茫，而且眼球就像被要挖掉一样刺痛。她想喊，可是整个井水就像一坨冰冷坚硬地塞满了她的口腔，她四肢乱蹬起来，她清晰地知道，自己马上就要死了。

就在她挣扎在人间和地狱的界河时，忽然一个黑色的物体掉了下来，她隐隐听见井口母亲撕裂嗓子般地喊叫着："丽萍，丽萍哎，抓住绳子。"

也许是求生的本能，她抓住了母亲扔下来的井绳，浮出了水面。井水的冰冷以及巨大的冲击让她根本说不出话来，李离一阵剧烈地咳嗽，紧接着大口喘气，像是整个肺要炸一般。

母亲哭喊着："傻闺女，有话好好说，快上来啊，丽萍，你别吓妈。"

半晌李离神思才终于清醒起来，她已冻得说不出话来了，冰冷刺痛慢慢变成了麻木，李离已经控制不住自己的身体了。

她艰难地抬起头，幽暗的井底望向外面，就是一个小小的明亮的圆球，两个黑色的影子趴在那里冲她大声地哭叫着。

她知道那是父亲，母亲。

她拼了最后的力气喊了一句："我，要，上学。"

就听着父亲喊道："上哇上哇，赶紧抓住绳子，抓紧了，我拉你上来。"

李离永远忘不了那一幕，想到这里，那冰冷井水带给她噬骨的刺痛感仿佛又一次来袭，她止不住地打了一个冷战。现在再想起十年前的这件事，她心中悲凉到无法呼吸。父亲之所以不愿意供她上学，是因为自己压根就不是他的女儿，而自己到底是谁的女儿连她自己都不知道，她没追问母亲，她只是知道，自己是个野种，是母亲风流之后的产物，也是母亲耻辱的证据。她之所以得不到父母亲的关心和爱，是因为她压根就不应该来到这个世界。

她用自己的生命换来现在的这条路，只是这条路的未来在哪里？李离望着空洞的天花板，眼泪无休止地滚落下来。

大学毕业这两年，李离好像脱离了原来的生活，脱离了那个家，她以为她会享受到阳光，快乐地在这个城市呼吸着自由的空气。然而此刻，躺在这个小小的租住屋，她觉得如此孤单与弱小，弱小到赵旭林的一个眼神就让她溃败。

她感谢赵旭林，是他今天给自己打开一扇窗，大学毕业并不是终点，仅仅是起点。在这个陌生浩大的城市，她只能前行，没有退路，她不想步林倩的后尘，林倩至少还有一个老母亲在等她，至少还有一个家收留她。而李离，只有自己，如同一颗浮尘，无人关注，随风飘零，能做的，只能增加自己的重量，重重地扎落下来。

从床上爬起来，天色近黄昏，老旧的筒子楼里更加阴沉，没有开灯，整个屋子像一个不透气的地窖。李离忽然很想念林倩，这个仿佛是另一个自己的女孩，回到甘肃以后不时给她发消息，说她回来安顿好了，和老母亲住在一起，其他的兄弟姐妹对她目光各异。总的来说，一个大龄单身女青年北漂归来，除了年龄什么也没带回来，或多或少有种失败的感觉。她大姐给她介绍了当地的一个男人，三十五岁，离异无子，在一所中学教美术。这个男人见了她表现得特别热情，对她呵护备至，让她寒冷孤寂的心获得了一点点温暖。李离心里替她开心，但又隐隐有些担心，她问林倩："你爱他吗？"林倩笑得特别无奈，

"爱？我现在都不知道什么是爱了，或者爱只存在小说电影里，现实生活中的爱，无非就是男欢女爱的驱动，或者权衡利弊的选择罢了。"一句话让李离无言，说实话，她更不知道爱是什么，这么看起来，从她和叶一鸣，到赵旭林，以及赵旭林和朱雅琪，林倩和老默也没有跳出这个定义。真的会有一种感情，是那种无条件地爱一个人，愿意为他付出一切吗？李离不禁想到赵旭林，如果赵旭林这个外表变成叶一鸣，她还会爱他吗？答案显而易见。李离不禁为自己的龌龊感到惭愧，她自己都做不到所谓的爱，又何来期待爱呢。

李离打开电脑，显示器闪烁着幽幽的蓝光启动起来。她点开 QQ，找到林倩的头像，一个剪着齐肩短发，闪着大眼睛的卡通女孩头像，像极了林倩在她心中的样子，如果一个人能永远活得像一部卡通片该多好。

"姐，我好想你。我在这个城市好孤单，甚至说，我在这个世界好孤单，不知道为什么，我总觉得，你就是另一个我，我盼着你好，这样，好像我的未来也会好一样。"

正说着，林倩的头像忽然亮了。

"嗨，我正想你呢，没想到你也在。"

李离的眼泪突然就下来了，来得莫名其妙，连她自己都不知道为什么。好像这段时间的种种突然变成了委屈崩塌下来。一时间，她也不知道该从何说起，诚然，她有太多的秘密至死都不会和任何人说起，她习惯了隐藏，习惯变成别人眼中那个单纯的、无害的、内向的平凡小女孩。

"你好吗？姐。"半晌，她只说了这一句，眼泪却更加汹涌。

"我挺好的，关志军向我提亲了，可能这两三个月就嫁了。他打算给我开个图文工作室，接一点当地的小设计制作的活儿，他上班，我开店，我觉得也行吧。"

一个女人的宿命就是这样吗？李离并没有感觉到一丝开心，但不知道除了开心，她应该拥有什么情绪。

"那挺好，替你开心啊，姐。"屏幕后的李离，嘴角都没有向上提一下，"你好好的，姐，不管如何，你一定要开心。"

"你是不是有什么心思？"无疑，林倩算是这个世界上最懂李离的人，隔着屏幕，她依然感觉到了李离的心理变化。

半晌，李离忽然敲下了一行连她自己都觉得匪夷所思的话。

"姐，告诉你，一个秘密，其实，我是我妈和别人偷情生的。"

没有任何表情，冷冰冰的一句话，但李离的心中，仿佛一块巨石从山顶推了下来，它所经过的地方，一切都将毁灭，李离把它从自己的心口拿下来，瞬间觉得轻松了很多，伴随而来是压抑多年的眼泪喷薄而出。

她从来没有和任何人提起这个秘密，甚至她觉得这辈子都不会和任何人说，离开那个家，对她来说，她过去的一切都留在了那个小村子，她重新开始，做一个真正的自己，然而，很多流在血液里的东西，是无法抹去，也无法忘记的。此时此刻，她一个人搁浅在这个大城市的小黑屋里，她依然有种无法言状的孤独与痛苦。

她以为相比起这个秘密，奇叔的事，张楠的事，父亲的事，赵旭林的事，甚至老默的事都比它轻，然而，现在，她说出来的，却是这个秘密。也许，后续的那些，也正是由此而引发的，如果她不是一个贱胚，如果她像朱雅琪一样单纯真实，也许，她不会遭遇这些，就算遭受，也不会用这种阴暗的方式存在。

QQ有些迟缓，半晌没有动静，李离不知道林倩看到这句话的表情。李离心里忐忑极了，一股莫名的恐惧包裹了她的全身，这是她第一次向别人诉说这个秘密，也可能是最后一次。她害怕，别人的异样目光，尤其是身边的亲人、朋友。她一向单纯、可爱的形象，就会被打上一块肮脏的烙印，永远清洗不净。她无数次有冲动想向林倩诉说，又无数次话到嘴边咽下。若不是她们现在远隔千里，又看不清对方的表情，李离一辈子都张不开口，因为，她没有勇气承受林倩知道这个秘密后的任何表情，哪怕是同情，或者是心酸，都不行。

过了半晌，李离觉得自己的呼吸都快停止了。

她甚至想关掉QQ，永远不再联系林倩，林倩回话了，长长一大段。

"这有什么？不管你是怎么来的，你就是你，独一无二的你，有血有肉的你，冬天感觉冷的是你，夏天感觉热的是你，掐了痛的也是你，美了乐的也是你，谁也替代不了你，谁也不是你。为什么要让别人影响你，你身上流的血液，因为你它才是热的，你身上的一切，因为你才有生命。别人永远不是你，包括你的父亲、母亲、亲人、朋友。他们现在是冷是热，是爽是痛，你知道吗，你有感觉吗？所以，做你自己，妹妹，你是最优秀的。"

"对了，我也告诉你一个秘密，其实也不是秘密，只是从来没和你说过。我家有九个孩子，其中五个是我母亲和她前夫生的，我是最小的。小时候，家里太穷了，为了吃饱饭，我和其中一个哥哥去刚发完洪水的河床上捡被山洪冲下来的土豆萝卜什么的，结果，我们陷入到了淤泥中，而且越陷越深。当淤泥快淹到胸口的时候，我们已经没有哭喊的力气了，看着渐渐下落的红色夕阳，我当时觉得自己再也见不着明天的太阳了。万幸的是，淤泥再没深陷，我和我哥哥就那样在淤泥中度过了一夜，你无法想象那是多么绝望的一夜，耳畔偶尔传来野狼的嚎叫声，漆黑的夜，我连近在咫尺的哥哥都看不到。一直到第二天早上，游牧的牧民看到我们，才把我们救出来，当我们奄奄一息地回到家里，我看到父亲母亲哥哥姐姐们一家人说说笑笑，正吃着早饭——他们完全不知道我们两个一夜未归，后来母亲解释说，以为我们出去玩了。我自己也想通了，当时孩子那么多，对于繁忙的父母，少一两个根本看不出来，只是，从那时起，我突然明白，人，从你剪断脐带那天起，你是独立的，你是个体，你只为自己存在！"

后面的文字李离眼睛模糊得看不清楚，跑到卫生间痛痛快快哭了一场后，回来接着看完的。

林倩真的就是走在生命前头的自己。

从来没有一个人和自己说过这些话。

这些足以改变自己一生的话。

和林倩聊完，李离突然觉得，人是什么，情是什么，都不再重要。每个人在这个城市里苟延残喘，每个人表面的样子和他真实的内心之间有多大的一个黑洞，无人知晓。城市永远在喧闹，办公室里永远都是一种高雅、积极的氛围，大家拿着咖啡讨论着昨天电视剧里的狗血剧情，八卦一下某某同事的小小趣闻，甚至吐槽一下楼下的快餐多么难吃，就可以度过平凡又幸福的一天。然而，各自回到各自的家里，夜幕降临，躺在属于自己的那张床上，又是什么样的画面出现在眼前呢，无人知晓。

QQ上几个男人的头像一直跳动，那是前段时间聊天交友室里认识的一些男人，一旦李离上来，他们疯狂地敲打着键盘，释放他们内心那股邪恶的火。

李离的另一个分身上身了，她轻蔑地笑了一下，然后点开一个男人的头像。她不知道这个男人是谁，反正他们说的也不知道是真是假，何况李离说的全是假话，大家各求所需而已，然而李离不知道自己的需要是什么？是对所谓的感情的践踏和侮辱？还是对命运和生活的反抗和玩弄？她不知道，她只是觉得自己内心有股邪恶的火让自己变身成这个样子，可能就是父母说的骨子里带的贱性吧。

李离扮演成一个高贵的女王，随意对着这个男人发布着号令，她把自己的委屈与不甘，通通变成一句句辱骂，发泄在这个陌生的男人身上。男人并不生气，太可笑了，原来每个人内心都有这么多肮脏的秘密，别看他们表面道貌岸然，实则个个都是衣冠禽兽，女人，在他们眼里是怎样的存在？是高贵圣洁的生命之源，还是任其发泄的黑暗街角？

大家彼此厌弃，又彼此吸引，原来单单一个"性"字，就可以把人扭曲成怪物，比如奇叔，比如张楠，比如赵旭林。

这时，这个男人突然发出一张照片在聊天的对话框，李离点开一看，惊得目瞪口呆，只见男人脱光衣服，跪在地上。男人向她热烈地表白，你是我的最爱。李离吓坏了，当隔着网线的游戏一下子出现在现实中，她完全没有做好心理准备，慌忙下线。

下了线，李离望着窗外黑沉沉的天，怅然若失。这个城市万家灯火，幸福融融，仿佛和自己无关，自己会拥有那样平凡的生活吗？大概不会，李离无比渴望的平凡生活，她从来不曾拥有，未来更不会拥有。她是生活在边缘的灰色人群，没有同伴，同伴相斥，他们都会在走出家门的那一刻，给自己戴上一副平凡人的面孔试图融入这个世界，然而，只有他们心里清楚，自己内心流淌着的是什么样的血液，就像刚刚线上的那个男人，将自己交付在那一刻的放松中。

接下来的日子，李离开始在工作中崭露头角，也按赵旭林的指点，开始查阅考研的相关内容。赵旭林建议她报考工商管理类，这样未来职场上会更有实际作用，有利于她掌握一些企业管理类的宏观知识。李离从未想过自己未来的人生规划，大学毕业一年多，她好像完成了任务一样躲在北京，每个月凭着两千块钱苟活度日，她过惯了清贫的日子，竟对现在的生活非常知足，至少她不用挨饿受冻，有一间自己的小屋，还有暖气和空调，这在她的童年已经是天堂般的生活。直到赵旭林的出现，她才知道，原来出身贫寒的人也可以跻身城市人群，成为他们中得体的一分子。她开始有意无意在超市里看看那些曾经对她来说是禁区的地方，比如包装精美的水果，写满英文字母的零食，闪着水晶光泽的玻璃餐具，朱雅琪随手扔进冰箱的酸奶、冰激凌、甜点，等等。这些统统有着一个隐性的标签——城市人。李离一直认为和自己无关的这些东西，如今她觉得并没有那么昂贵，阻拦她的是内心的自卑和狭隘。李离决定，不管如何，她要攒钱考研，那么现在的工资根本不足以一两年实现这个梦想，于是她开始思考自己的工作，观察身边那些优秀的同事，如何能尽快提升自己的能力，获得更多升职加薪的机会。

李离所在的公司是一家公关公司，为一些大企业提供日常公关推广工作。李离作为一个大学刚毕业的新人，自然只是做一些基础的文案和策划工作，她英文好，还会做一些对接海外的外联事宜。现在她恍然发现，这些大企业中的人，穿着得体干练，说话专业，见识宽广，说到底也是人，他们所拥有的，除了他们优秀的履历和背景，更多是他们内心那股从容与自信。曾经的李离觉得这些人高不可攀，是和自己两个世界的人，现在她开始强迫自己主动和他们多一些沟通，虽然只是偶尔公务事件后的一两句客套，但对她来说，仿佛迈出了一大步。

关于爱情和性，李离的这扇闸口逐渐关闭，她不再偷偷躲在朱雅琪的房间外偷听，也很少再上网和那些男人厮混。她大部分闲暇的时间用来学习，有着大学时的基础，这些功课对她来说并没有想象中难。赵旭林仍然不时过来，和她保持着礼貌性的点头之交。他和朱雅琪的争吵不断，但性爱依然激烈，仿佛已经成为他们的一种模式。朱雅琪开心的时候，会各种显摆，向李离展示她新买的口红色号，或者娇嗔赵旭林又如何讨好她。生气的时候，又向李离吐槽赵旭林狗改不了吃屎，仍然和一些不三不四的女人有来往等等。从朱雅琪的一些话中，得知赵旭林做了公务员，成了名正言顺的北京人，这些全靠朱雅琪的老爸给予的一些协助。李离不免怅然，赵旭林一步步脱下了他底层的衣服，走进了这个城市的中心，也意味着与她的鸿沟更加深远。自己会拥有那一天吗？也许永远不会，这些看起来永远不会光临到她身上。

北京的冬天总是来得太快，一过十月，天气骤然变冷，秋天的衣服还来不及穿，寒风已吹得人头皮发麻。树叶一层一层地落下，不到两周，整个城市已难以看到绿色，原本郁郁葱葱的街道瞬间变得满目萧条。在李离的印象中，好像北京从未有过夏天，整个城市永远笼罩在一团无边无际的青雾中，太阳放射着惨淡的白光，慵懒地执行着它每天的任务，冷静地看着地面上这些如蝼蚁般的人群疲于奔命地活着。

李离骑着她那辆破单车，裹着一身厚厚的棉服，挤在晚高峰的人群中，像万千蝼蚁中的一员。街道上颜色各异的车辆闪着焦灼的红灯在她身边缓慢移动着。每个人在这一刻都渴望尽快回到家中，虽然有一些人的家只是一个残破的小窝，有些人的家甚至冰冷到超过外面。然而，可能是动物的天性，天色渐晚，月亮初升，不管什么样的家，可能都是他们卸去伪装的一个避风港。快到家门口的时候交通更加拥挤，一辆辆汽车、公交车挤在路口水泄不通，焦躁地发着刺耳的鸣叫。李离不得不停下来推着车走，她在盘算家里的冰箱还有昨天剩下的面卤，回家煮上一点挂面，就可以当作一顿晚餐了。

李离走进小区，发现小区的路上拉起好多亮黄色的警戒线，这在平时并不多见，显得格外耀眼。到了自己楼下，她发现挤满了人，还有很多穿着警察制服以及消防制服的人，正忙碌地穿梭着，楼下几辆警车闪着旋转的灯光，把整个小区渲染得热闹异常。她恍惚听到周边的人在议论，有人要跳楼。李离向上张望了一下，黑乎乎也看不太清，李离向来不太凑热闹，在她思想里，人多的地方都会令她有些不安，她不想有任何突发事件发生在自己身上，最好没有任何人关注到她。然而今天，发生在自己家楼下，她多少有些好奇，她把自行车停好，慢慢挤到人群里面，几个警察拦下她，阻止她进入。她朝里面看了一下，发现一个熟悉的身影正蜷缩在地上，像一只被打败的狗，低声地呜咽着。没错，赵旭林。

李离问了一个警察发生了什么事，警察忙着，也懒于应付她，推着她往外走。李离急忙说道，她认识他。警察扭脸打量了她一眼，问她和他们是什么关系。李离说了，警察赶紧把她带进来。

赵旭林看到李离，几乎立马站起来，跌跌撞撞冲过来抱住她。

"李离，求求你，帮帮忙，让雅琪下来。"

眼前的赵旭林，李离从没见过，头发凌乱，脸上已挂满泪痕，曾经阳光四溢的脸庞此时像被寒风肆虐过一般，没有一点生气。

"怎么了？"李离有点吃惊，但她已经知道，他们两口子又闹矛盾了，很大一部分原因，又是朱雅琪吃了某个女人的醋。看着眼前的赵旭林，李离竟有些心疼，她有些不能理解，为什么这么优秀的一个男人，非要喜欢朱雅琪那样的女人，如果真的喜欢为什么还会引发出这么多误会，所谓的爱情，不是如电影中那般美好与浪漫吗？有什么值得双方撕裂至此，还离不开对方？是他们那异于常人的性爱，还是有什么把柄落在朱雅琪的手中？

赵旭林一时不知从何说起，叹了一声："她要跳楼，我好害怕啊，都是我不好，我激怒了她。"

这时，就听楼上传来尖细但又特别熟悉的声音，像转换电台频道时飘过来的电流鸣叫声。

"你别过来！我这就跳下去！"

楼上有几个警察正在做沟通工作，至于说了什么，李离无法听清。

接她进来的这个警察问李离，和朱雅琪关系如何，朱雅琪什么性格，有什么特别关心和惦念的，平时李离和她沟通如何。

李离竟有些激动，心跳得特别快，她不知道是因为紧张朱雅琪，还是她头一次被人推上舞台作了主角，她十分抗拒，隐隐中又有一丝激动。她的耳根开始发热，原本不善言语的她更加结结巴巴。

"李离，求求你，帮我劝劝雅琪，如果她要真跳下来，我就完了，真的，我……"赵旭林高大的身躯此时蜷缩下来比平时矮了一大截，表情像一个被抓的奸夫，竟有一种猥琐的味道。李离发现赵旭林褪下阳光外壳居然也是这么不堪，那么，哪一面才是真实的他，那么，朱雅琪平日说的他跪着讨好她的话居然也是真的。

楼上的朱雅琪哭得撕心裂肺，像一只被宰杀的猫，凄厉而又暴戾，仿佛心底有无限的仇恨和痛苦。李离逐渐看清，她穿着一件红色的长款大衣，长发披散，正坐在楼顶边缘，被风吹得像一只挂在树上的塑料风筝，哗啦作响。

赵旭林大喊着，哀求着，跪在地上给她道歉。

李离看着朱雅琪，在某一瞬间，竟有点希望她跳下来，那个画面一定很美吧。长发随风飘舞，大红衣服裹着她那具性感的身体飘然而下，摔成一地红色的花瓣，陷入污泥，留下一坨血污。她不是那个高贵的公主，而是一具破碎的尸体，她那刺耳的叫声，也变成久远的哀号，她那个丑陋的下体，赵旭林也不会再沉迷。你怎么不跳呢，你不是勇敢吗，不是骄傲吗，你还留恋那个给你无限快乐的男人吗，你还想把他占有在你的牢笼中生生世世侍候你一个人吗？说到底，你不也是一个下贱的女人吗？离不开男人，为她甘愿把自己变成一个疯魔的贱货。

警察希望李离能上去劝劝，至少李离算是一个亲近的闺蜜，不像赵旭林，很有可能会刺激到她做出过激行为。

李离半晌没有言语，她不知道自己在想什么，一个她希望扮演出她日常乖巧的样子，瑟瑟发抖地靠近朱雅琪好言相劝；另一个她又希望看到故事推向高潮，上演一场鱼死网破的惨烈结局。

李离被警察悄悄带上楼，顺着那个通往楼顶的钢铁梯子爬上去，她此刻心情反倒有些平静，这种跌宕的戏剧，也只有朱雅琪才能拥有吧，如果有一天，她站在楼顶，会有一个人心痛地阻拦吗？显然不会，她的存在与死去，对这个世界，毫无影响。公主的光环让朱雅琪每一场戏都有无数观众为之牵肠挂肚，而她作为一个小小的无名配角，就算死去，也不会有一个人关心。这个世界，没有公平可言，有些人生来就享有特权，而有些人连活着都不会有姓名。

朱雅琪看到李离上来，竟平静了下来，开始呜呜地哭起来。这眼泪，李离见识了很多次，带妆的时候，妆花得像一摊被泼上水的水墨画，不带妆的时候，蓬头垢面和她村里那些被老公打出来的女人并无区别。

"李离……"朱雅琪呜咽着，"赵旭林不是人啊，他欺骗我，她在外面有好几个女人，还和那些女人说根本不爱我，只是利用我，说我是一个傻子，是一个贱货……你说，我哪里不好，我哪里对他不好？他真是一个人渣，狗东西……"

李离完全没有想到，赵旭林还有那么多女友。这么阳光的男生，眼神纯净得像一潭清澈的湖，他还说他帮家里干农活，收麦子，李离都能想象出他汗津津的憨厚样子，怎么会有这么多心机。朱雅琪连哭带骂地说着，得知赵旭林每一步都基本是靠女人爬上来，利用他的外表优势，迷惑那些女人，让她们心甘情愿为他花钱，给他办事，还任他发泄性欲。李离心里五味杂陈，她完全被赵旭林的所作所为惊讶到，但同时又觉得有一股酸楚升起来，怪不得赵旭林对她毫无兴趣，原来她连一点利用价值都没有，赵旭林都懒得把她当作猎物，从这方面来看，她比那些女人还不幸。然而，工大中午的那个眼神，他是不是有一丝动心呢，是不是激起了他一点点怜爱呢？也许，只是对她的怜惜吧，一个随手一捏就会死掉的虫子，一个毫无追求的农村女孩，她的一生只会待在这个城市的角落艰难地活着，怎么和他相提并论呢。自己只不过是他们水域边缘那条微不足道的小泥鳅，根本不配同他们畅游在阳光下。

"其实，旭林哥是最爱你的，你别相信那些女人的话。"李离的谎言张口即来，这是她从小练就的本事，对她来说，谎言才是她在这个世界的正常语言，她内心那些真实的声音，只有她自己能听得到。但她为什么要帮他们，也许，是她作为一条小泥鳅的一丝善良吧，也可能是她希望这对男女继续纠缠下去，直到腐烂。

"不可能，我亲眼看到手机里的聊天记录，就是他说的话。"

"你也知道，人心里有魔鬼的，每个人在内心小魔鬼出现的时候，都会做一些违心的事，真真假假，又如何分得清，只有自己知道。"这句是李离的真心话，但也没什么意义，朱雅琪未必听得懂。

"旭林哥有次和我说，他这辈子最幸运的就是遇到你，他可能是想利用那些女人实现一点目的，但他说这辈子最想在一起的人是你。"

李离的谎言外人根本分辨不出来，她说得真诚坦然，没有夸张，也没有隐藏。在朱雅琪的眼里，李离是一个简单自卑到无声无息的女孩，她不会说谎的。果然，朱雅琪的情绪缓和下来，半晌不出声，李离继续添油加醋，她有一种本事就是能设想很多不存在的情节，马上编得合情合理，组织成连自己都相信的谎言脱口而出。

在她六七岁的时候，她极度喜欢一盒彩水笔，但她根本没有钱去买，她先是去邻居家撒谎，说她母亲肚子疼需要买药借几块钱，然后又去小卖部买了一盒彩水笔，然后跑回家把她收集来的别家小孩用完的墨水笔和新的彩水笔调换，表面上完全看不出来，然后又跑回小卖部撒谎说家里大人不让买把钱退了出来，再还给邻居，说母亲肚子不疼了，把钱还给人家。在那个年纪，她设下一个天衣无缝的局，连她自己都觉得不可思议。所以，她是一个多么诡计多端的人，有着流在血液里的劣根性。

果然朱雅琪相信了，情绪逐渐平静，公主的那份傲娇劲儿又换到了脸上，她冲楼下正发抖的赵旭林大声喊道："赵旭林，你说的每一个字我都不相信！但李离的话，我信。算你有良心，我下来可以，你要答应我一个条件！"

赵旭林连连点头。从楼顶上看下去，他渺小得像一个虫子，被黑压压的人群包围在场地中心，可怜地蠕动着。朱雅琪高高在上，像一个女王，俯视着赵旭林的一生，无论他多么强大，也无法逃离女王的手掌。夜已经深了，四周一片漆黑，只有这一块光彩夺目，人声鼎沸，就像一场宣判，犯有重罪的赵旭林正卑微地等着女王的裁决。李离站在楼顶，看着他，她多希望这个时候赵旭林站起来，对朱雅琪说一些重话。也许朱雅琪根本没有她所说的骄傲，说不定她会全身发抖，遭遇到前所未有的打击，然后变得像她在床上那样卑微与下贱。此时的赵旭林完全没有一丝男子的气概，跪在地上，和她那天在网上看到的那个男人出奇地相似。李离心里不禁冷笑，这样的男人也不过如此，只不过拥有一副好看的皮囊，依然流着卑贱的血液。

朱雅琪要求赵旭林把那些女人的联系方式全部删掉，永远不再联系，同时，要求他搬出来和她一起在外面租个房子住。

赵旭林连连点头，对天发誓，仿佛得到了死神的宽恕，诚然，他的仕途远大于他的幸福。

李离这才知道，今晚的结局原来是大团圆。她一个小小的配角，让男女主人公圆满地走在了一起，而且，彻底退出了她的生活。警察一哄而上，搀着朱雅琪走下楼顶，仿佛拯救了一个垂死病人。而李离被滞留在原地，像一个杀青的群众演员，连灯光都不会为她留一盏。

朱雅琪的父母也来了，咆哮怒骂，把赵旭林一通数落。人群开始退散，赵旭林、朱雅琪和她的父母在警察的陪同下坐上警车去了警局做后续处理。李离落寞地回到自己的房间，刚才闹哄哄的楼下现在空无一人，仿佛像一场梦，转眼间回到了原本的模样。

窗外寒风萧瑟，吹得昏黄的路灯影影绰绰，远处街道上传来周传雄的《黄昏》，悲伤近乎绝望，李离心想，这些人好幸运，他们还有爱情值得悲伤，而她连悲伤的基石都没有，只有那黑洞洞的无边无际的黑暗。

唱不完一首歌

疲倦还剩下黑眼圈

感情的世界伤害在所难免

黄昏再美终要黑夜

依然记得从你口中说出再见坚决如铁

昏暗中有种烈日灼身的错觉

黄昏的地平线

划出一句离别

爱情进入永夜

依然记得从你眼中滑落的泪伤心欲绝

混乱中有种热泪烧伤的错觉

黄昏的地平线

割断幸福喜悦

相爱已经幻灭

很快，朱雅琪搬走了。搬家的那天，赵旭林也来了，两个人像什么事没发生过一样，说说笑笑，打情骂俏。朱雅琪把自己的一些零碎大大方方地留给李离，用了半瓶的洗发水，沐浴露，留在冰箱的冷冻食品，高档的一些床品和抱枕，包括那个一米二的大鱼缸。诚然，在她眼里，李离是买不起这些东西的，留给她算是对她在楼上对他俩撮合的回报吧。临走，朱雅琪又扭身回来，把手里的一大包衣服，扔在床上，笑着对李离说，这是她的一些衣服，没穿过几次，如果李离喜欢就留着，不喜欢就扔掉好了，她懒得拿了。李离点头，笑着，她在想，或许赵旭林会和她说点什么，然而，赵旭林从楼上拿下最后一批东西后就再也没上来。

这一场暗恋，来得汹涌，走得也是干脆。合租近两年，李离仿佛又告别一层美好幻想，就像叶一鸣让她告别了初恋，赵旭林让她告别了暗恋，她始终没有拥有过爱情。叶一鸣给她构建了一场无法公之于众的浪漫幻境，让她都不忍心去想象那一天的结局。赵旭林给她构建了一场无法言说的阴暗假象，让她竟有些怀念那无数个夜里的疯狂。

在某种程度上，她觉得她和赵旭林已经有一种超越普通朋友的特殊关系，是属于他们之间独有的秘密，然而这个猥琐的男人竟然连告别都没有和她打一个。

她把朱雅琪的衣服穿在身上，躺在那张还留着他们味道的床上，大声地叫着，呼唤着，学着朱雅琪的声音，把朱雅琪的那些污言秽语一遍一遍地喊着，她幻想着赵旭林粗鲁地蹂躏着她，所到之处都是火烧火燎的疼痛。她臣服于他，把自己的一切交付给他，只有这样，她才觉得自己真正属于这个男人了，让她觉得自己这颗肮脏的灵魂终于找到了归宿，等待着男人的慰藉。疯狂的过程，她自己沉浸在内心那片宽阔的海洋，任海浪翻滚，一时将她托向顶峰，一时把她甩进海底，这片海洋幽深黑暗，没有任何人进来，只有她，自由地同寂寞与痛苦一起驰骋。她太难过了，一种无法名状的悲伤变成一股股暗流，卷在激烈的波涛中，这片海洋终究不会有人进来，也无人拯救她，她像一只妖兽忍受着天地对她独有的惩罚。终于，她得到了满足，浑身汗水淋漓，还混合着她的眼泪，浸湿了枕巾、床单，和赵旭林的"体液、汗水"混合在了一起。

Chapter 八

　　母亲那张黑黢黢的脸，此刻毫无杀伤力，她对着她疯狂地舞动着，来吧，丑陋的白莲凤，来吧，下贱的白莲凤，你和你的女儿一样，你是不甘平凡的，你的那一身素黑只不过是你的伪装，你在暗夜无人处，也会这样风骚不是吗，否则你的女儿从何而来呢？

二○○四年的冬天特别寒冷，入冬以来，从未下雪。慢慢地，城市上空形成了越来越浓厚的雾霾，把整个城市浸在一团密不透风的混沌中，分不清早上还是黄昏，只有令人窒息的寒冷渗进皮肤沁入内心。人类的所作所为终于得到了自然的报复，就像李离的悲剧是对母亲淫贱的报复。李离作为一个牺牲品来到这个世界，她习惯了生活对她的考验，在工作中，加班加点，受客户刁难奚落，受同事排挤冷淡，她能平静地接受。甚至她有时会想，这些人，回到家中又是一个什么样子？他们也会把自己心底那股黑水释放出来，变成另一个丑陋的模样。那么，她又有什么可与他们争辩的。

　　李离的新室友是一对小夫妻，生活看起来并不富足，生活过得节俭琐碎，他们平凡得扔在大街上瞬间就会被淹没。李离很少与他们来往，大家保持着一种非常客气的距离，厨房和卫生间等公共区域，他们把自己的用品和李离的划分得清清楚楚，一眼就能看出是清晰的两块阵营，甚至连一袋盐都会分开，绝对不会乱用。他们很少争吵，作息极度规律，李离不太清楚他们的工作，看起来像是自己经营着一家小店，每天很早起来，很晚才回来。他们匆匆忙忙，为了生计周而复始地奔波，唯一一点和浪漫沾边的就是他们屋里墙上挂了一幅巨大的婚纱照。李离有时会从窗外看到，心里竟有些不屑，这样平凡的人，就算拥有爱情，也是一场循规蹈矩的俗套故事吧，又有谁会关心。女人的婚纱照透着一股烟火气，厚重的新娘妆都掩不住刚从农贸市场赶回来的气质。实际上，李离的生活境地还不如这两口子，但不知为何李离却有此轻蔑的感觉，记得朱雅琪来的时候，李离把自己变身成一个小保姆，热情周到，恨不得把自己最好的东西拿出来分享，然而对这两个人，她完全提不起任何兴趣。或者，这就是她一直没有察觉到的阴暗面，攀高踩低，仰慕虚荣。李离极度厌恶母亲的拜金，然而现在，她这种无意识的行为，从本质上又同母亲有何区别。

李离母亲对钱的痴迷和热爱是常人无法想象的，李离小时候听过一个故事，说是一个员外一辈子就是攒钱从不花钱，甚至吃得比长工还要差，最后抱着一个大金坛子死去，于是大家给这个人起了个绰号叫"守财奴"。李离觉得这个故事说的就是她母亲。母亲有一口黑色的松木箱子，她所有值钱的家当都锁在里面，从来不给别人看到，箱子用一只老式黑铁锁时时锁着，一把近两寸长的铜钥匙，母亲把它用粗粗的尼龙线串起挂在她脖子上。她把这把钥匙看得比她的生命还要重要，吃饭睡觉洗澡永远不离身地戴着，日积月累那把铜钥匙磨得像金子似的闪光。李离童年的时候对其很感兴趣，她不知道黑箱里藏着什么，但她知道那是母亲的禁地，她绝对不能触及。有一次趁母亲心情好，李离抓起母亲脖子上的铜钥匙把玩，母亲当即黑脸，一把夺过来，塞回衣服中，对她怒目相斥。在母亲的眼神中，李离根本不配触及它。

李离的童年是清苦的，她从来没有吃过什么零食，更别说零花钱了，这在她独立之前几乎是不可能有的。上学，除了必要的开支，其他的钱，李离只能胆战心惊地和父亲要，有时父亲高兴了，多给一些，有时父亲不高兴了，除了不给钱，指不定还会甩几个耳光子，骂她赔钱货。所以李离在上学住校时，经常是饥一顿饱一顿，非常清贫。这些母亲一概不管，想从母亲手里要出一分钱，这简直比登天还难。母亲把她所有得到的钱，包括父亲有时拿出来的工资，秋后卖一些土豆玉米等杂粮的钱，或者年底杀了猪卖一些猪肉赚的钱，以及现在李离和姐姐有时给她的贴补等等，全部锁在她的箱子里，永远不会拿出来。母亲每次拿到钱的时候，目光瞬间就亮了，仿佛一个饥饿好久的人突然看到一盆红烧肉，整个人都绽放出一种莫名的光辉，嘴角都止不住扬了起来。

李离不太清楚钱对母亲的意义是什么，她一直攒钱打算用来做什么？小的时候，李离以为母亲可能是想买房置地，也可能是为姐姐或她筹集未来上学、结婚所用，或者以防家里出现什么不测以解燃眉之急。然而，直到父亲出事，李离才恍然明白她的这些猜测全是错的，她就更加不明白母亲的真实目的。

那是她刚上高中不久的一个冬日，她接到校办电话通知，她父亲的车出了事，翻进了沟里，人正在县医院抢救，她需要马上赶往医院。李离读书的地方离县医院不远，她骑自行车十几分钟就能赶到。那天的天气特别寒冷，李离走得急没有戴手套和围巾，她只觉得两只手握着冰凉的手把，像被冻在了一起。脸上扫过的寒风如一片片刀片割着她的皮肤，她并没有想象中的紧张或害怕，脑子中反倒涌出特别奇怪的念头，如果父亲死了怎么办，母亲还会供她上学吗？就算父亲凶狠得像一只狼，然而这个家大多数的开支都是靠这只狼供给，一旦父亲没了，那么，她们家将会陷入怎样的一种窘境。她不知道母亲是否已经到了医院，也不知道父亲伤势严重是怎么样的严重，缺了胳膊还是少了腿。李离脑海中出现了父亲满身血污躺在病床上的样子。那张永远黑青的脸现在是否正痛得扭曲变形，还在开骂命运，开骂家族，开骂母亲和她们姐妹。或者他已经人事不省，平静得像一具尸体，躺在那里彻底逃离了这个冰冷的家。如果他瘫痪了，残疾了，怎么办？李离这才心里开始恐慌，对比这个，李离更希望父亲直接死掉，李离清楚，一旦父亲瘫痪，母亲绝不会伺候他的，有可能会带着她的黑箱子一走了之，只有她和姐姐来承接这个家，姐姐现在身在北京，以她的性格绝不可能回来，那么只有她辍学回家照顾父亲。这个推论让李离不寒而栗，手上和脸上蚀骨的疼痛此时好像麻木没了知觉。

　　李离慌乱地停好车，小跑着冲进医院急诊处，县医院不大，是那种二十世纪八十年代建成的四层小楼，楼层较低，里面非常幽暗，如果不是充斥着一股浓浓的消毒水味道，它看起来和车站差不多。人声嘈杂，挤满各式各样的民众，有钱有势的人一般都会去离县城不到一百公里的市医院看病，来这里的大多是如他们一般家境贫寒的农民、小商小贩、工地工人、餐厅服务员，等等。这些人平时有个小伤小病，根本不会来医院，除非是严重到不行的时候，才会赶过来。所以大堂、过道挤满焦灼痛苦的病人和家属，穿着白大褂的医生和护士面无表情地呵斥着，行色匆匆穿梭其中，像一个个掌握着生死判决的使者。李离四处搜寻了半晌，没有看到父亲或者他的同班司机，便快步追上一个医生问，医生正眼也没来得及看她，不耐烦地说："你们家属怎么才来，病人已经推进手术室了，赶紧通知你的家人准备钱去办住院手续。"李离的心有点放松下来，听起来父亲应该没有生命危险，那么他会残疾吗？

　　李离的父亲在一家私营煤矿做货车司机，负责将煤矿产出的煤从内蒙古拉到东北。一辆车两个司机，不分昼夜，日夜不停地拉煤，一趟就要跑好几天，一两个月才能休息几天。父亲脾气不好，嗜酒嗜赌，虽然煤矿严禁司机出车时期饮酒，可是车一旦开出去，几天都在路上，也没人管得了。往往两个司机，你开车的时候，我喝，我开车的时候，你喝，就着一袋花生米或者一包猪头肉，半斤白酒下去倒头便睡。父亲曾说，在车上不喝酒根本睡不着，摇摇晃晃地还那么大的噪音。所以，常年饮酒导致父亲整个脸都变得和正常人不一样，不喝酒时也像喝过酒一样，脸色猩红，眼神迷离，话说不利索，脾气还超大，稍有一点不如意或者不顺心，就会暴跳如雷，摔盆打碗。

从小，李离和姐姐就特别害怕父亲回来，父亲每次回来都要喝酒，一喝多就会找碴儿打骂母亲和她们。一旦父亲回来，李离就会在心里暗暗祈祷，今晚的菜一定要可口，今晚家里的所有物件都要正常，今晚不要来什么客人说什么不好的话，甚至父亲的腰带不要解不开，裤子要好脱，内衣不要有静电，因为任何一点点闪失，都可能是一场燎原大火的火星。李离印象非常深刻，多少次父亲因为刚炒上来的菜烫了一下嘴，他就一脚把整个饭桌踢到地上；因为脱衣服时秋裤太紧没那么好脱，他就把整条秋裤给踹烂；因为在他睡觉时李离不小心碰倒了脸盆架被他一顿暴打；诸如此类，总之父亲在李离的印象中就是一只恶魔，一只随时有可能将世界变成末日的恶魔。

此刻，这只恶魔出了这样的事，是不是他多年作恶遭来的报应，他受了教训，性格会变好一点吗？李离忐忑地按医生的指示，找到父亲做手术的地方。手术室被一个已经发黄的白色门帘隔着，静悄悄的门头上大大的三个字——手术室，放射着猩红的光，让人不寒而栗。母亲没有到，手术室外的不锈钢椅子坐着几个胡子拉碴、蓬头垢面的男人，李离轻声问了一下，那几个人赶紧站起来，向她一通诉说。说得有些邪乎，说凌晨三四点钟的时候，父亲的车前突然出现一辆大卡车，拉着一车的驴，那些驴齐刷刷地盯着父亲看，看得他毛骨悚然。他们出车的人都知道，车是不能拉驴的，会有灾星。果然，父亲在这条跑了多年的路上，开始出现幻觉，不知道怎么就翻到沟里了。父亲当时正开着车，同班司机还睡着，两个人连人带车翻了下去，那个人命好，被甩出车门只受了点轻伤，而父亲比较严重，听医生说肋骨断了几根，肝脏也受了损伤。同班司机醒来，慌忙趴在路边拦人，等折腾到医院已是八九点了，他们是车组的人，赶过来做了手续并通知了家属。

母亲在村里，赶过来也需要一定时间，李离知道父亲不会有生命危险，也没有残疾，心里平静下来。她反倒对那辆驴车开始有了莫名的好奇，为什么会出现一辆拉驴的车，要拉到哪里，那些驴为什么会盯着父亲看，这是真实的还是父亲的幻觉。凌晨三四点，人意识薄弱，说不定是父亲睡着了，做了一个梦？不知道为什么，想到这些驴，李离脑海中那些驴的眼神全部变成母亲的眼神，平静，冷漠，绝望，还加一丝悲悯。驴也是一身黑皮，沉默寡言，终日忙碌不停，它们的一生和母亲何等相似，没有喜好，没有梦想，任人摆布，平静以对。驴是动物里备受歧视的，它不像马风姿飒爽，没有牛劳苦功高，还不如鸡狗会撒欢跳跃，它就算遇到狼，也只会来回踱步，毫无抗争能力。它们的存在就是为人所用，被人欺迫，它们习惯了这种悲苦的命运，养就了一副风轻云淡，任凭宰割的气质。这样看起来，何况母亲，连她也是一样的。

父亲被推出来的时候，母亲还没有到。李离过去，父亲的麻药还未消失，此刻正昏迷着，神态甚是平静，这在李离心中很是少见，差点认不出来。父亲没有她想象得严重，头上有一些擦破的伤口，手和脚也有一些血污，上半身裹着厚厚的纱布，有些没有受伤的地方医生也没好好清洗，还有着煤渣和黑色的煤灰痕迹。父亲高大厚实，长年喝酒让他的肚子永远都是圆滚滚的，肥硕的父亲躺在担架床上，让这个单架床显得纤弱吃力。没有人哭喊，也没有人表现出过多关切，就像父亲在里面睡了一觉，就出来了一样。过了中午，父亲开始苏醒，那几个男人简单问了几句，父亲答得利索，看得出来神智还是清醒的。果然那几个人也对驴车产生了兴趣，七嘴八舌地议论起来，可能是太过疼痛或者疲惫，父亲勉强应和着。医院的护士给父亲安排了一间病房，把他挪到床上，李离不知道干点什么好，便小心翼翼地问父亲想吃点什么，父亲没有像以往那样瞪她，也没什么感情色彩，就像对那个男人一样的口吻，说口苦，想喝点甜的。李离便扭身出去，心想买上一碗粥，放点白糖。后面一个男人喊道："买上个罐头吧，闹了半天，老李想吃罐头啦，早说呀，还把车开沟里换罐头呐。"几个人哈哈大笑。

　　已是午后，卖粥的都收摊了，李离跑了好几条街，总算买到，又买了两罐黄桃罐头，基本就把她一个星期的伙食费花完了。等她赶回去，母亲已经到了，如她所料，母亲还是一副冷冰冰的样子，穿着一身素黑，头发捋得一丝不乱，坐在另一张空床上，一声不吭。那几个男人正你一言我一语地说着，大致是说，需要办理住院，要押金。车队是不会出钱的，论责任都是父亲的，车队的车也毁了，修的话还要不少钱，另一个司机虽说受伤不重，也得花钱治，还有一车煤，现在送不过去了，买主那边还得再拉一车过去，这些都得父亲承担。父亲不吭气，半眯着，母亲也不吭气，坐在那边摆弄着床单的一角。

　　几个人说了半天，要母亲给个说法。母亲憋了半天，幽幽说道："人，你们也看到了，躺在这剩半个人了，钱，家里穷得叮当，有一点钱也让他喝酒赌钱造了，没有。"

　　那几个人自是不行，叽叽喳喳，说着说着，语气也重了，话不客气起来，母亲还是一副死猪不怕开水烫任凭处理的样子。李离分外惊讶，家里穷是穷，但母亲极度节俭，每年庄稼收成，父亲虽说喝酒赌博，也时不时拿钱回来，绝对不至于一分都没有，何况现在父亲受伤成这样，母亲没有坐视不理的道理啊。

果然，父亲越听越生气，憋着一口气厉声问道："×你妈的，家里的钱你卷到哪里去了？老子今儿死了，你还打算找那个相好的？"父亲边骂边喘，李离浑身又紧张起来，如若不是他躺在病床上动不了，现在母亲肯定被薅住头发，摁在地上一顿揍了。

母亲还是老样子，一声不吭，仿佛这些咒骂不是对她，而是对着另外一个人，她多年的习惯已经让她对父亲的打骂波澜不惊。旁边的这几个人一时也不知道帮哪边说话，看着他们夫妻如此针锋相对，也是诧异。李离拎着粥和罐头不敢上去，躲在后面大气不敢出。父亲骂一通，喘半天，然后继续开骂。一个男人看不下去，赶紧劝，一把把李离买来的东西抢过去："行了行了，老李，你这话都说不利索了，少说两句，来，看你闺女给你买上罐头了。"

"她？她和她那个妈一样！狗崽子，不是什么好玩意儿！×你妈的，我他妈倒了八辈子霉遭遇这么一个婆娘。"父亲越骂越来气，脑门上的青筋突起，眼神凶狠，加上他那张黑红的脸庞，让李离觉得父亲还是那个样子，至死也不会改变。如果今天他真死了，也许是另一副模样。母亲应该不会哭的，甚至连丧葬的钱都不会出，说不定直接买一口最便宜的棺材，草草埋了了事。想到此，李离不禁有些同情父亲，一个人的一生，终归是要什么样的生活，又是为什么而活着，看起来，母亲，父亲，只为了一口吃的，苟且度日，除此，实在找不到他们活着的任何意义。

父亲少年时就离开了家，当时祖父去世，祖母一个人拉扯着七个孩子，最小的还在吃奶，生活一度陷入绝境。刚刚十六岁的父亲是长子，便去了煤矿，下窑人家不要，只能跟着拉煤司机跑腿，慢慢跟着学。后来，为了生存，祖母把两个孩子送了人，又改嫁了一个光棍老汉，这件事对父亲打击很大，他回去和祖母大闹一场，最终决裂，断了母子情分。父亲离开了家乡来到这里，几乎和祖母那边没有任何来往，所以李离从未得知那一门亲人的消息，这些也只是从母亲偶尔不多的聊天中拼凑得知。

　　大声的吵闹引来了护士，护士厉声打断，那几个人也无可奈何。母亲的意思是要钱没有，要么就办理出院，找个车把父亲拉回家，她来照顾。护士骂道，这样出去活不活得了都两说，至少要在医院住到伤口愈合。母亲无言，也不表态，冷漠得像面对一个仇人。父亲也懒得骂了，和那几个人说先垫上钱，他康复了再慢慢还。事情就这样狼狈地结束了。李离再一次看清了母亲的绝情与自私，她想，父亲的生命，她的生命，甚至姐姐的生命，在母亲的眼里都不如她养的那两头猪吧，那两头猪年底宰杀后能换成钱，而他们只会消耗她，毫无价值。钱真的好重要啊，钱可以把父亲从死亡边缘抢救回来，钱可以让她继续读书掌控自己的命运，钱可以让姐姐脱离母亲的管束自由地躲在北京，钱不仅可以让人吃饱穿暖，还可以让一个人拥有话语权，就像此刻的母亲，在她隐忍多年的败势上成功打了一个翻身仗。李离知道母亲的内心是得意的，她说不定暗自庆幸父亲遭遇了这么一场劫难，她不给他治病的钱，说不定就是想报复他，让他躺在炕上，天天受她欺凌，她可以把她多年受的委屈变本加厉地还回去，让他挨饿受冻，让他屎尿不能自理，让他生不如死。想到这里，李离再看母亲，从心底产生出一股恐惧。那么那些驴是不是母亲的化身，它们莫名其妙地出现，用她的诅咒给了父亲致命一击，否则为什么同车的人安然无恙，而父亲却伤势严重。

李离记忆中的那个冬天极度寒冷，大雪一度淹没了整个世界，教室里生的火炉起不了多少作用。李离的手满是冻疮，又痒又痛，她的脚因为冻伤变得肿大塞不进鞋子里，同舍的同学给她找来一双男士的棉鞋，她才得以保住这双脚。此刻，北京再次出现这样的寒冷，不同的是她不再受冻，她可以住在有暖气房子里，躺在温暖的被窝，喝着暖暖的热茶，这些改变不是因为钱而改变的吗？

李离已经两个春节没有回家了，那个家对她来说，回去不回去，意义已经不大，尤其当她得知自己的身世以后，她在内心早已和那个家划了一个边界。如今她终于实现了她的目的，却被搁浅在两个世界的边缘，她竟然找不到方向，她活着的意义是什么呢？她觉得她一生想逃离母亲的阴影，然而不知不觉中，她活得越来越像母亲。她现在也在辛苦攒钱，也在麻木不仁地应对生活中的所有磨难，也在茫然地对待感情与未来，除了胸口那把铜钥匙，她就是一个翻版的母亲。

夜幕降临，厚重的雾霾在夜色掩盖下更加浓稠，仿佛凝结成一块膏状的固体，人呼吸都觉得困难。小区的灯光难以穿透雾霾，只有映射着的一团亮黄色的光晕，李离站在窗前，看着浑浊的夜空，感觉自己已经被埋葬在了这个城市。

春节临近，同屋的小夫妻更加忙碌，常常深夜才回来，回来慌忙地做饭，洗漱，睡觉，几分钟就能进入梦乡。今天，他们回来比往常早了一些，一进门，李离就听到了他们的笑谈声，想来今天的生意应该不错。女人进了厨房，一会就传来洗菜，剁肉的声音，她边做饭边高声和客厅的男人说些什么，不时又笑了起来。李离隔着门，也能感受到他们的喜悦，女人动作麻利，不到半小时，就听着盛饭，端菜的声音，男人早已洗好澡，坐在沙发上看着刚刚上档的肥皂剧，两个人边吃边聊，一会工夫吃完，男人进了厨房洗碗，女人钻进卫生间开始洗漱，哗啦啦的水声还夹着女人不着调的哼唱。李离心想，这样的人生，也许也是一种快乐，付出全部的辛劳满足于最平凡的一点收获。

　　李离赤身裹着厚毯子，躲在幽暗的客厅沙发上，静静地等着，等着那股风暴袭来。半晌，她听到女人娇嗔了一下，李离知道，风暴前期的微风徐来，乌云已经紧接其后了。女人呢喃道："你说今天那个人是不是傻？他居然没看出来。"李离不知道她说什么，但想来是生意上遇到了什么奇怪的人，但风暴即将来临，她还有心情讲这些闲话，确实让人有些扫兴。男人倒是没什么察觉，依然继续着他的动作。女人见男人不答话，便继续说道："那几批货都压了好几天了，我还想着估计要降价清仓了，没想到他还当块宝……啊！"边说着边轻哼了一下，想来男人用力捏了她一下，想阻止她继续唠叨。女人完全没有领会男人的意思，还沉浸在她的窃喜中，半晌没有下文。李离的热浪凉了下来，风暴好像刚有一些苗头，又悠悠地退缩了。黑幽幽的夜里，李离同那个男人一样，努力地寻找着风暴的方向。又过了一阵，女人有些不耐烦了，问道："怎么了，还不行？"男人道："等一下，你急什么，等我找找状态，这两天太他妈累了。"女人问："那还做吗？"男人肯定道："做啊，等等。"然后又是一阵等待，风静了，草停止了摇摆，天上的乌云此刻也开始慢慢分解成一朵一朵的棉花，慢悠悠地飘浮着。李离已经完全没了兴致，她像是看一场滑稽默剧，静静地等着接下来的"包袱"。风终于来了，只不过像午后炎热的夏天，吹来一股不痛不痒的微风，完全起不到任何缓解的作用，然后就听着床板开始枯燥的鸣叫，像夏天的蝉鸣，冗长而又无力。暴风雨彻底没有来，天已放晴，盛夏的午后令人困倦乏味，李离伴着这阵蝉鸣，忽然出神。也许平凡的夫妻就是如此，生活平淡到比他们刚刚吃过的醋熘土豆丝还要无聊，仅仅为了吃而吃，没有多少要求，也就谈不上惊喜或失落，爱在他们的生活中聊胜于无，远没有他们多卖出一箱货来得实在。他们在某个时刻，在这种平淡反复的性爱中播下一颗种子，然后迎接一个孩子的到来。女人的腹部慢慢隆起，开始和七大姑八大姨分享他们的喜悦，男人窃喜之余又不免压力大增，开始更加忙碌，去为这个孩子准备他人生的某些配置。女人在这段时间依然要操心生活的琐碎，但仿佛多了一份安全的砝码，或者名正言顺的主权，开始对男人颐指气使，不满意便可以向周边的熟人抱怨生活的辛劳和男人的愚笨。等孩子呱呱坠地，她的皮肤将会镀上一层苍老和浮肿，她更加不在乎自己的形象，任腰身变粗，乳房下垂，随便披上一些衣服，和尿布、奶粉纠缠成一堆乌七八糟的日子。男人可能会有一些不甘，同身边其他同样的女人开些荤腥的玩笑，聊以内心的慰藉。女人开始忘却自我，享受着中年女人特有的权利，打骂孩子，呵斥老公，从中找到属于自己的价值。他们的生活不再会有风暴，有的是年复一年，日复一日的蝉鸣。

李离回到自己床上，内心的不甘像一根刺一样扎在她的心头，她更加嫉妒朱雅琪，这个贱货为什么会拥有精彩的人生，连性爱都优于常人的数倍，她和别的女人在夜幕下有什么区别，还不是一样的丑陋吗？她此时应该又在赵旭林的风暴里愉快地翻滚吧，她如果当初从楼下跳去，那她的灵魂一定会悲伤至极吧，或者她压根就不会死，她只是惯用手段将男人牢牢地抓在自己手里。李离为什么会有这种可怕的心理，是某种程度上，她也想拥有朱雅琪的生活吗？是的，普通贞良的女人只会像隔壁小夫妻的女方一样，对平凡的生活乐在其中，只有贱货才有如此的淫贱想法。只是，李离拥有朱雅琪的想法，却只拥有隔壁小夫妻的条件，她的身上一定也散发着晚餐鸡蛋灌饼的味道吧，哪有一个如赵旭林那般的男人会对她产生兴趣。

想到此，她起身又钻进卫生间，用朱雅琪留给她的高级浴液用力地搓洗着身体，她抚摸着光洁细腻的皮肤和饱满挺拔的身体，对着雾蒙蒙的镜子，摆出极度妖娆的动作，她呼唤着内心的真身。母亲那张黑黢黢的脸，此刻毫无杀伤力，她对着她疯狂地舞动着，来吧，丑陋的白莲凤，来吧，下贱的白莲凤，你和你的女儿一样，你是不甘平凡的，你的那一身素黑只不过是你的伪装，你在暗夜无人处，也会这样风骚不是吗，否则你的女儿从何而来呢？

林倩给李离打了个电话，说她春节期间就要结婚了，日子定在了正月初六。她在老家没什么朋友，想从北京邀请几个朋友过来捧场，但思来想去，值得约的人也只有李离，可是又想着春节李离可能会回老家，应该来不了，就电话问询一下。林倩说得很平静，就像当初她们一起工作时，安排某一场公关活动一样理智。李离开心地恭喜了她，然后又询问了一些婚礼的事宜，故作热情地聊着，好像她这样可以让林倩能多期待一下她的婚礼。她们都没有讨论关于爱情这件事，关志军爱不爱林倩，林倩爱不爱关志军，在她们看来已没有多大意义，就像隔壁小夫妻一样，这是约定俗成的日常生活，到了这一刻就做这一刻的事而已。

挂了电话，李离的笑容瞬间褪下，一种莫名其妙的悲哀涌了上来。林倩替她先走了这条路，她仿佛可以看到这条路的尽头，一种绝望让她心生难过。她很想和林倩说："别嫁了，回北京。"然而她知道，这只是她不切实际的想法。林倩已经三十多岁了，在职场缺少竞争力，她在北京和老默的经历，周边的人都知晓，她再嫁他人也是难乎其难，加上她的容颜褪色，身材走样，根本没有太多机会。北京已经没有了她的位置，她和林倩都深深地明白。同时，她又想到，林倩结婚通知了她，她又得准备礼金，以她们的关系，太少反倒会伤了情面，多了对她来说又是一笔很大的开销，她读研的学费还遥遥不及，每一笔大的开支，对她来说都是横空而来的损失。她的自私和小气，和母亲如出一辙，对她唯一的好友，她也在盘算着现实的得失。她甚至在某一时刻有点讨厌林倩，就这么迫不及待嫁个男人吗？

一整天，李离都在这种复杂的情绪下反复。姐姐给她打了个电话，问她春节是否回去，随后又说，父亲和母亲对她的怨恨很大，说她几年不着家，连钱也没寄过一分，算是白养了这个女儿。李离更加烦躁，她冷冷地挂了姐姐的电话，就像和这个家彻底决裂一般。

北京的雾霾困了这个城市快半个多月了，李离感觉自己也陷入了一个没有出路的牢笼。灰白的空气让整个城市没有了色彩，只有影影绰绰的楼宇剪影。光、风、雪全部被挡在外面，完全透不进来，只有寒冷一点点渗透到城市的角角落落，雾霾里的每一粒浮尘都带冰冻的尖刺，穿入人的衣服，皮肤，喉咙，然后形成一股从心底传来的生涩触感。李离无比盼望下一场雪，也许那一场雪就是拯救这个世界的唯一解药。

过了好多天的清晨，李离拉开窗帘，发现外面飘起了些许的雪花，她惊喜极了。雪花非常小，小到像一颗颗细细的白色沙粒，轻轻地穿透雾霾，洒在地上，形成一层薄薄的白霜，让原本快枯死的城市增加了几分湿润。对，这就是一点希望，生活是有一点希望的。她不顾阳台上的寒冷，穿着单衣站在窗前好久好久，她决定亲自去一趟甘肃，参加林倩的婚礼。也许，她会拥有一个幸福的婚姻吧！也许关志军就如这白色的雪粒，慢慢地拯救了林倩的生活吧！她不应该像母亲，活成一个坟墓，她要寻找希望，见证希望。她会拉起林倩的手，告诉她，北京下雪了，和我们当初一起在前门看到的雪一模一样，白色的，像云朵，和你披着的婚纱一样，轻盈美丽。你会拥有幸福，关志军会给你甜蜜的生活，把你的日子过成小说，就算跌宕，也会充满色彩。

李离的心情好了很多，她特意洗了头发，戴上了她在元旦大促时新买的一条红色围巾，整个脸庞在其映衬下显得红润白皙。她轻快地下了楼，找到自己的自行车，车子上覆盖着一层白色的雪粒，她没有厌弃，轻轻地用手套扑了扑，然后推上车准备骑往公司。有了一点雪花，空气比前些时日清新了好多，李离不禁打开围巾，深深地吁了一口。

忽然，她听到身后有一声轻轻的，像小鸟一样稚嫩的叫声，扭身一看，是一只白色的小猫，小小的，白茸茸的，雪粒洒在它的身上，化成一层细细的水雾，让它更加楚楚动人。李离四下张望，发现没有人，她有点好奇这是谁家的小猫跑丢了，看起来非常可怜无助。李离停下自行车，蹲下来把小猫抱起来，小家伙发出细嫩的喵喵声，仿佛找到了母亲的怀抱，它浑身冰冷潮湿，想来是冻坏了。小家伙在李离的怀里翻滚了一会，一双萌萌的大眼睛充满期待地凝视着李离，李离的心都快化了。

"它是一只流浪猫，叫小白，你喜欢的话，可以抱回家。"一个男人的声音传过来。

李离一惊，扭头看去。她看到一个高大的身影站在她的身后，如权宝表舅一样的笑容挂在这个男人的脸上。李离蹲在地上，仰望这个人，天上飘舞着细白的雪花，他像一个天使降临在她的身后。

李离慌忙站起来，脸不禁红了起来。男人穿着一件灰白色的羊绒大衣，围着一条藏蓝色的围巾，浓密的头发梳得整整齐齐，长长的鬓角一直延续到脸颊，胡子也刮得干干净净，留着一层青色胡茬覆盖在玉色凝脂的皮肤上，在这漫天的雪花下，像极了偶像剧里走出来的男主角。

"咱们小区好多流浪猫，在停车场西侧那个拐角处。我入冬的时候给它们放置了一些窝棚，没想没多久有一只猫就生了一窝小猫，喏，它就是其中一只，我叫它小白。"男人的声音温柔低沉富有磁性，让人听了身心都觉得温暖。

李离又是害羞，又有些紧张，她冲男人笑了一下。"我可以收养它吗？"

"当然。你也可以同我一起照顾其他猫猫。"

雪越来越大了，一会工夫就把整个城市渲染成了白色，树木，房子，车子，行人都裹了一层柔和的白色奶霜。原本嘈杂的街道也静谧安详起来，气温反倒没有之前冷了，李离骑着自己的车，身上竟然暖融融的。

Chapter 九

　　一场婚礼仿佛撕掉了关志军最后一点伪装，他认为身下这个女人已经完全属于他了，他需要一点点在她身上建立起丈夫的权威，他要在她身上重重留下他的痕迹，宣告他的主权，然而他每每想到曾经的七八年，有个男人比他更有权威就让他无比气恼。

这是李离第一次坐飞机，她提前好几天就开始准备，有些忐忑也有些兴奋。诚然，在她的童年，她无数次仰望过天空偶尔穿梭过的飞机，也看过电视里发生在飞机上的片段，然而，当这一刻真实来临，她还是感觉到陌生与不安。有一天，她也会有资格坐在飞机上，从一个地方转瞬就到了千里之外的另一个地方，未免也太过神奇。

两年前，她在这里给林倩送行，今天，她来到这里去看望林倩。时间总是会把一些人分开，然后再靠近，这大概就是时间最有魔力的地方。正值春运时分，机场人潮汹涌，李离看了看自己的行装，经过这几年的历练，她慢慢学会了打扮，气质也随着年龄和眼界的增加，自然大方了许多，从外表上看，她已完全融入了这个城市，在人潮里成了他们中名正言顺的一员。

她最终决定不回家乡了，原本以为她几年不回去，她会有些思乡之情，然而相反的是，她反倒更不想回去。她现在的模样，不知道再次踏上那片土地是什么样的心情，见到那些脸色黑红的人们怎么面对，更重要的是，那个家，她有点更加找不到自己的位置。她给姐姐打了五千块钱，让她分成两份转交给父母，姐姐也没再说什么。姐姐在省城和姐夫开了一家小面馆，日子过得清贫，还勉强过得下去。姐夫就是当初让姐姐意外怀孕的男人，当年姐姐在饭店做服务员，姐夫做厨师，一来二去两个人就好上了。姐夫家庭贫寒，弟兄三个，只有一个老母亲在世，家里穷到一分彩礼都拿不出来，更别说房子之类的。父母对此婚事十分不满和反对，但姐姐执意要嫁，婚前就和姐夫同居在一起，挺着肚子回来要挟母亲，就是那个惨烈的夏日。从那以后，李离的世界再也没有过夏天。姐姐和姐夫也很少回去，三五年不得已回去探望一眼，仍会招来母亲黑脸。这些年，随着小外甥的出生，母亲逐渐放开了执念，姐姐也经过生活的辛劳变得柔和，来往开始频繁一些。

此刻李离坐在飞机上，幽闭的机舱让她更加不安，外面已经入夜，透过小小的玻璃窗，她看到雪仍然在下着，整个机场笼罩在一片昏黄的灯光中。飞机开始慢慢滑行，李离紧张得手心里全是汗，她闭上眼睛，紧紧抓住座位扶手。邻座的男人还和他的同伴轻松地聊着天，完全没有注意到身边这个女孩是第一次飞行。飞机滑行越来越快，巨大的推动力将李离牢牢钉在座位上，她全身紧绷，仿佛把自己交给了一个完全不受控制的未知世界。终于，飞机腾空而起，李离只感觉身体一沉，心脏随着身体飘浮在了半空，她不禁睁开眼睛，看向窗外，城市在她眼前越来越远，楼房，道路，车子，人都慢慢缩小，整个城市变成一块镶嵌金光宝石的黑色丝绒毯子。李离的心情开始放松下来，她新奇地探身望着外面这个从未有过的视角，仿佛站在上帝的位置审视着这个世界。黑色的大地无边无际，与夜空完全相连，城市变成一张金色丝线织成的蛛网，人夹杂在其中，肉眼根本看不见，他们的悲欢情仇也渺小得不值一提。李离不禁想到，人人都在乞求上帝照顾，然而，从上帝的角度，他哪里有心思去关注那么多不痛不痒的凡人生活。从这个城市，再望向远处，有山脉，有河流，有人家，再往远看，应该就是她的家乡，那个小小的村子，在飞机上估计都找不到一点踪迹吧，渺小的它淹没在了漫天的大雪和浩瀚的黑暗中。母亲在做什么呢？她的一生都没走出过那个村子，她是否知道，这个世界还有那么多形形色色的人和五光十色的生活。

李离仿佛看到远在千里之外的那个小村子，厚厚的积雪覆盖在绵延起伏的山峦上，藏在山坳间的一个个软塌塌的小房子在积雪的覆盖下几乎看不见了，清冷的月光毫无遮挡地洒下来，在满地银白的折射下把整个天地映照成青蓝色。夜已经很深了，各家各户都把门窗关得严严实实酣然入梦，连鸡犬仿佛也都睡了去，连一点声音都没有。有一间矮矮的小平房里亮着一点微弱的光，透过那厚厚的棉布窗帘，母亲正坐在炕头上，打开她那个黑色的松木箱子，就着一盏煤油灯，一件一件地将箱子里珍藏的宝贝拿出来，那些是用脏旧的废布料包裹得严严实实的方形小包裹，揭开一层一层的包裹，里面是一沓一沓的钱，有零有整，都按大小码得整整齐齐。昏黄的煤油灯跳跃着一簇红色的火苗，母亲把李离寄给她的两千五百块钱，一张一张地铺平展好，细细揣摩，欣赏，然后再整成一沓，一张一张仔细地数着，不时用粗糙的手指在嘴角蘸一点唾沫，眼神绽出欣喜和满足的光芒。

飞机两个多小时后就落地银川了，银川比北京更加寒冷，一出飞机，李离就感觉到一团冰冷的空气包裹住了她。刚出到达口，李离就看见林倩正伸着脖子冲她招手。完全陌生的一个地方看到一个熟悉亲切的人，真是一种奇妙的感觉。两个人紧紧拥抱了一会才分开，林倩胖了一圈，头发也剪短了，可能是冬天穿着厚重，李离感觉两年不见，林倩身上没有了曾经那股优雅的成熟气质，反而多了一层淡淡的中年妇女味道，李离不免有些心酸，但嘴上还是夸了几句。旁边一个瘦弱的男人腼腆地笑了一下，便拉起了李离的行李箱。男人就是关志军，林倩马上要嫁的未婚夫。李离稍有一些失望，这个男人比林倩之前身边的任何男人都要差，瘦弱、油腻，还有一点猥琐，戴着一副深度黑框近视镜，头发凌乱，脸色暗沉，身上的衣服肥大而拖沓，一双黑色的皮鞋感觉已穿了数年，鞋面上的折痕里嵌着一道道泥尘。男人引着她俩到了机场外面，打了一辆出租车，前往关志军的房子。岁月终于把林倩推到了这个境地，当年风光无限的她像一朵盛开的红色玫瑰，吸引着无数的追求目光，如今，三十岁开外，娇艳褪色，容颜衰败，沦为杂草中平凡的一员。李离不知道这两年，林倩经过怎么样的心理过程，不过像她这种习惯逆来顺受的女人，想来很快适应了这种落差，李离不禁想到自己，再过几年，她也会跨过三十岁这个年龄，北京是否有她的一方容身之所呢？

正想着，手机屏幕亮了一下。仇振东发来一张照片，是小白，正乖乖地蜷在沙发上，睁着明亮的大眼睛好奇地盯着拍摄它的人。李离嘴角止不住上扬起来，林倩马上嗅到了八卦的气息，凑过来询问。李离推开她，但从心里升腾出来的热浪烧红了她的脸颊。

那个下雪的早晨，带给李离的不仅是小白和仇振东，还有给李离沉闷阴郁生活里的一束阳光。仇振东带着李离参观了小区的猫舍，那是小区非常隐蔽的一个角落，李离住在这里两年多都不知道还有这一方小世界，有五六十只颜色各异的猫咪生活在这里。仇振东还有一些其他的爱猫邻居，他们用废弃家具搭建了一处属于小猫的生活天地，仇振东称它为"猫公寓"。大家定时带猫粮和水过来喂养，有一些猫生病了还会带它们去宠物医院诊治，时间长了，这些猫咪熟悉了他们，固定地生活在这里，同这些人成为一个密不可分的大家庭。仇振东算是他们的家长，每天都会过来照看，他认识这里的每只小猫，还给它们取了名字，知道它们的脾性和来历。他一路上给李离讲述属于这个小世界的故事，俨然它们都是他的孩子一般，说话间充满温柔和关爱。

李离从见到他起就有些紧张，此时更是不知道该说些什么，静静地听着这个男人的声音，好像从她记事起，她从未听过这么好听的男人的声音，有种令人眩晕的魔力。

仇振东一看就是良好家庭出身的人，说话温柔，举止优雅，落落大方又谦逊有礼。他的衣着朴素简单，但有种令人舒服的柔和质感。如果说赵旭林是夏日灿烂的阳光，那仇振东就是春日清爽的春风。李离闻到仇振东身上有股淡淡的清香，不同于老默的醇厚，赵旭林的炙烈，那是种青草被雨水打湿，绿茶被沸水冲淡的余香，悠然绵长，令人神往。李离注意到他的手，手指白皙修长，指甲粉润整洁，想来也没受过生活的艰辛，安逸地生长在幸福的家庭中。"温润如玉"大概就是形容这样的男人吧。

李离又是自卑又是紧张地随着仇振东参观完"猫公寓"，然后答应了他以后一起照顾猫咪们，同时也把小白收养在名下。她内心是欣喜的，感觉自己离城市人的生活又进了一大步，更重要的是，因为小白，她将会同仇振东还有更多接触的机会，哪怕只是看到他，都会让她感觉到美好。她的生活太需要一点美好的东西来平衡了。来银川之前，仇振东很爽快地答应了帮她照顾小白，他们交换了手机号码，当李离把仇振东这三个字敲入手机里的时候，她暗暗发誓这辈子都不会删掉它，就像她获得了一个梦寐以求的宝物，就算永远不拿出来，它存在本身就是一种力量和幸福。

关志军住在一个单位家属院里，半新不旧的房子，一个普通的两居室。进门，扑鼻而来的就是一股生活的味道，显示出浓浓的生活气息。女人的浴液，男人的鞋子，厨房的剩菜，衣柜里的樟脑丸等糅合起来的那种普通夫妻家里特有的味道。李离有些恍然，这种味道也把林倩从她身边拉到了另一个阵营，她们曾经都是在北漂一族，寄居在一方小巢穴渴望着飞翔，现在，林倩落地了，这个房子也许就是她这一生的归宿。

林倩早早把李离住的客房收拾出来，太过生活化的场景，让李离有些不安，她知道她们可能再也不会挤在一个被窝里聊知心话了，她睡在这里，是一个客人。收拾妥当，李离先去梳洗，接着林倩钻进卫生间。李离坐在沙发上等着头发晾干，关志军过来坐在了她的对面，李离有点尴尬，一时不知该说点什么，只好点头笑了一下。关志军也不是善谈的人，客气地说了两句场面话，便局促起来。李离知道，他可能有话想说，心里开始紧张。

果然，两个人僵了半刻，关志军便开口："林倩在北京有过男友吧？"

李离一时不知道他是什么意思，心里有些慌乱，脑子迅速盘算起答案，如果说没有，以林倩的年龄，实在不可能，再者，真没有恋爱经历，会不会也显得林倩很没魅力。于是，她答："嗯，有过。"

"他们在一起七八年吧。"

这一句，李离明白，关志军一定知道了老默的一些事，显然不是在问，而是在确认。

李离心已经提到嗓子眼，她无比盼望林倩这个时候从卫生间出来，以免她说错什么。但问题僵在这里，答也不是，不答也不是，李离越是回避，越显得欲盖弥彰，干脆大大方方实话实说："嗯。"

"他们住在一起吗？"

"那倒没有，老默偶尔过去。"

关志军嗯了一声，也就没再往下细问。李离心里长长地舒了一口气。关志军面无表情，也看不大出来情绪变化，只是原本暗沉的脸色在灯光下显得更加阴郁。

冬

在关志军家过渡了两天，三个人又搭上火车前往安西县——关志军的家乡，一个甘肃靠近新疆的边陲小县城。此时正值深冬，原本荒芜的小城更加苍凉，一阵阵寒风卷着灰白的沙尘在街巷驰骋翻滚，吹得残破的房子訇然作响，街道上人丁凋零，没有一丝新春即将到来的气氛。关志军解释安西这里人很少。李离感叹，一方水土养一方人，不同的生活习惯自然也有着不同的思想观念，她不知道这里是否也有着像她这样的女孩，出身低贱却心存不甘。关志军的父母是当年知青支疆过来的，生活较为艰苦，仍然住在一个不大的平房院落中。关志军将林倩与李离安排在离他家不远的一家宾馆里，婚礼当天，会将林倩从这个宾馆接到他们在平房临时布置的婚房。婚礼定在正月初六，初五时林倩的老母亲以及她的大哥作为娘家代表过来，一切也是从简安排。

林倩其实无数次幻想过自己的婚礼，在她还是少女的时候，她就梦想着有朝一日，她如同电影里的女主角一样，披上洁白的有着长长拖尾的婚纱，踩着铺满花瓣的红色地毯，走过亲人的殷切期望，走过朋友的艳羡祝福，走过曲折的青春，走过挣扎的黑暗，走过汹涌的磨难，走向那个等在前方的男人，他不一定高大英俊，但一定满是热诚，目光如炬，他肩膀坚定如磐石，扛起他们的未来，他张开双手拥抱住她，给她一个深深的吻。她一定会喜极而泣，幸福的眼泪打湿她美丽的睫毛，落入他的肩头。

而现在，林倩觉得这根本不是她的婚礼，她像一个演员被他人操纵着，她没有自己的情感，麻木地扮演着别人需要的样子。她一宿未睡，同李离最后一次窝在一张床上，聊了好久好久，聊起她们逐渐死去的梦想，聊起她们茫然未明的未来，聊到两人都沉默无言，看着窗外东方渐白，房门被敲开，她被拖起来按在梳妆台上，一个化妆师面无表情地将她布置成一个新娘的模样。她的头发被厚厚的发胶团成一包重重的"盔甲",插上一堆廉价的金属珠花,她的身体被装进一身紧身的红色中式礼服中,她的脸涂上厚厚的一层粉底,眼睑嵌入一双长长的假睫毛,她对着镜子看着自己,一个自己都认不出来的自己。李离一直在旁边故作兴奋地说笑着,她也只能佯装开心陪她一起激动,她不确定她们到底是谁在骗谁。

　　窗外的天还是灰蒙蒙的,城市上空不时有某户人家突然炸响的一个炮仗,在灰白的天空上点缀出一团灰色的烟雾,瞬时消散。房门被一群男人喧闹地敲着,李离堵在里面喊叫着要红包,一会塞进来一个,李离不满意,纠扯半响,又塞进来一个,李离仍然不给开门,直到关志军不得不亲自求情,李离才勉强开门。关志军穿着一身深蓝色的西装,头发也用发胶打得光滑油亮,他终于换了一双崭新的皮鞋,袜子仍然是她最讨厌的那种腈纶丝袜。关志军被那些男人起哄,将她背在背上,跌跌撞撞、磕磕绊绊地送到楼下停着的一辆黑色奔驰中。李离陪坐在她身边,陪亲的母亲和大哥坐上后面的一辆奔驰中,林倩想,这可能是母亲一生第一次坐奔驰车吧,对她又有什么意义,也许她还会晕车。

　　在鞭炮轰炸中,她又被关志军背下车,背进一家喧闹的饭店。饭店门口站满了关志军的家人,他们笑脸相迎,饭店的两扇大门贴着金灿灿的两个大喜字,昭示着今天这个地方承包了一单婚宴,不接外客。她和关志军被一个同样穿着西装,拿着麦克风的胖男人请上台,开始了一套流程化的婚礼。先是主持人一套口播词,又是新郎父亲、母亲依次讲话,然后是她母亲和她大哥讲话,她母亲一定是第一次拿麦克风,紧张得不知所措,声音也比平时大了许多,结结巴巴准备了半天,只说了两句,一句是她很高兴,第二句便是大家吃好喝好。林倩又想笑，又想哭。她是母亲怀胎十月，含辛茹苦养了三十多年的女儿，就这样，简单地、滑稽地嫁给了他人。接下来轮到新郎新娘讲话，关志军从口袋里掏出一张纸，林倩还有点激动，以为是他早早准备的心里话，没想到关志军像朗诵诗歌一样念了一段婚庆公司拟好的范文。轮到林倩，林倩心乱如麻，此时更是不知道说些什么，仿佛整个婚礼都变成了一场表演，如果她说出什么真情实感的话语反倒会格格不入。她踟蹰半天，也只能空泛地说了几句，她内心实在不舒服，但又不能表现出来，她咧着嘴笑着，笑着。

这时胖男人又瞅见了林倩身边的李离，说李离是远道而来专程为林倩做伴娘的闺蜜，务必要说几句。李离脸一下就红了，连连推托。下面的人起哄，掌声雷动，李离拗不过，小心翼翼地接过麦克风，站到了林倩的身边。

"爱情太浓，亲情太厚，我们把这份感情稀释成几世做朋友，姐，时间因为有你，变得那么生动，在我心里，你比我亲姐姐还要亲。我无数次幻想过你出嫁的样子，但今天我站在你身边，却不知用什么方式来祝福你。我愿意用我余生的好运，换取你一世的幸福。不管如何，你要相信，我永远在你身后，陪着你。"

林倩此刻无法忍住眼泪，昨夜李离已经把对她的担忧和祝福全部诉说完了。今天在这个场合，逼迫李离说出这些话，林倩竟有种莫名的亏欠感。她不知道自己这场草草的婚礼是否能对得起李离的真心，她甚至觉得自己变得腐朽庸俗，配不上李离对自己的期待。她伪装了半天的假面，在这一刻崩塌，眼泪汹涌而出，都不敢直视李离的眼睛。从北京离开的时候，林倩已经预料到自己的人生将会一步步步入烟尘，她已做好心理准备去迎接现实对她的考验，她接受了家人的举媒，接受了关志军的追求，接受了腈纶袜，油腻头，长指甲，接受了唐突的婚礼，塑料的假花，甚至连戒指，都是林倩拿之前的凑合应急。这些她都接受了，她有种赌气似的和现实对抗，看现实还能变出怎样的失望。对一个不抱希望的人来说，失望根本造不成任何伤害。只是这一刻，她才清醒地发现，自己那颗已经麻木的心，还藏着一小块不甘，她自己都没发现，李离发现了。

行尸走肉地忙了一天，林倩终于跌跌撞撞回到房间。她今天举止得体，谈笑自若，随和亲切地喝下每一杯敬过来的酒，她圆满地完成了生活交给她的任务，直到她脱下箍在她身上一天的礼服和头饰，重重地砸在床上，她才彻底地放松下来。关志军正坐在床头数着今天收到的礼金，满脸痴迷与满足，他扭头看了眼林倩骂道："我喝的酒我都提前换成了水，而你喝的全是真酒，傻子。"林倩没有理他，她只觉得天旋地转，自己已经陷入一个无法挣脱的漩涡中，全身酸软，心晕目眩，只想迅速进入梦乡，让灵魂得以休息。

不知过了多久，林倩感觉自己的衣服被人扯了下来，关志军的一双手像干枯的树枝在她身上摸索，她觉得心烦，翻身躲开。关志军跟了上来，压在她的身上，浓重的酒气呛得林倩更加反胃。她皱了一下眉，没有强硬地反抗。她习惯了逆来顺受，再不情愿的事，她也很少直接表达出来。她和李离一样，对于生活对她们的欺凌，她们觉得反抗比妥协更需要勇气，更让她们为难，所以，她们一步步将自己的底线划掉，然后形成一种自我安慰式的舒适感。关志军在她身上粗鲁地行动着，还粘着发胶的头发滚在她的胸前有种油腻又粗糙的不适感，像抱着一捆杂乱的干柴。林倩没有挣扎，把自己的灵魂从身体里抽出来，飘浮在上空，这样她就可以得到片刻的自由。

她感觉自己又一次陷入了那个黑色的沼泽地，全身都无法动弹，厚重的淤泥将她死死地箍住，连呼吸都困难。她绝望极了，不敢呼吸，不敢动，生怕任何一丝反抗都会让她更加陷入。长久的等待和静默让她的身体已经没有知觉。她的灵魂在上空冷静地看着这个小女孩，像一棵扎在泥土里的树，纹丝不动，同这片黑暗融为一体，彼此僵持，慢慢和谐共处。她看着她投降了，将自己的恐惧、希望以及生命全部交付给了黑暗，反而找到了一种安全感。她的灵魂在空中自由地飞舞，她觉得轻松极了。原来一直捆绑着她的不是淤泥，而是她的身体，她只有把身体放弃，她的灵魂才能得以解脱。寒冷没有了，窒息也没有了，身体帮她承受着这些，慢慢适应。她把自己想象成一棵树，任凭春雨冬雪，风吹雨打，坦然面对，独自生长，她的灵魂会开出鲜艳的花，完成属于自己的芬芳。

关志军见林倩毫无反应，动作更加粗鲁，希望得到林倩的回应，仿佛这样，他才能获得一丝安全感。这个从北京回来的女人，带着一股他无法触及的优越气质出现在他的生命中，这让他非常不安。起初，他极尽讨好，试图用温柔去融化她那层冷冷的外壳。然而，他放弃了，她发现这个女人包裹自己的根本不是他想象中的壳，她用她的软弱和妥协构建了一层他永远无法融化的透明隔膜，比坚硬的外壳更让他束手无策。他非常沮丧，他恨她的软弱，恨她的妥协，恨她那副永远无所谓的表情。一个女人不应该这样，她应该有要求，应该有惧怕，应该对他的男人崇拜或者不满，而不是逆来顺受，活成一棵没有情感的树。

关志军折腾了好久，林倩依然闭着眼睛，面色潮红，头发凌乱，但表情却无比平静。关志军开始恼羞成怒。

林倩只觉得一股巨大的疼痛传来，她像一只正在空中飞舞的鸟被射了一箭，骤然失衡，重重地摔落下来。她忍不住叫了一声。这声叫声激起了关志军的兴奋，同时又有一种气愤接踵而来，她原来有感觉，只是他没有让她产生这种感觉罢了。关志军憋着一腔的炉火更加放肆与疯狂，林倩整个人疼得都有些痉挛，她蜷缩起身体试图去阻止这股钻心的疼痛，然而关志军把她狠狠地摁在床上，丝毫不给她反抗的余地，她无法动弹，也无法喊叫。林倩疼得眼泪都流了出来，但她又觉得晕晕沉沉，根本使不上力量，她拼着力气也只能在喉咙里发出微弱的呜咽声。

　　林倩知道关志军知道了她的过去，但她不知道如何解释与反抗。老默不仅毁了她的青春，同样也影响着她的未来。如果老默没有欺骗她，也许她不会沦为今天不堪的局面，现在的老默在做什么，是否也和她一样，同一个不爱的人躺上床上。想到这里，她又不免有些心酸，对于老默，她是难以恨起来的，她把现在的失败全部归结在自己的身上。她就是一个不懂得保护自己女人，一步一步失去了自己的位置，也可以说她就是一个贪得无厌的女人，贪恋着男人的一点点好，不舍得放手，最后一无所获。

　　一场婚礼仿佛撕掉了关志军最后一点伪装，他认为身下这个女人已经完全属于他了，他需要一点点在她身上建立起丈夫的权威，他要在她身上重重留下他的痕迹，宣告他的主权，然而他每每想到曾经的七八年，有个男人比他更有权威就让他无比气恼。

　　冬天的西北小镇，夜沉得仿佛进入了末日，寒风凛冽，所有生物都进入了休眠状态，只有这间小屋，两个赤身裸体的人正在激烈地搏斗着。林倩的那层保护膜看起来已不起作用，她痛苦地呻吟着，男人不为所动，就如寒风中的恶魔，侵略陌生的疆土，引发一场民不聊生的灾难。

　　林倩以为她的妥协会换来一种安稳，然而，现在她越来越觉得，也许掉入了另一个黑洞。夜已经很深了，她反倒清醒了，身边的关志军已沉沉睡去，打着响亮的鼾声。窗外连一丝光亮都没有，她把自己的双手伸出来，什么都看不到，什么都摸不到。她的身体还很痛，但远没有她心里的痛让她难过。

李离也没有睡去，昨晚她还同林倩躺在一起，今晚只有她一个人睡在一张硕大的双人床上，夜色隐去了所有物什，她感觉自己睡在一个黑色的海平面上，没有边际，也没有灯塔。今天的婚礼，她和林倩都在伪装，她们微笑、害羞，一个扮演着幸福的新娘，一个扮演着快乐的伴娘，当黑夜覆盖了所有人的目光，她们才无比清醒地面对自己的内心，一个写着绝望，一个写着迷茫。

女人终归是软弱的，上帝在她们心里装了一根软肋，它的名字叫爱。

如果没有了爱会好吗？林倩已经在试了，李离呢。为什么她这时还想着那个叫仇振东的男人，他会是她的救星吗？他在一个灰色的冬日带着一身白雪出现，是缘还是劫，李离好迷茫。她在想，如果在她面前摆着两条路，一条是关志军给她的安稳，一条是仇振东给她的迷茫，她如何选择。

毫无疑问，她选择第二条。

在劫难逃。

Chapter 十

　　她把她的寂寞化成欲望。她学会了打扮，化妆，把自己变成想象中的样子——美丽，高贵又寂寞的女人，她享受那些男人对她的吹捧与追逐，对她来说，像酒精一样能让她暂时愉悦。

来到这个城市四年，李离仍然觉得孤独。她习惯了一个人早上出门，坐公交，换地铁，带着微笑进入公司，接电话，回邮件，写方案，开会，等着时钟指向六点，关电脑下班，坐地铁，换公交回到她一个人的房间。她每天的餐食也很固定，中午在公司附近的师范大学食堂解决，晚上在楼下的小超市买一点菜回家自己做，她把自己一个月的生活开销基本在月初就能确定下来，她像一台精密计算的机器，按照设定好的程序行进着。周末的时候，她除了在家里学习之外，偶尔也会出去逛逛，查着地图去北京那些免门票的公园，每去一个，她都会在地图上标注上一个小星星，一年下来，地图上所见的公园都让她标满了，有些甚至标注了好几颗星星。她认识了一些新的同事，然而再也没有像林倩那样的朋友，大家无论在工作中多么密切，一下班，仿佛各自回到各自的水域。

　　她觉得这个城市看似人潮汹涌，但这些人好像都和她没有关系，他们统一戴着一张陌生的面具，和她一样混入城市这条大河中。每个人都在里面翻滚游离，看似摩肩接踵，实则互不相识，互不关切，各自在自己的轨道上拼争，有些人发达，有些人陨落，都不能引发大河的一丝涟漪。李离感觉自己像这条河里的一条小泥鳅，一点一点地从这条河底吸收养分，去努力地生存，她永远也变不成上游那些肥硕漂亮的大鱼。

她换了一份工作，靠近中关村，一来，她想读研时近一点，二来，这家公司给的薪水比她原来公司多了百分之五十。不过，她仍然住在原来那个房子，这样她每天花在路上的时间，往返近四个小时，有时加班晚，或者刮风下雨，回家对她来说变成一件异常艰苦的事情。不搬家的原因除了习惯之外，还有一个最重要的因素，那就是仇振东。

事实上，她和仇振东的关系一直不远不近，除了共同照看猫公寓之外，也只是偶尔短信问候几句。她有他的QQ，她几乎每天都会上去看看仇振东的个人空间，期待他有一点更新，哪怕只是发一首歌，或者一张图片，都会让她联想半天。李离太寂寞了，她这条小泥鳅，仰望着这条大河里来来往往的大鱼们，希望能与他们有一点点交集，也许就能带她到上游的水域里感受一点点阳光。仇振东是一条不一样的大鱼，他没有那么冷漠的外衣，完全不会因为她卑微的身份而区别对待，他对她投来温柔的目光，让李离有一种说不清楚的迷恋。自从赵旭林搬走，仇振东变成了李离幻想的对象，这种幻想让她更加寂寞，更加焦虑。她从仇振东的空间里，试图找寻一丝丝关于他情感的影子，他有女朋友吗？他会爱一个人吗？他晚上会想着谁呢？不知道为什么，在仇振东的空间里，李离总是能感受到一种熟悉的孤独感，难道他也爱着一个人吗？难道他在上游的水域里也会感觉到寂寞吗？

冬天又来了，李离从一家酒店出来，一股冷风吹进她的胸膛，她不禁打了个寒战。李离穿着一件驼色的毛呢大衣，披肩的长发像一捧黑色的瀑布散落下来，她化着精致的妆容，深色的眼影和大红的嘴唇，在夜色里的灯光下，像一条闪着光的美人鱼。她拒绝了那个男人送她回家，对她来说，一场表演已经结束，不想再有任何续集。

半年前，她开始见网友，她不知道他们是什么鱼，但她可以扮演任何鱼。她把她的寂寞化成欲望。她学会了打扮，化妆，把自己变成想象中的样子——美丽，高贵又寂寞的女人，她享受那些男人对她的吹捧与追逐，对她来说，像酒精一样能让她暂时愉悦。

放纵的时光是短暂的，是从现实中偷出来的，是趁母亲睡觉时她溜出来享受的一刻自由。她该回去了，回到现实的生活中，她还有工作，还要学习，还要辛苦地攒着学费，这条路才能真正让她变成大鱼。

北京永远都是人丁兴旺，他们像一盏盏微弱的烛火，汇聚到一起把这座城市点亮，形成一座庞大热火的钢铁工厂。虽是夜深，地铁里依然挤满了人，大家裹着厚厚的深色棉衣，窝在车厢中，沉默，麻木。有些人在打盹，有些人在发呆，有些人抱着手机面无表情地看着，有些人依着身边的人紧紧地抱着对方的胳膊，有些人戴着耳机听着音乐，李离觉得他们的身体虽然在这里，但他们的灵魂都在别的地方，每个人都能找到一方空间放置自己的灵魂，而她放置灵魂的地方，是男人的身体。刚刚的男人在她身上还留着残存的气味，她觉得有些兴奋，这是属于她自己的秘密，永远不会有人知道。

李离到了小区已近午夜，天气更加寒冷，一阵一阵的寒风把她身体里仅有的温度掠夺干净，李离蜷着手，缩着脖子，快步往家走。快到单元门的时候，她突然想到了猫公寓，天气变冷，不知道小猫们会不会受冻。犹豫了片刻，她便转身走向那个小天地。小猫们生活在这里，没多少人知道，就像她一样，城市虽然大，但没有人关注她的生活。

快走进猫公寓的时候，她隐隐听到里面有人在喃喃低语，她第一反应就是仇振东，她有些惊慌，也有一丝激动。她放慢脚步，轻轻地走过。夜色漆黑，只有停车场的灯光隐约照过来一些，那个人蹲在地上，他的面前蹲着好几只小猫正和他玩闹着。她一眼就认出来，果然是仇振东。

仇振东边和小猫们玩，边和它们说着话，李离好奇，也便没再靠近，静下来听他在说什么。让她大为惊讶的是，仇振东仿佛在哭，她看不清他的脸，但从他低沉的声音中，听出一丝丝哽咽。仇振东完全没有注意到李离的出现，他仍然全身心地和小猫们玩耍，他挨个摸着它们的小脑袋，给它们抓痒，它们幸福地围在他身边，渴望着他能对它们多一点呵护。一只小猫跳到他的胳膊上，发出喵喵的撒娇声，仇振东笑了一下，把它从身上轻轻抓下来捧在怀里，亲昵地挠着它的肚子。仇振东的话语仍然那么温暖，像在和情人说话，但他的语气中却透着浓浓的悲伤和痛苦。李离不知道他发生了什么，但她肯定他一定发生了什么令他难过的事情，她没想到在她眼中近乎完美的人也会有忧愁和痛苦的时刻，她的心中不免泛起阵阵心疼。她可以忍受生活带给她的所有磨难，但她不能接受仇振东遭遇什么痛苦。就像小白，它像个天使，应该只活在快乐的乐园，有干净整洁的小屋，有衣食无忧的生活，有主人对它的宠爱与呵护，有阳光，有花草，有大把闲暇时光和幸福快乐，它不应该流落在风雪中，它没有那个生存能力。

风越来越大了，李离止不住打了一个寒战，仇振东回头发现了她，脸上一阵惊讶，马上站起来笑了。在他扭头那一瞬，就着微弱的灯光，李离看到他眼眶有闪亮亮的泪痕。

仇振东笑问她怎么过来了。李离佯装睡不着，脸止不住红了。她刚刚从男人的床上下来，回归到李离的位置，见到心仪的男人，不免有些尴尬。仇振东笑了，感叹原来失眠的不仅仅是他。李离没有说话，仇振东便又给她说了说小猫的事情，他说天气变冷了，他打算再定制几个厚一点的猫舍，夹层放置一些泡沫，里面铺一些地毯，可以有效地保暖。李离心中满满的感动，仇振东对猫都如此细心，想来对他的爱人有多么体贴和温柔。他这样的人,什么样的女生才能配得上他,也只能是童话里那些漂亮的、温柔的、可爱的女孩吧!

仇振东面对李离满脸笑容,完全看不出他刚刚流露出来的悲伤情绪,李离也不好多问。出来,仇振东突然说,你要睡不着的话,是否介意到他家喝一点酒。李离大惊,她完全没有预料到仇振东会对她发出邀请,这是他们近一年来,第一次涉及有关小猫话题之外的领域,让她一时间不知道是激动还是害怕,竟愣住不知如何作答。仇振东不好意思地笑了,诚然,他觉得大半夜邀请一个单身女孩喝酒是一件非常冒昧的事情,连连解释。李离害怕这份邀请马上过期,脱口便答应了。这是她这么久唯一一次走近仇振东内心的机会,她不想错过。不管仇振东对她做什么,对她来说都是一种恩赐,何况,仇振东这么儒雅的人,一定也不会对她做出什么越轨的事情。

同一个小区,却拥有不一样的天地。仇振东的家在小区后面的高楼层住宅里,是较晚于李离住的那栋建的,所以新很多。李离像进入一个新的小区一样感觉到新奇。深夜小区里没什么人,李离跟在仇振东的身后,穿过车行道,走过一条铺着鹅卵石的小道,进入大堂,乘电梯,很快便到了他家。

打开灯,李离才看清仇振东的整个房间,是一个大的一居室,装修得非常有品位,乳白色的北欧简约风格,客厅里有着大大的落地窗,可以俯瞰大半个城市,深灰色遮光帘配着白色的纱帘,乳白色的布艺沙发配着深灰色的毛绒地毯,还有白色的餐桌,椅子,书柜,电视柜,整个房间基本就是乳白色调,同李离想象的一模一样,这就是她在电视剧里才能看到的家。仇振东的房子弥漫着一股特别的香气,不像商店里香薰味道,而是混杂着主人生活特有的气息而形成的一种淡淡的,甜甜的,有些清晰又充满故事的味道,可以让人联想到冬天归家的风雪、秋日午后烹煮的咖啡、夏日的沐浴、春天翻动的书页。李离深深地吸了一口，有些迷幻的感觉，自己怎么会出现在这里。仇振东把李离请在沙发上，然后从玻璃酒柜里拿出一瓶红酒和两个高脚杯，用白色的托盘端到李离面前的茶几上，他又从冰箱里拿出一瓮晶莹的冰块，把红酒瓶置入其中。他把红酒瓶开启，然后先给李离倒了半杯，示意她随意品饮。李离被他这一套熟练又自然的动作有些惊到，这种电视剧中的桥段突然出现在她面前，她就像一个被临时叫上台的观众，有点茫然无措。好在她一向善于伪装，表面上还是一副害羞的表情，实则她的内心怦怦直跳。

仇振东端起他的酒杯向李离示意了一下，然后自己一仰而进，又倒了半杯放下，重重地歪进沙发，仰头靠在沙发靠背上，闭上了眼睛。客厅里淡淡的轻音乐舒缓而来，李离象征地抿了一口，放下，扭脸看着仇振东，仇振东面无表情，眯着眼睛静静地躺在那里。从李离这个角度看他的侧脸，完美得像一尊雕塑，饱满的额头，挺拔笔直的鼻梁，坚毅的嘴角和微青的胡茬，就着暖黄色的灯光，像一艘停靠在码头的战舰，沉静而又英气。李离不知道该说点什么，就这么静静地坐着。半晌，仇振东睁开眼睛，冲她笑了笑，又端起酒杯冲她示意，李离也拿起来，仇振东轻轻地碰了一下，这次他只是喝了一口，放下来。

"还没聊聊你的故事呢。"

李离发慌，笑了一下，她没有讲述她复杂的过去，只是轻描淡写地说了一下，她是内蒙古人，家里有个姐姐已经结婚，父亲是煤矿司机，她大学毕业便来到北京，在一家公关公司工作。

"家里没有催你结婚吗？"仇振东又问。

李离害羞地摇了摇头。仇振东不无羡慕地感慨，你家挺宽容的。

李离不免好奇地反问仇振东，仇振东无奈地摇摇头，没说什么。

李离追问，他是否有女朋友。仇振东苦笑了一下，有过。

气氛非常安静，让李离有些尴尬，幸好有音乐一直在环绕，李离还能故作轻松一点。

"你感觉孤独吗？"仇振东问道。

"还好。"李离撒谎。事实上她的心像被重重地击了一下，在北京这四年，她唯一的感觉就是孤独。这种孤独来源于她对未来的迷茫，来源于她对爱的渴望与惧怕。她自己一直在回避这个问题，甚至觉得这是一种状态，不是问题。她从没有真正思考过孤独，仇振东怎么会突然发问呢，难道他从她的眼神中感受到了，还是他也有相同的感受。"其实人生来都是孤独的。"仇振东叹道，好像他也意识到他们的话题有些沉重，便笑了一下又问李离工作上的一些事情。

李离大概说了一些，顺便也说了她考研的计划，仇振东非常赞赏，李离苦笑了一下说她还在努力攒学费，看起来今年也无望了。

仇振东问了一下，脱口便说："我可以借给你啊。"

李离简直不敢相信自己的耳朵，这笔钱对于李离无疑是天文数字，而仇振东答应借给他的语气，好像随手给了她一张纸巾一样简单。李离睁大眼睛看着仇振东，难道他的收入真的高到对十几万块钱毫不在乎吗？或者仇振东单纯到相信一个他并不了解的女孩，还是仇振东对她也有一丝丝别样的情感。

仇振东看她一副不相信的表情，又笑了，说："我说的是真的，你应该上。"

回到家中已过凌晨一点，李离完全无法入睡。虽然喝了一点红酒，头晕眼热，但她不确定此刻的感觉到底是不是红酒的作用。此刻，心中的那头野兽已沉寂，为何她依然有一种难以泯灭的悸动。在仇振东家里待的每一分钟都在李离的脑海中反复循环，她怀念那股淡淡的香味，柔和的灯光，舒缓的音乐。仇振东是单身，这让李离有些兴奋，他还有些孤单，这更让李离蠢蠢欲动。她的世界是一片灰色，而仇振东用他带着冬日细雪的微笑带来一丝光亮，哪怕只是暂时停留，也足以给她的世界制造出一场幻觉。李离不太清楚，为什么她可以在别的男人床上大肆晕染仇振东的图像，在现实中却丝毫不敢触碰那片晶莹的雪花。难道只有仇振东才能镇住她心中那头困兽，让她回归到单纯的少女世界？这是一种什么魔力，李离一时无法判定，她只是觉得仇振东可以点燃她最原始的欲望，也可以收留她满身的孤独。冬日的夜，深得像进入地下世界，小白在她的肩头轻轻地睡着，软软的小身子发着均匀的起伏。李离轻轻地摸了摸它，把它揽进被窝里。这一年，小白已长大了很多，她和李离很像，乖巧，害羞，懂事。李离不在的时候，她总会卧在有李离气味的枕头上静静地等她回来。她对李离的依恋是细腻而又谨慎的，她很少缠着李离渴求关爱，也很少叫嚷着要出去，只会安静地待在李离的身边，等着李离注意到她。李离是爱她的，这是她唯一可以确定的爱。而她爱仇振东吗？她不得而知。爱是什么？是汹涌的欲火，还是卑微的仰望；是激烈的追逐，还是漫长的等待；是炙热的表白，还是会心的微笑。母亲是否爱过一个人呢？李离忽然想到。母亲的一生好像与这个字都沾不上边，她也曾是少女，她一定也有过心底的渴望，为何她丝毫没有觉察到。

李离细细追溯，她记忆中母亲最开心的笑容就和权宝表舅在一起的时候，尽管那个笑容也非常内敛与短暂。是的，李离想起来了，那时候的权宝表舅英气勃发，坐在炕沿上把李离抱在怀里，不断地亲昵，而母亲，坐在炕上，做着手里的针线活儿，嘴角挂着淡淡的笑容，那个笑容和李离今天在仇振东家里一模一样。记忆在一瞬间像一道刺眼的阳光照射进李离的脑海，那时李离的母亲坐在炕头靠窗的位置，借着窗外射进来的午后日光，或者织着毛衣，或者赶缝着春节的新衣，或者把浆洗后晒得暖烘烘的被面缝在被里上，她带着一脸祥和的、美丽的、端庄的笑容，看着炕尾正和李离玩闹的权宝表舅，也只有这时候李离才能看到母亲难得的笑容。

母亲一定爱权宝表舅，那为什么没有嫁给他。是因为有一点亲属关系，还是嫌弃权宝表舅残疾，这显然在李离的思想里都不太可能构成阻碍，爱一个人，如果不能克服一点困难，那岂不是等同于拾人牙慧。李离甚至渴望仇振东不要如此完美，如果他能像权宝表舅带有一点残疾，也许李离更有资格去爱。或许是权宝表舅不爱母亲，还是父亲的强势抢占。李离心里有些慌乱，一个大胆的猜测瞬间让她全身忍不住发冷，她把小白紧紧抱在怀里，闭上眼睛天旋地转。

我会不会是权宝表舅的女儿，否则权宝表舅为何那般疼爱她，否则她怎么会对权宝表舅有种难以名状的亲近和爱，她一度以为是她的性意识，现在她知道了，就是传说中的血脉相连，心意相通。如果是这样，李离整个童年所受的冷落与委屈也有了着落，那么权宝表舅在九泉之下也可以欣慰，他的女儿终于知道了她真正的父亲。李离一时激动，眼泪止不住淌了下来。权宝表舅在李离初中的时候就去世了，那是李离少年时最压抑最痛苦的一段时光。权宝表舅离开印刷厂以后，被父亲介绍到了煤矿做矿工，两年后便得尘肺病去世了。权宝表舅一生未娶，加上家境贫寒，几乎没有办像样的葬礼，草草了事。对于别人来说，只会感叹一句娃儿命不好，但对于李离，犹如被一台机器从脑中抽走了所有快乐的细胞，只剩下了黑暗的悲伤。她忘记了当时母亲是一种什么样的状态，她只记得她在权宝表舅的坟前哭得天昏地暗，那是她头一次面对死亡这个事情。她才真正明白什么是死，死就是长埋于地下，再也没有可能出现在她面前，再也不会给她那个宽阔温暖的怀抱，再也闻不到他的一丝气息。回到家中，她长期郁郁不乐，不敢在家里哭，走在上学的路上，望着蓝蓝的天默默流泪。

会不会是父亲故意把权宝表舅安排在了煤矿，一定是的，他在煤矿那么多年，明明知道矿工的风险。李离心中一惊，眼泪也停了下来，是父亲知道了权宝表舅和母亲的关系，所以展开了报复。压抑心中多年的谜团在此刻毫无准备下解开，李离一时不知道如何接受，竟有一种异常的疲惫感。人如蝼蚁，世事无常，每个人在自己的世界厚重得像部长篇小说，而对于他人，也许连姓名都不会记得。权宝表舅的坟冢，李离再也没有去过，她早已忘记他埋葬的地点，而权宝表舅或许还在那里静静地等待她的探望。李离感觉自己的心都坠在了床上，没有了跳动，她疲倦极了，然而根本无法入睡。小白动了动身子，往李离的怀里挤了挤，好像它也感觉到了李离的忧郁。

母亲会悲伤吗？她终日郁郁不乐，是否就是因此受创。她长年一身素黑，也一定是为了纪念权宝表舅吧。她虽不言语，但她在用行动去兑现对爱人的承诺。她攒钱也一定是受此刺激吧，如果权宝表舅足够有钱，他就不会不治而亡，也不会沦落到那么寒碜的一个葬礼。她拼尽一生筹攒一点积蓄想来是为了送给权宝表舅吧，让他的来世不至于受此之苦。

她终归是错怪母亲了。

李离又一次想起母亲胸口那枚黄澄澄的铜钥匙，那是她的命，不，是她的爱。

难怪父亲车祸重伤，她都不会拿出一分钱，她心中满是仇恨，如何去救陷害她爱人的人呢！她还要同他生活在一个屋檐下忍受他长年的折磨，侍候他吃穿，母亲是一种怎么痛苦的心境呢！

李离的脑中闪着各种光怪陆离的碎片，轰炸她仅存的一点点冷静，那些碎片中有母亲阴郁的脸，权宝表舅的笑，父亲的怒吼，姐姐的不屑眼神，林倩的无奈苦笑，老默的低头不语，赵旭林的真挚劝告，仇振东的孤单，以及那些男人的表情，有兴奋的，有贪婪的，有冷漠的，有自私的……李离完全不再管控，任它们带着自己漂浮在无边无际的黑暗中。李离好冷，她想动一动胳膊把自己抱紧，然而她连一丝力气都提不起来，小白也好像消失了，属于李离的，只有不断地失去，失去……那些人一个个远远地飘散，无声地，连告别都没有。最后，只剩下她自己，她看到自己的皮肤慢慢裂开，她的血液一点点渗出来，然后汇成一条条暗红色的，冰凉的细流，流向空中，紧接着，是她的肢体，开始松散，脱离，一点点粉碎，慢慢地飘飞，直到什么都没有，只剩下了黑暗。

Chapter 十一

　　如果她能多一点疼爱给她，哪怕一点点，她也不会对爱饥渴到如此地步，她太需要爱了，她太孤单了，她太渴望一个男人抱着她，紧紧地，抱着她，永不松手。

天色泛白，李离一夜未眠，她甚至感觉自己都没有动过，她眼睁睁看着一点点亮光开始穿透窗帘把房间照亮，她疯乱的思绪才慢慢消散。她意识到自己身体冰凉，腿脚麻木，小白不知道什么时候已经钻出她的被窝溜回到了它的小屋。楼外开始出现一些寥落的城市噪声，钢铁城市又启动了。

　　"睡了吗？"

　　李离看到手机屏幕上的这行字，心里像被注进一股强心剂，腾地坐起来。

　　是仇振东发的，时间是凌晨两点多钟。他怎么那么晚还没有睡着，为什么会给她发短信，他在想什么，是否也如同她一样，有着太多压抑在心底的秘密无法释怀。那她是否是他身边一个特殊的存在，否则怎么会想找她倾诉。李离心中漾起一股暖流，瞬间融化了她一夜的冰冷。她思忖了半天，也不知道如何回复，干脆起了床，开始梳洗，她又把电脑打开，放了一点轻音乐。她有点后悔昨晚没有问仇振东他家里播放的音乐是什么，不过，现在，她好像又回到了那个房间里。

　　一直到地铁里，她终于回复了仇振东："不好意思，昨晚睡了，刚看到，你昨天睡得好吗，怎么那么晚都没睡？"

　　整整一天，仇振东并没有回复。李离的心里乱得像长了草，又有一个男人约她晚上见面，她将短信直接删掉。她开始陷入无比的沮丧中，甚至开始气愤自己昨晚为什么没有看手机，她一次次地拿出手机翻看，毫无动静。也许只是仇振东一时无聊，或者只是关心她是否喝多而已，何必多想。李离回到家，把音乐再次打开，可是完全轻松不起来。她打开 QQ，几个男人的头像跳来跳去，她随便点开一个，一个男人说他愿意为她离婚，做她永远的奴仆。李离有些惊奇，翻了一下聊天记录，是上次发照片的那个男人，他们后来又在网上聊过很多次，那个男人开始向她透露他的一些信息，原来他也在北京，在一家央企做处长。他愿意给她钱，只要她能出来见见他即可。李离有些动摇，离考期越来越近，学费还差之甚远，如果这么简单就可以得来她望尘莫及的结果，是否也太过划算。李离没有隐身登录，男人已发现了她，开始疯狂视频邀请，李离心跳加速，不敢点击。她内心有点渴望，虽然仇振东已经答应了她，她谢绝，但仇振东会不会继续施援，那时候她可不可以接受？如果她接受，会不会就意味着她和仇振东多建立了一份的情感关系。她没有再理那个男人，匆匆下线。

　　这一年的冬天已经过了大半，依然没有半丝雪花。李离无比渴望第一场雪的到来，她清晰地记得去年那场雪，她得到了小白，认识了仇振东。然而，事与愿违，每日清早，李离打开窗帘，映入眼帘的总是一片混沌的雾霾。灰白色的雾霾将城市与天空接壤在一起，形成一团无边无际的牢笼，连一只鸟都飞不出去。李离定期还是会去猫公寓，偶尔会遇到仇振东，他还是那副亲和的模样，仿佛那一晚的事从未发生过。偶尔，李离夜晚寂寞，她也会去，渴望还能遇到仇振东，遇到那个会悲伤的仇振东，那样，李离才会觉得自己有一点被需要的价值，否则，她感觉自己就是一场完美表演的观众，永远只能待在镜头之外。小白流落在外，获得了李离的收留，同时李离也获得了一份独有的温暖，这是一种彼此互救的缘分。李离希望仇振东不要那么完美，他或者家境贫寒，或者童年悲惨，或者有先天疾病，或者遭人排挤，甚至他可以再丑一些，再矮一些，哪怕没有性能力都可以，那样，才有可能建立起这种缘分。李离感觉希望渺茫。

雪一直不下，李离更加焦虑，甚至影响到了她考试，考试那天她发挥得并不是特别理想，满满十几页题目，有限的时间内，李离完全没有控制好节奏，导致在一些复杂的题目上浪费了太多时间，而一些简单的题没有答完。考了整整一天，出来后李离感觉沉重与气恼，她没有坐公交，懒懒地往家的方向走，十几公里的路，给了李离一段放松的时间。天色擦黑，城市和往常没有两样，街道上汹涌的车流发出持续的聒噪声就是这个城市的喘息声。空气污浊干冷，李离裹着围巾和口罩依然觉得面庞刀刮似的疼。她无心顾及这些，一种绵软的失落感让她走路都比平常慢了许多，考得不理想意味着明年还要继续这样的生活。不过，她又想，就算今年考上，学费也遥遥无期，心情竟又开朗了不少。她在路边找了一家小饭馆，随便吃了一碗面，然后破天荒地买了一张电影票，进去看一场电影，算是给辛苦一年的自己一点小小的安慰。电影名叫《孔雀》，一部冗长而又平淡的文艺电影，观影的人很少，李离身边的那个观众看着看着就睡着了，而李离在整个过程中，几乎没有动过，完全被这个故事带了进去。

出来，失魂落魄，流不出眼泪，憋在心里的一股子酸楚让李离后悔看了这部电影。电影中的女孩，清瘦漂亮，一双大眼睛充满着对自由和梦想的渴望，她拖着那尾蓝色的降落伞旁若无人地骑着自行车在街道上飞驰，那一定是她最快乐的时光吧！孔雀终究是会开屏的，感动了自己，却感动不了自己爱的人。在现实面前，拥有梦想的人好像带着异族血统一样被世人排斥，只有剪掉了自己的麻花辫，脱下自己遮羞的裤子，才能被准入大众世界。在那个军官眼里，女孩陌生得像个路人，他的笑容和仇振东一样，温暖却又拒人千里，而女孩的眼泪，也只能在买青菜的时候默默滑落，无声地告别了自己的青春。一个特别现实又梦幻的题材，让李离不禁感慨良多，自己在这个城市的样子，和那个女孩又有多少区别！在仇振东的眼里，自己可能只是一个模糊的影子。

回到家的时候，已经过了晚上十一点，小白跑到她的脚下，叫着抗议。李离抱起她安抚了半天，收拾，洗漱，就寝，已是午夜。天气太过寒冷，李离钻进被窝抱着小白蜷成一团，感觉整个世界只有这一点点温暖。电话嗡嗡地响了，带着一闪一闪的蓝光，李离开始以为是做梦，迷迷糊糊拿过来，屏幕上令她激动的那个名字带着焦灼抖动着，她瞬间清醒了。

电话那边半天无声。李离分外紧张，连问了几声，就听着传来幽幽的哭声。

"李离，你能陪陪我吗？现在，来我家，我快扛不住了。"

几分钟，李离穿好衣服，把头发努力整理得整齐一些，冲下楼。一阵寒风瞬间袭进她的身体，李离才发现自己只穿了一件毛衫，围巾也没来得及戴，脚上还是一双粉色的兔子头棉拖鞋。她跌跌撞撞朝仇振东的家奔去，她全身的热量被冷空气吞噬得一干二净，只剩下一颗心脏热烈而又兴奋地跳动着。

开门，仇振东还算镇定。李离已经冻得浑身发抖，她尽量控制住自己的心情，走进去，把门关好，跟着仇振东的背影走进客厅。房间昏暗，只开着一盏小台灯，那股香气还如上次一样令她舒畅。突然，仇振东扭过身来，一把抱住李离，高大的身体也顺势压了过来，李离感觉自己被一双大手紧紧地箍住，她的脸埋进对方的胸膛几乎无法呼吸。仇振东全身发抖，脑袋伏在李离肩头呜呜地哭了起来。李离的身体瞬时不抖了，她用尽力气站定抗住仇振东的悲伤。她完全冷静下来，她成功了。

"李离，我好难受，我活不下去了，救救我。"仇振东结结巴巴地说道。

"没事，我来陪你了。"李离声音轻得像一丝没有颜色的雾，渗进仇振东的身体里。

"你爱我吗？"仇振东清晰地说出这句话。李离整个人都蒙掉了，是的。这句话她好像等了一个世纪，甚至她觉得这是她第一次听到"爱"这个字。叶一鸣说过，那些男人都说过，为什么，他们说的遥远得像另一个时空的话，而这句话，真真切切地，毫厘不差地，击中李离的心脏。

"你爱我吗？你说，你爱我吗？爱吗？告诉我，告诉我！"仇振东没有得到她的回应，焦急得像一个快要渴死的人等待屋檐下慢慢融化的冰，一秒钟的等待仿佛就可以要了他的性命。李离感觉自己冷静得像座雕像，纹丝不敢动，只有藏在里面的心脏，跳动得快要撑破厚厚的躯壳飞射出来。这应该是她有生以来，最幸运的时刻，真实地让她不敢相信，她没有做好准备，准确意义上讲，她从未有过这个准备，这个字，有时候非常廉价，在 QQ 聊天记录里，可以论斤来称，但有时候，它太过昂贵，贵到用生命去交换。此刻，李理需要冷静，她要确定它的真实性，她要确定它是属于后者，她要确定失去它以后的后果，她要确定它对仇振东和她的意义。

"爱。我爱你。"

水滴终于落下，仇振东和李离双双获救。仇振东在李离肩头哭了好一会，眼泪已经把李离的毛衣打湿，渗进她的身体。李离感觉她左侧大半个身子已经麻木，但她不敢动，她轻轻地抱住仇振东，拍着他结实的后背，像抚慰小白一样。仇振东终于缓和下来，松开她，扭头从茶几上抽了几片纸巾，努力将泪水擦干，整个过程都尽可能回避开李离的目光。半晌，他抬起头，肿着眼睛，但脸上堆上了有点难为情的笑容。

仇振东有抑郁症。

李离有些错愕，但也觉得在情理之中，隐隐中，她觉得愿望成了真，他果然不是那么完美。李离想微笑一下，但这个时候，她又觉得不合时宜。仇振东说他特别孤单，特别痛苦，感情，事业，生活全部看不到未来。他觉得他在这个世界上没有任何意义，他爱的人永远不会爱他，他想要的生活他永远不会得到。李离静静地听着，她完全不知道该说什么，甚至心中的小恶魔在讥讽仇振东的无病呻吟。她知道她心里的天平在慢慢地上移，仇振东的脆弱一点点抬起另一边低到尘埃里的李离。

也许是仇振东哭累了，他有些疲倦，衣服也没有脱，直接爬上了床。李离不知道自己是该走还是留。她在沙发上坐了很久，没有音乐，也没开红酒，她坐在那里，心乱如麻。她看着躺在床上的仇振东，他像一个已经溺毙的孩子，静静地浮在床上。她悄悄走近，轻轻把他压在身下的被子抽出来盖在他的身上，然后走到床的另一边，站了半晌，慢慢摸索着，爬了上去。

她离仇振东很近很近，近得只需要抬一下手指，就可以碰到他的皮肤，然而，她一动不敢动。她能听见仇振东微弱而又均匀的呼吸声，甚至能感觉到他呼出的热气像羽毛一样在她脸上一下一下拂过。窗外依然漆黑，远处偶尔传来一两声汽车驶过的轰鸣声，很快消失无踪。李离觉得有些冷，她慢慢地转过身，借着昏暗的灯光，她能看清仇振东的整个脸庞。两条水墨笔触一样的眉毛下，轻闭着的眼睛微微地颤动，密匝的睫毛几乎分不清根数，坚挺笔直的鼻子，唇线分明的嘴唇上刚刚新长出的胡茬让他显得有一丝疲惫。李离轻轻地抬起手，摸了摸他的脸。这轻微的触动，让仇振东翻动了一下身体，抬起胳膊将她顺势揽入怀中。浓郁的而又温暖的气息瞬时包裹住了李离，她觉得自己一下子坠进了云海里。这应该是李离有生以来最幸福的一个夜晚，仇振东说他永远过不上他想要的生活，而李离非常明确地知道，这就是她最想要的生活。

李离一整天都在兴奋又焦虑的状态中，早上吃饭的时候，仇振东说他特别想吃新鲜的软糯米小枣粽子，他说以前母亲在世时，特别会包粽子，把家乡特产的糯米稍微泡泡，夹上几粒小红枣，掺一些桂花蜜，再撒一点蔗糖，用新鲜的芦苇叶包起来蒸食，他在楼下都能闻到那股清香。母亲知道他爱吃，家里长年备着材料，随时做给他吃，母亲去世后，他再也没吃过那么香甜的粽子了。这下可难坏了李离，她在网上查阅了大量的食谱，发现做法多样，口味各异，她实在不知道怎么做才能达到仇振东要的味道。李离从未做过粽子，她愿意冒险一试，她有一种强烈的使命感，让她搜罗了网店里各种材料，进行对比然后下单。她决定自己在家偷偷做几次，直到做出她认为足够完美的味道后，再给仇振东一个惊喜。

李离觉得自己前半生所有受的委屈，都是为了换来今天的幸福。她从未有过的满足感，让她几乎觉得之前那些黑暗都有些美好，甚至连她的出生也变成了女主角必备的标签。她每天都笑盈盈的，同事们都发现了她的变化，一向沉默寡言，小心谨慎的李离近期像变了一个人，变得开朗热情了许多。仇振东向她表白了，这是李离做梦也不敢想的事，就这么真真切切，平淡无奇地发生了。仇振东那天表现得并没有多么特别，他们一起过了周末，仇振东带她去了机场参观，这里是他工作的地方，他说一到夜晚，巨大的停机坪亮起地灯，星星点点，像星空一样美丽。虽然当时是白天，但李离完全可以想象那梦幻般的景象，她仿佛看到自己穿着洁白的带着拖尾的长裙，被仇振东牵着手，在上面奔跑，灯光映射下，她裙角飞扬，美丽得像在夜空炸开的白色烟花，他们一同绽放，一同陨落。当晚，在仇振东的沙发上，李离正端坐着假装看电视，仇振东突然说："李离，我们在一起吧，一直到老。"

接下来的日子，李离可以名正言顺地去仇振东家了，只是她不敢太频繁，她害怕仇振东会腻，同时，她也不确定那句表白是仇振东真心爱她，还是被她感动。总之，这种太过迅速而来的幸福，让她隐隐不安。仇振东住的高层板楼，虽说比李离住的要新很多，但也是老式结构，出了电梯，便是一条长长的甬道，左侧是一片玻璃窗，风侵日染落着一层厚厚的灰尘。右侧便是一间一间的单元楼，最里面拐角才是仇振东的家。李离每每过去，都要经过那条玻璃甬道，落日时分，金色的阳光散进来，形成清晰的亮面与阴影，李离走在里面，像穿过一条时光隧道，尽头就是她的天堂。仇振东没有给李离钥匙，李离也没好意思要过，甚至她并不想要，她享受自己在仇振东门口等他回来的感觉，那种温柔的，可人的形象，在光影交错的楼道里，是多么美丽的画面。仇振东下班并不准时，有时早，有时晚，李离也不会打电话催问，她喜欢长久地等待后，仇振东看到她露出温暖的笑。有时等得太久，她会用手指在那些玻璃窗上写字，开始，她写一个"仇"字，看着看着，她又笑了，觉得太过瘆人，于是，她写"东"字。今天写一个，过些天又写一个，慢慢地，那排长长的玻璃窗出现了越来越多的"东"字，夕阳辉映下，闪着亮晶晶的光芒。李离相信，仇振东一定会看到，他一定会很温暖。

　　他们一直没有上过床，李离没有这个想法，好像仇振东也没太多需要，他们的关系总有一种懵懂的青春感。李离等仇振东回来，她会把买好的菜放进厨房，张罗着做饭。诚然，在她的思想里，一个女人的本职就应该照顾好自己的男人，就像母亲和姐姐，就算生活再苦，男人再坏，厨房是她们的领地，驻守在这里，她们才会有安全感，才会觉得，这个家有她无可替代的位置。李离同样，她享受着在厨房中的忙碌，何况，在客厅里等着她开饭的人是仇振东。在李离做饭的间隙，仇振东会玩电脑游戏，有时也会网上聊天，李离从不过去掺和，她想表现出自己大方得体的一面，仇振东不和她说的事，她一概不会主动过问，她在等，等她慢慢走进他的生活，像一个小偷一样，一点点偷走他的心，等他有天醒悟，才会发现，他的世界只剩下了李离。为了实现她这个目标，李离煞费苦心，她注意仇振东的一举一动，哪怕一个微小表情，她要从这些细节去揣测他的喜好。他爱吃的菜，会吃得多一点，他不爱的吃，会微微皱眉。他喜欢的话题，会眼睛发光。他不喜欢的话题，就只剩下微笑。这些，都逃不过李离的眼睛，李离努力地迎合着他，做他爱吃的菜，聊他喜欢的内容，仇振东表现得并不是特别热烈，爱憎喜怒很难在他脸上表现出来，他总是一副温柔又宽容的样子，偶尔，他高兴了，会捏捏李离的脸蛋，说她淘气。这个举动，可以一瞬间充满李离的电量，让她兴奋好几天。

　　仇振东的距离感，让李离欲罢不能。他看似亲切但又很难触及，李离有时也会失落，但她再也没兴趣上网约那些男人。她呆呆地待在自己的房间里，她觉得自己不够好，甚至太差，她不配拥有仇振东这样的男友，老天奖赏了她这个机会，她不应有任何要求，反之应该感恩。是老天派仇振东来拯救她，让她看到自己的残缺，修葺自己的不足。仇振东很少主动给她打电话或者发短信，对李离鼓足勇气说出的亲昵话，也只会温柔地笑笑。他是男人，他成熟，他有抑郁症，他也不善言谈。是的，李离，你需要更努力，才能将他融化，点燃，那时你才有可能和他化成烟花在夜空中燃烧，绽放。

李离终于学会了包粽子，她在等，等着他们相爱一百天的这个特殊的日子带给他。仇振东真的露出惊奇的表情，在看到李离故作平静地从厨房端出新鲜的粽子时，他迫不及待地迎上去，接过李离手里的盘子，连连称赞。李离的心里淌进去好多蜜糖，甜得她忍不住用力抿着嘴。仇振东拿起一个，还有些烫手，他左右手掂量，急切地撕开细绳，剥开芦苇叶，大大地咬了一口，由于太烫，忍不住哈气，一边吞咽，一边连连称赞。李离被他这个样子逗得直笑，那一刻，她终于看到了仇振东的真实，她的小偷计划告成。

仇振东一连吃了好几个，李离看着他狼吞虎咽的样子，比吃进自己肚子里还要开心。她问仇振东是否知道今天是什么日子，仇振东一脸茫然。李离憋着不说，仇振东猜了几个都没猜对，李离才小声告诉他。仇振东又是温柔一笑，用力掐了一下她的脸，"淘气。"收拾利索，李离看到仇振东又坐在电脑前聊天了，她悄悄走到他的身后，一下子抱住仇振东的脖子，仇振东吓了一跳，慌忙把对话框关了，扭头笑着问她怎么这么开心。李离多么希望仇振东能抱一抱她，哪怕只是一小会，但仇振东没有，站起身来，拿起水杯去厨房接水。QQ头像在屏幕的右下角一跳一跳，李离心里好失落。

晚餐时的幸福，好像散去的烟花，消失得无影无踪。李离独自坐在沙发上看电视，仇振东仍然坐在电脑前，他的背影冷漠得像没有血液。房间里飘扬着熟悉的香味，一点点渗进李离的身体。李离裹了一条长毛毯子，像一个都市贵妇，但她并不是特别开心。她在想，人心果然是无底洞，一百天前，她只是希望能再来闻闻这里的气味就满足了，而今天，她堂而皇之地做了女主人，却依然欲求不满。李离对自己非常不满意，这也许就是她血液里的贱性在作祟，正是因为这股贱性，她好像永远都不会快乐，或者说快乐永远不会长期停留。母亲应该早就洞穿了这一点了吧！否则她怎么能做到无欲无求，麻木不仁。

"下个礼拜三我就回老家了。"李离走到仇振东身后轻轻说道。

仇振东头也没回，电脑里的游戏正在酣战，他的眼神里全是兴奋。

"今年春节放假这么早？你坐火车？"

李离嗯了一声。仇振东继续他的关键战役，直到最后屏幕大大亮起胜利的字符，他才仰头笑了一下，放松下来。扭头看了看李离，轻轻地捏了捏她的胳膊，一脸温柔地说："好啊，到时我送你。"

李离躺在床上怎么也无法入睡，她不知道自己这种烦恼的情绪从何而来。她开始憎恨母亲，是她阴魂不散般地缠着她，她不得不去面对，她为什么要生下她，她明明知道自己是个贱种，还要把这个毒瘤遗传给她。如果她像朱雅琪那般简单，也许根本不会遭遇这样的情景，她可以大声地斥责仇振东，为什么对她不冷不热，为什么在相识一百天这样的日子不把她留下。她可以穿着性感的内衣，坐在仇振东的腿上，引诱他，把他那层虚伪的外衣剥下。甚至，她也可以又哭又闹，逼问仇振东到底爱不爱她。可是，她始终不是朱雅琪，无论她多会演戏，她在仇振东面前像见了主人的妖精，立刻现了原形。这都是母亲的杰作！如果她能多一点疼爱给她，哪怕一点点，她也不会对爱饥渴到如此地步，她太需要爱了，她太孤单了，她太渴望一个男人抱着她，紧紧地，抱着她，永不松手。

李离烦透了，她起身打开电脑，登录 QQ，那些男人就像永不停歇、嗷嗷待哺的雏鸟，疯狂地敲打她的视窗。李离完全沉浸在对方的臆想里，现实生活中得不到的东西，网络上可以，真实李离得不到的东西，假的李离可以。

万物俱静，又是夜深。李离突然发现，自己比从前更寂寞。原来她以为，她的寂寞是因为没人爱，现在她发现，爱上一个人会更寂寞。这两种寂寞完全不同，上一种是冰凉，这一种是燥热。小白又偷偷地溜进她的被窝，她把它赶了出去。小白不解地看着她，悄悄地卧在她的枕头边。其实李离根本不想回家，只是，她担心，自己留在北京，可能会更孤独。她不是没有在北京过过年，而今年不同的是，她有了仇振东，但仇振东有他的家人，就算没有，他也不会全程陪她。这种清醒让李离害怕，她不敢面对届时巨大的落差。相比之下，回去，可能会让自己更容易接受。

雪一直不下，到底什么时候才下！李离站在窗前，感到好难过。

春运期间的北京火车站，像暴雨来临前的蚁穴，黑压压一片，人头攒动，烟尘滚滚。李离非常后悔让仇振东来送她，这种景象是不适合仇振东的，更重要的是，如此接近烟尘的地方，会让李离显得更加土气。这里有卖热气腾腾肉包子的，有拉着颜色各异包裹的，有冻得满脸通红的，有追着人兜售车票的，有扯着嗓子喊的，有抽烟往地上吐痰的……但决不能有仇振东这样的。他不属于这里，会让他无所适从，并且产生强烈怀疑态度，这会连带到李离。李离从他的车子里下来时就有一种无比的自责，她的脸上已经挂满歉意，又不知如何表达。仇振东把车子停好，把李离的行李拿下来，李离赶紧迎上去抢过行李，仇振东表现得倒是一脸平静，对眼前的场景毫不惊讶。

李离忐忑又尴尬地带着仇振东挤过熙熙攘攘的人群，赶到检票口，工作人员拿起她的票端详了半天，黑着脸告诉她，走错站了。李离一看，才发现，她买的票是北京西站，而这里是北京站。她整个人都蒙掉了，一方面是好不容易买到的票这下就要浪费，更重要的是她犯了这种低级的错误，仇振东该如何想她。仇振东倒是很淡定，立马拖着她往外赶，说如果快的话，也许还能赶上。李离窘着一张红脸，硬着头皮跟着仇振东飞奔。从北京站到北京西站还有很远一段距离，正逢入夜时分，路上车流拥挤，红灯拦阻，仇振东不说话，满脸认真地抓着方向盘切入另一条路线，试图寻找更快的道路，然而越是这样发现绕得越多，李离明显感觉他的脸上开始出现焦急，这是李离很少见到的表情。气氛陷入很冷的地步，李离内心甚至有点庆幸这次错误，如果真赶不上，仇振东或许会邀请她留下陪他一起过年。但此刻，因为她的失误，让仇振东如此严肃，李离心里还是惭愧万分。

终于赶到，仇振东一手拖着行李，一手拉着李离飞奔，他的衣服已经出现凌乱，额头上也渗出细密的汗珠，夜已深沉，西站的人好像比北京站更加稠密，人们挤在这里，仿佛一群炮火下的难民。仇振东跑到卖票处火速买了两张站台票，然后拉起李离过了安检，爬上二楼，气喘吁吁地赶到出发口大厅，不用问，唯一一条显得空旷的检票口就是李离那辆火车的，因为已经过了最后的关闸时间，仇振东冲过去和工作人员一顿请求，工作人员说火车已经开动了，完全不可能。他俩争分夺秒，拼尽了全力，最终还是失败。仇振东扭头安慰李离，说没事，稍后看到还有路过她家的火车，她可以凭站台票上车，上车后再补也可以。李离内心又是温暖，又是失落，五味杂陈，难以描述。两人在候车厅又查了其他班次，最近出发的还有两个小时，仇振东便带着李离进车站的一个快餐厅点了一点吃的，中间，仇振东又跑出去给李离买了一包零食和饮料。李离分外感动，她看着仇振东忙碌的样子，突然产生了一种无比幸福的感觉，这就是一个女孩最渴望的那种男子气概吧！

两人没有聊太多，仇振东不断地看表，生怕错过。提前半小时，他俩就排在了检票口，仇振东说，他已查了补票的车厢，届时我们第一时间跑去那个车厢，运气好的话，会有座位。闸口一开，两人便飞奔而去，李离跑得近乎虚脱，仇振东把箱子先帮她抬上车厢，安置好，然后自己又挤下去，这时，车厢里已经是水泄不通，太多的乘客，大包小包，你推我挤，孩子的哭闹声，大人的呼喊声，工作人员的命令声糅杂在一起。李离把自己最大可能地缩小贴在一个座位边上，依然被来往的人推来挤去，她的额头上满是汗水，她的目光试图穿过车窗找寻仇振东的影子，但仇振东不知道去了哪里，她心里一阵失落。火车不断地喘着粗气，仿佛已经难以忍受这超重的负荷，人群中像李离这样没有坐票的人太多，大家都和她一样的想法，挤在这节车厢等候补的机会，很多人把行李放在地上，干脆席地而坐，大家被挤得东倒西歪，扭曲成各种奇怪的姿势。

　　过了半刻，李离恍惚感觉有人朝他招手，她探过身子望向车窗外，发现正是仇振东，她惊喜极了，挤过人群往车窗前赶，仇振东很是焦急，又是拍车窗，又是向她招手，李离什么也不顾了，用尽全身力气挤到窗前，隐约听到仇振东喊她下来。李离二话没说，冲着仇振东用力点头，然后托旁边的人把行李箱扛下来，她一手拉着行李箱，一手拿着包以及仇振东买给她的东西，像一个冲往前线的女英雄。汗水顺着她的脸颊流进她的脖颈，发际边缘的头发湿漉漉地粘在脸上，她一定很狼狈，但她管不了了，她的男人在叫她下去，是的，没有什么可以阻挡。李离穿过横七竖八挡在她面前的肢体，笨重的行李箱此刻像个巨型炸药包，她紧紧地拖着，向前拼死地移动，她要赶赴到车门口，完成这个重大的任务。她大汗淋漓地挤下车，身后充斥着各色目光和抱怨声，仇振东一把拉过她。

"知道吗？我搞到了什么？"仇振东开心得像个孩子，李离满心欢喜，以为仇振东不让她走了，看仇振东这个样子，她一脸茫然。原来，仇振东买到了一张卧铺票，而且还是包厢，李离错愕，完全没有想到，在她的思想里从来就没有卧铺票这个概念，她上学工作这么多年，从来没奢望过卧铺，那对她来说太贵了，就像和一个穷人描述红酒晚宴一样，完全超出她的生活范围，从不关注。原来，仇振东把李离送上车后，便跑向卧铺车厢，他知道常规上，卧铺车厢都会预留几张票，以备紧急任务，他向列车工作人员央求了半天，也不知用了什么手段，竟然搞定了。看着仇振东如此兴奋，李离也跟着高兴，她的人生中，从来没有一个人这么贴心地关心过她，也从来没享受过这种被极致照顾的待遇，她感觉像有一束光照到了她的头顶，登上了人生的幸福巅峰。

卧铺车厢果然要比硬座车厢人少多了，也有序多了，此时大多数人已各就各位，有的在聊天，有的在整理行李，有的穿梭去倒水泡茶。仇振东引着李离，把行李安顿好，就听到列车员催促下车的声音。仇振东刚刚下了车，车门就关了，火车发出轰隆隆的声音准备启动，李离趴在玻璃窗前看着他，仇振东也走过来，微笑着，空旷的站台，明黄的灯光映射在他的脸上，像个天使。他的头发有一丝丝凌乱，脸上也有汗水刚刚蒸发后的痕迹。李离把手贴在玻璃窗上，感觉无比爱这个男人，她鼻子酸酸的，眼泪在眼眶打转，不知道是幸福，还是不舍，或者有更多的内容。仇振东也把手贴在窗上，两只手掌隔着玻璃，印在一起。李离不知道该说点什么，她憋了半天，在窗上画了一个爱心的形状。仇振东看到，又笑了，就像捏她脸蛋时露出的笑容。他冲她挥挥手，一路平安。

列车终于启动了，缓缓地驶出车站，车窗外，仇振东还站在那里，看着她。李离的眼泪再也无法忍住，决堤而下。她不知道自己做了什么好事，会遭遇如此的幸运，遇到这么好的男人，给了她这么一个美丽的画面。她内心那股戏剧般的幻想，在今天居然实现了。她看着他越来越远，越来越小，直到看不见，扭过脸来，双手捂住脸，任由幸福的泪水泛滥。

这应该是李离有生以来最幸福的一次归家旅途，往年，她也是一样的路线，一样的车站，一样的人群。只是今天，她躺在了宽敞舒适的卧铺上，再也不用忍受一夜的困倦和闷热。更重要的是，她的心里沉甸甸的，就像有块石头把她的心牵住，再也不会茫然飘荡，那块石头，就是仇振东的爱。她更加不再惧怕家里的烦恼，那些不重要了，她真正意义上离开了，她有了她新的生活，新的梦想。

Chapter 十二

　　她们的人生犹如一场徒手攀岩，开始的时候还有十足的勇气和力气，轻松上阵，越往上爬越艰难，随着力气的消耗，顶点还遥不可及，可松手却是万丈深渊。

四年没有回来，家乡几乎没有什么变化。社会的发展，早就丢下了这一方小小的角落。李离清早下了火车，转站到汽车站，坐上回家的小巴士。肮脏不堪的小巴士和满嘴乡音的乘客们，瞬间就将李离从发达繁华的城市拉回到贫寒乡土。车窗外青雾迷蒙，连绵起伏的山川沟沟壑壑，像一张开裂的旧照片。此时深冬，树木凋零，一棵棵在李离的眼前划过，车厢里的乡亲有些互相认识，抽着烟，聊着一些只有乡邻间能听懂的话题。李离低着头，把自己的行李箱紧紧抱着，行李箱上还放着昨天仇振东买给她的零食，李离吃了一点，还剩大半，亮晶晶的包装纸带着北京的气味。李离把自己蜷在角落，尽量与邻座保持着一点点距离，她现在的行头，一看便知道是大城市回来的，披肩的长发，围着一条黑色的围巾，厚厚的白色羽绒服下，是紧身的黑色毛衣和皮裙。

　　"果园奇头死了，前几天的事儿，死了好些天，都没人知道。"

　　李离的耳朵一下竖起来了，她已经多年未见过奇叔了。在她的思想中，那个黑瘦恶魔一直蜗居在那个小果园里，像一条等待捕食机会的毒蛇。她初中以后几乎就没再遇到过他，她再也没有去过果园，那里在她的思想里，就是一片黑雾，不想踏及，更不想想起。

　　"是吗，哎，也是活该，一辈子作孽，遭了报应，光棍一条，死了没人埋，听说还是乡里头出钱打发了。"

"可不是哩，二英子一辈子毁在他手里，恓惶（可怜）地，遭男人打骂，自个也抬不起头，老了感觉人都有点神经了。"

李离只感觉头嗡地一下，感觉声音都瞬间飘远了。二英子就是母亲的小名，之所以这么称呼，是她还有一个大姨，也是英子辈，早早嫁到了外地，后来跟着丈夫去了四川，听说家境凄苦，也很少往来。原来母亲和奇叔之间还有一段故事，到底发生了什么会让母亲变成这个样子，难道母亲曾经并不是现在这样？李离感觉身上一层一层的电流传过，游走在皮肤边缘，让她浑身发抖，皮肤上开始泛起密密麻麻的鸡皮疙瘩。

"就是，活该他让人家小舅子踢成太监，没踢死他也是命大。到底，老天还是有眼的，听说是炭烟闷死的，不到六十岁呢。"

小舅子？母亲并没有弟弟，哪来的小舅子？莫非，是权宝表舅。没错了，母亲只有这么一个远房表弟。李离突然有种脑盖被揭开的感觉，车厢里烟雾缭绕，随着车辆的颠簸，安装不严实的玻璃窗发出刺耳的噪声，冷风一股一股地袭来，李离全身已经僵硬。她感觉自己手头里全是汗，心好像没有了跳动。一团黑色的迷雾将她层层包围，让她又回到了那段黑暗的时光，她想逃，但不知道逃到哪里。她在原地打转，心慌难定。不是的，她不应该怕，她现在已经不是小孩子了，怕的应该是奇头儿，是的，她对自己讲。她长大了，她要面对，要解开，要把这些伤害撕开，看透，再还回去。

她把心神定了定，努力听那些人的聊天，大家感慨了一下命运无常，人生叵测，追溯起上代人的故事，在那个动荡疯狂的年代，太多人的命运被颠覆，母亲原本的娘家家境还不错，她受过较好的教育，但姥爷曾给日本人当过临时执勤警，解放后被当众枪决，家业被没收，母亲那时跟家人划清界限，得以存活，这些或多或少听母亲偶尔和权宝表舅闲聊时提起，但非常有限，加之李离当时很小，对此一知半解。如今听着车里的乡邻聊起，才感觉那对母亲也许是一生最黑暗最难面对的心结。

"拉倒吧，二英子是被李三绑着入的洞房，寻死觅活了好几天呢。"

李离又一次被惊雷惊到，这短短一句话，足以让李离想象出母亲当时的羞愤与痛苦。她再次想起奇叔，想起张楠，想起父亲，可想而知，对于那时的母亲，这是多么大的屈辱，家破人亡，父死母散，骨肉分离，还要面对仇人的欺凌，而且是名正言顺的欺凌，那该多么绝望。黑雾更加浓厚，李离已经完全忘记自己所处的车厢，只觉得天昏地暗，日月无光，父亲张着那口黑黄的牙狰狞地笑着。据说父亲当时是出名的激进分子，打着革命的名义没少欺辱街邻，后来运动结束，还被当作反面典型关押过一阵子。她终于明白母亲为什么终年不笑了，和仇人待着的日子，对她来说每一天都是地狱，她如何笑得出来。李离小时候，母亲做饭基本就是能凑合就凑合，尤其父亲在的时候，就是白水煮面，放一点大酱，切一点咸菜，父亲为此没少揍母亲。现在想来，她没有在饭菜里下毒，已经是仁至义尽了吧！李离特别想哭，但早已没有眼泪，整整一个童年，她原来就是在这样一个充满着仇恨的家庭里生长的。是啊，母亲又被奇叔侵犯过，所以，在父亲的眼里，她更加没有地位了吧！在母亲眼里，她也活得更没有意义了吧！这是多悲惨的一个女人，她之所以终年一身素黑，大概不是为了祭奠她的家人，更多是祭奠她的青春和整个人生吧！真实的她在少女时代就已经死了，留下的不过是她麻木的躯壳载着她破碎的心脏存活着。或者，她也是用这个方式去诅咒伤害她的人吧！父亲，还有奇叔，他们都是

"杀死"她的罪魁祸首，然而却在这个世界活得好好的。只有遗孀穿着才如此素净，在她心里，她一定希望他们早点死掉吧！

李离突然想到那个飘着雪的圣诞夜，她对着满天的繁华，诅咒张楠。这是一个软弱的女人唯一的武器。母亲一定是这样想的。父亲车祸重伤的时候，母亲的行为完完全全可以理解了。天渐渐放蓝，离家越来越近，李离抬头看着这片湛蓝的天空，不禁感伤，这么大的天底下，包裹着多少脆弱的灵魂在苟且偷生，阳光不可能照耀到所有地方，越是明亮的地方越有更黑的阴影。老家是下过雪的，沿途能看到，白色的还未消融的积雪囤积在大地上，一条条，一片片，像葬礼中纷飞的纸钱。人的生命很长，长得每一分痛苦都无限延长，直至死去。但它又很短，刚发生过的事，就消失得无影无踪，无从追溯。母亲是否和过去和解了呢？显然没有，也许她自己都不允许自己和解。那为什么李离作为她的亲生女儿，对此竟没有一点心痛呢？她像听一个久远的故事听到这些，感慨之余，竟不知道能做点什么。亲母女尚且如此，何况别人，是啊，每个人的一生都只能是自己走过，谁也无法代替。

李离怀着沉重的心情推开家门。熟悉得像昨天刚刚离开的小院子，还如先前一模一样。半截腿高的小木栅栏在院中围了一圈，夏天时会种一点番茄、黄瓜等蔬菜，此时是冬天，只剩一片硬硬的土地，上面停着一辆货车后车槽，码着整齐的老玉米棒子。父亲在几年前又一次车祸后，彻底不能再开车了。车翻了，基本全毁了，卖得卖，扔得扔，只留下这个后车槽还代表着父亲曾经的职业。栅栏四周依次建起猪圈，羊圈、鸡窝以及耳房（正房或厢房两侧连着的小房间）、厕所。李离在这个小院长大，如今她已经从首都回来大变模样，而这里毫无变化，如同母亲和父亲，日复一日，年复一年，重复着昨天。

李离走进院里,隔着玻璃窗看到了父母亲,父亲正靠着被垛坐在炕上抽烟,母亲在地上忙着午饭,他们听到门响一同望了过来。李离拖着行李两三步便进了家,父母亲难得地挂上了笑容,母亲叹了一句:"是丽萍,今年咋回来了?"父亲也问:"是昨晚的火车吗?"平淡又温暖,和普通人家一模一样。李离也笑着答了几句,她看到母亲在做莜面抿八股(一种内蒙古面食),这在她记忆里很少见,这种面食做法比较复杂,母亲向来是懒得做的。看来时间真是可以改变很多东西,两个冤家经过多年变迁还能笑着生活在一起,如果不是在小巴上听到那些过去,李离可能觉得没什么,甚至会感动母亲的改变,而此刻,她竟有种说不出的心酸。她打开行李,就像无数次在电视中的桥段一样,拿出带给父母和姐姐一家的礼物,母亲边看边怪怨她乱花钱,父亲看到酒,笑得合不拢嘴。李离给母亲买了一件枣红的棉服,母亲死活不穿,要是过去,李离一定会极力劝说,而现在,她便笑笑说回去退掉。她又拿出一条深咖色的围巾给她围上,母亲先是推让,但也半推半就地服从了,李离还是清晰地看到母亲脖子上挂的那把黄铜钥匙,垂在母亲的衣服里,放射着幽暗的光。

大年初三,姐姐带着姐夫和外甥回来了,李离还是第一次见小外甥,谈不上多喜欢,她象征性地抱了抱,拿出给他买的一些糖果,小家伙开心得不得了,姐姐让他喊姨,他就不喊,招来姐姐一顿打。李离劝阻,又拉开哭得惊天动地的小家伙,心里说不出的感觉。上一辈的优点,姐姐没有学到一点,暴力呼呵倒是学得一模一样。家里人多了,显得也热闹了,有小孩和姐夫,父亲也忍耐了不少,眉眼舒展多了,整个春节也只是发了两次火,第一次是因为李离提了权宝表舅,和父亲理论了几句,结果父亲怒了,连吼带骂,把母亲那边一族人都捎上咒骂了一轮,母亲像以往一样沉默不语,李离心中气极了,顶撞了几句，被姐姐拉开。第二次是因为母亲的黑箱子，父亲想拿一点钱出去给姐夫买点下酒熟肉，母亲不给，被父亲一脚踹开，拿起斧子就要劈开，母亲飞扑过去，趴在箱子上，要砍，连她一起砍死。每每这时候，李离都会止不住地心慌和发抖，一股说不清楚是气愤还是惧怕的感觉塞满她的胸口，憋得她眼眶发热，鼻子发堵。

仇振东自从和李离分开，短信很少，电话更是不可能主动打过来。开始，李离还想忍着不主动发短信给他，可是，回家第二天，她就忍不住了，心里像有一件没有完成的事，不断地拿出手机看，有时怕家里信号不好，她还故意溜出外面去转悠半天，但依然没有。她给仇振东发了一条短信，过了半天，仇振东才回，问她是否到家，平安与否。李离很想发一条想他的话，但还是忍住了。这一忍，感觉就像吃了一块无法消化的石头，沉甸甸地压在她的心中，坐卧难宁。

除夕夜，小小的村子也呈现了极大的爆发力，炮声震天，烟花四射，家家户户点起了旺火（内蒙古一种过年的形式），围着旺火又唱又跳，热闹异常。李离在零点时分准时拨打仇振东的电话，然而一直占线，李离特别焦急，赶紧给他发了一条短信，告诉他想把新年的第一个祝福送给他。过了几分钟，电话终于打通，仇振东也正在过年，电话那边同样炮声隆隆。李离兴奋地喊着过年好，仇振东也笑着祝她新年快乐，李离说她和家人正在旺火边上，特别热闹，希望有机会能带他一起来。仇振东连连说好，还托李离问候她的父母家人。两个人你一言我一语，其实李离好想仇振东能说几句甜蜜的话，在这个喜庆时分，应该是最浪漫的祝福了，然而仇振东完全没有这个意思，他俩也都是不怎么爱说话的人，问候了几分钟，便不知道说什么了，李离说："我想你了。"仇振东哈哈乐道："我也想你。"李离又说："我爱你。"此刻炮声震天，异常嘈杂，仇振东没有听清她在说什么，问李离在讲什么，李离忍了半天，最终还是没有勇气大声喊出这三个字。电话挂后，李离好失落，但又觉得好笑，自己居然能说出这三个字，这对于她，已经是非常难得的突破。她对仇振东的爱，就像这炮声一样热烈，而仇振东，并不能听见。

　　大年初五，按当地习俗是不宜出门的，但李离实在忍不住了，一方面，她待在家里就会有一种烦躁的感觉，这个家长年积累下来的黑暗，别人是看不到的，只有真实生活在里面的人才能感受到，彼此之间没有温情，也没有包容，任何一点芝麻大的小事都会引发一场匪夷所思的波澜。他们之间缠绕着太多复杂的情感，解不开，又逃不脱。李离在家里像个客人，拘束而又忐忑，她说话很少，就像小时候一样，尽可能地把自己藏起来，不要被人注意到。这些年，她的变化也引发了父母对她的变化，父亲不再敢因一点小事对她大发雷霆，而是变得客气亲和了不少，母亲也不再黑着脸不理她，会喊她坐上正桌，当她是一个大人款待她。李离知道，他们老了，失去了家长拥有的权威，需要她们姐妹俩多一些照顾与付出。李离又从她的积蓄里拿出五千块钱，分给他们，同时也包了一个大红包给外甥作为压岁钱，实则是接济一下手头吃紧的姐姐。在金钱的润色下，一家人其乐融融，李离深深地知道，如果她还在农村，情景会变得有多糟。另一方面，她惦念仇振东，曾经，北京对她来说就是一个暂且藏身的自由地，而现在，有了仇振东，这个城市对她的意义就不再一样。家里人根本不知道仇振东的存在，她也不愿和他们分享，如果他们知道了，听到仇振东的家境，一定会欢喜到跳起吧！她不想让他们得逞，仇振东只能是属于她独有的幸福。她没有告诉仇振东她什么时间回去，仇振东也没有过问，李离潜意识希望他盼着她回去，也希望当他知道她提前回来会高兴，但她又害怕这个希望落空。

回京那天，大清早全家就都起来了，这在李离以往的出行时从未发生过的，父亲车祸后腿脚不好，还一直陪着把她送到村口车站。李离毫无留恋，一身轻松。

经过一整天的颠簸，李离总算回到北京，她还是没有告诉仇振东，上次送行已经让她后悔，这次回来，她一身疲惫，拖着行李，随着滚滚烟尘出了车站，这个模样一定非常窘迫，绝不能让仇振东看见。

李离回到家才给仇振东发了一条短信，仇振东不惊奇也不平淡，好像都在意料中一样，欢迎她回来，还叮嘱她好好休息。仇振东总是这样，每一句话都是好话，无从挑剔，然而总像壶九十度的水，夹杂着一丝生分，这点生分让李离很难消化，卡在胃里难受。北京的初五，已经没有一点过年的氛围了，连鞭炮纸屑都被清扫得无影无踪。这个冬天，北京始终没有下雪，天气更加干燥，雾霾更加浓厚，若不是有仇振东这缕阳光，或许李离已经待不下去了。李离在屋里收拾完，便去猫公寓看了看，一切还是整洁有序，食盆里有新添的猫粮和清水，想来仇振东还是每日会来的，但他能想到猫，却没想起她。

李离待了一会，实在无聊，便又溜达到了仇振东的楼下。她抬头看看仇振东的楼层，高高的塔楼被一片玻璃窗包裹着，甚是大气，李离写在上面的字，自然是看不清的。她坐电梯上了楼，此时正是暮色十分，阳光透过厚厚的雾霾，在楼道里洒下暖金色的光晕，她看着玻璃窗上那些"东"字，无所事事，便拿起手在字旁加上小小的爱心，并且写下"离"字，"东离"两个字让李离忽然想到陶渊明的诗句："采菊东篱下，悠然见南山"，多么美的情景，闲情淡然，岁月静好，如果两个人能幸福地生活在一起，一起看夕阳低垂，溪水东流，直到白头，那应该是最美好的童话结局吧。

李离在长长的楼道里，来回踱步，她换上了一件宽松垂坠感的浅咖色长款毛衣，围着一条暗绿色的长围巾，穿着一双墨绿色的高跟长靴，在柔和的暖光下，像一枝风中摇曳的秋日芦苇花。湖水沉寂幽蓝，轻风徐徐吹过，花儿孤芳自赏，低吟浅唱。心情美丽，她走着走着，便开始轻轻地跳动，暮光下，她的影子被拖的纤细修长，随着她的步伐，她和她的影子共舞，轻轻地旋转，影子也会跟着舞动。仇振东特别喜欢恩雅的音乐，此时李离的脑海里唱起那首《One by One》。楼道狭长，光影交织，一个孤独的女孩静默地跳跃，旋转，她年轻的皮肤上洒下金色的光辉，她纤细的身体有律动地摇动，这条楼道像她的专属舞台，夕阳给她打开了灯光，她在自己的想象中变成了唯一的女主角，她的爱与恨，情与痴，踏着她心里的华尔兹层层铺开，一步步，一点点，旋转，旋转，直到天荒地老，地久天长。

Hey Here am I

嘿 我依然在这里

Yet another goodbye

在经历了一场别离之后

He says Adiós, says Adiós

他说，再会吧，再会吧

And do you know why

你知道

She won't break down and cry

她为何不哭不泣吗

She says Adiós, says Adiós, Goodbye

她说，再会吧，再会吧，再会吧

One by one my leaves fall

我的花瓣一片一片渐渐飘落

One by one my tales are told

我的故事一段一段再被诉说

It's no lie

没有谎言

She is yearning to fly

她渴望飞翔

She says Adiós, says Adiós

她说，再会吧，再会吧

And now you know why

现在，你会知道

……

　　窗外暮色短暂，很快各家各户亮起星星点点，李离站在玻璃窗前，画了好多颗爱心，她觉得好充实。曾经她那么羡慕那些亮着灯火的人家，现在她不羡慕了，她知道，这里有她同样幸福的生活。天色很快暗下来了，高大的塔楼变成了一栋黑漆漆的立方体，李离被黑暗完全吞没了，只有她的心亮得像窗外那些灯光。

　　一连几天，仇振东都没有邀请她过去，李离心中有些烦躁，但想到春运期间，仇振东忙也是正常的，自己要做出理解对方、心疼对方的样子。她给仇振东发了几条短信，无非是别太辛苦，注意身体之类的。再过几天，便是全世界情侣都要过了节日——西方情人节，这个节日设定了明显的主题，无形中给了好多人契机，也给了很多人压力。李离早早就在筹划如何同仇振东过这个特殊的节日，对他们来说，这是他们确定关系后的第一个情人节，而且他们之间相处了小一年，足以让它变得十足有意义。她原本想送巧克力或者一条领带，钱包之类的，然而，她又觉得这些太过俗气，也许很快就在记忆的长河里消逝，于是她好几天都在思忖，到底送什么才显得更具有意义。

对，戒指，只能是戒指。这个小小的物什，从古至今几百年被赋予了特殊的意义，它能代表爱情和忠诚，它是一种关系的具象化显示，她希望仇振东戴上她送的戒指，这样，每天他都可以看到它，从而想到她，从而更加确定他们的关系。她需要这样的一种肯定。选一枚称心的戒指是很难的，况且李离还要考虑它的价格范围。她跑去大商场逛了好几圈，也没发现有太理想的，直到她看到一家品牌叫"I DO"的店，冲这个名字，她就有一种说不出的幸福感，她在里面挑选了半天，最终选到一枚白金钻戒，没有太多复杂的花纹和图案，只是特别精致的一个套环像被人为扭了一下形成一个结，在结上镶嵌了几颗特别小的碎钻，显得特别精致大气，男的戴上也不至于夸张，日常生活中也可以佩戴。另外，她还特意问了一下店员是否有女款，店员说有，拿给她试戴，她戴着左看右看感觉特别精致，心里无比喜欢，但她还是只买了男款，她希望，有朝一日，仇振东能亲手把那枚女款戒指佩戴在她手上。

情人节的前一天，李离就问仇振东第二天的安排，仇振东温和地说，他最近很忙，单位里的领导对他有些意见，故意设了一些复杂的事情让他做，然后左右挑剔刁难，他有点心烦。李离只好细问了一些经过，然后给他一些安慰和纾解，这个时候，她也不好提情人节的事，心想，以仇振东的细心，明天他一定会安排一场超乎她预期的约会，也许今天是故意隐瞒他的计划。

第二天，李离早早起来打扮，她拿出很多套衣服来回比试，都觉得不够漂亮，她的衣服本来也不多，大多仇振东是见过的，想推陈出新，确实有些困难。她有点后悔，那天逛街时没有给自己添置一点新衣服，但转念一想，这一个年过的，让她花了一万多，严重地打乱了她攒钱的计划。想到此，她心一横，把原本是春夏时分才能穿的几件衣服拿出来，配上冬天的大衣和靴子，竟呈现了一种不一样的风情。她又仔细地化了妆，做了头发，静心等待今天的奇迹。一整天，工作还是有些忙碌，不时会有女同事收到鲜花，惹来小小的办公室一阵艳羡之声。快到下班时分，仇振东依然没有任何反应，李离心中有些憋火，她忍不住给他直接拨了一个电话，电话响了很久没人接，又打，还是没人接听。李离失望极了，瘫在座位上失落伤神。终于办公室的人都走光了，李离也只好收拾一下下班，她走出办公楼，没有仇振东，坐上地铁，转换公交，一直到走进小区；依然没有仇振东，她又走到楼下，没有，走到猫公寓，还是没有，她忍不住又走到仇振东的楼下，甚至又沿着仇振东从家到小区大门的路走了好几圈，依然没有，她只好上楼，穿过那条长长的走廊，径直走到他家门口，敲了半天门，没有回应。是的，没有。

李离彻底失望了，想哭，但没有眼泪。她在他家旁边楼梯口的台阶上坐了半晌，她在等，也许仇振东很快就回来了，他抱着满捧的玫瑰花，汗津津地赶回来，告诉她，他太忙了，抽空跑回来陪她过节。哪怕没有玫瑰，什么都没有都行，回来给她一个拥抱，一个亲吻，都可以。只是，她一直坐到晚上九点多，她实在冷得不行了，仇振东依然没有回来，短信也没有一个。李离知道，他不会记得这个节日了，更不会记得她。她站起来，脚已经冻僵了，腿也有些发麻，她歪歪扭扭地走出来，眼前还有那么多她在玻璃窗上的字，仇振东一定看到了，为什么一点反应都没有。在他心里，自己到底算什么，爱人吗？好像不是，他对小猫都那么好，对爱人如何会这样冷淡。情人吗？也不是，他们很少涉及情感话题，更别说你侬我侬。更可笑，他们从认识到现在，除了偶然的亲一亲，连更进一步的行为都没有。仇振东没有性需求吗？李离忽然想到，他会不会在这方面有什么问题，正常男人，对女人的第一需求就是上床，她实在见得太多，他们可以不在乎爱，但一定会需要性。只能是这样，不然他怎么会抑郁，怎么会孤独，以他的条件太容易找到一个女孩，为什么会选她，大概是她看起来比较卑微，不会对他有太多需求吧。李离越想，越觉得悲哀，心里洒进去无数细密的针，又痛又说不出口。

天已完全黑了，没有风，但更加阴冷。李离竟一点感觉都没有，她穿着单薄的衣服慢慢走回到自己家。小白和她同样孤单，猫食盆也空了。李离摸了摸她的小脑袋，给她倒满猫粮，转念又起身打开冰箱，拿出两根火腿肠，撕开包装，拿到小白面前。小白欣喜地又吃又舔，李离的一滴眼泪不小心就滴了下来，砸进她细密的绒毛里。

躺了半晌，李离实在睡不着，又爬起来，打开了电脑。没有开灯，昏暗的房间，静得只能听见电脑启动的声音，窗外的世界，此刻应该是最疯狂的吧，红男绿女们兴奋地尖叫，流泪，碰撞，要把自己完全和对方融在一起，连皮肤都是多余的，血液，灵魂，筋肉扭结，缠绕，相互吞噬。他们的爱多么简单，只要互相相爱，立刻可以同生共死。QQ上的男人们消停不少，想来要么陪自己的爱人或情人，要么已经约上别的女人了。李离点开了几个人的对话框，都是之前留下的留言，她看过，关掉。

最后一个她点开，是一段视频，还是那个男人，他居然在一个房间地上摆满了玫瑰花瓣，男人半跪在中间，双手捧着一捧红色的玫瑰，我唯一的爱，我愿为您奉献我的全部。李离有点惊到了，她慌忙关掉，心咚咚地直跳，但不知道为什么竟有种无比的满足和激动。有些人，将她的真心当作廉价的兜售品，而有些人，却将她随意施舍的残羹奉为宝物。人性真的很复杂，是天定，还是人为？李离不得而知，但她知道，每个人的旅程，从他降落到这个世界那一刻开始，每一秒一分，每一件事，一场变故，每句话，每个眼神，每个路口，每个选择将一点点成就他，成就只有他自己清楚的复杂心魔。李离如何走到今天，是她父母，还是那个村庄，还是她暗无天日及贫寒困窘的童年经历，她不得而知。

李离怔了半晌，QQ上突然叮咚一下，林倩的头像亮了，她果然看到了她，马上向她发起视频邀请。她接了，映入在李离眼帘的是一个疲惫的中年妇女。林倩的长发剪了，衣服也比较臃肿，甚至面容都有些改变，李离心里一种说不清道不明的感觉，有生气，失望，也有心酸和心疼。

"离，我怀孕了。"林倩见到李离高兴了很多，两个人互相询问了半天各自的生活现状，林倩突然说。

"真的吗？姐，真的恭喜你啊。"李离故作兴奋地喊道，然而她内心却更加失望与不安，林倩就这样沦落了，从一个都市丽人彻底地变成了一个乡镇妇女，关志军的这粒肮脏的种子种进了她的身体，从此她便再无出头之日。她会变得越来越俗，奶粉，尿布，婴儿的啼哭，婆婆的冷眼将她彻底从云朵上拉进凡尘。她会穿着肥大的家居服，挎着菜篮子，挤进乌烟瘴气的菜市场得意忘形；她会扯着哭闹的孩子，追着老师，奴颜媚骨地请求老师多照顾；她会蓬头垢面地喊骂关志军不帮他看孩子……李离不想和这样的人为伍，她从骨子里厌倦，她宁愿自己躲进这间小房子，享受属于她的一点自由和宁静，哪怕贫穷，哪怕寂寞，哪怕她和仇振东的爱情一塌糊涂，也好过做生活的奴隶。

林倩苦笑了一下，算是勉强接受了她的祝福。她和李离抱怨了一下小地方生活的艰难以及关志军的小气狭隘，过了半晌，她特别失落地说，其实她根本不想要这个孩子，但又不知道不要又能怎样。她很痛苦，关志军对她越来越苛责，婚前的好全都是伪装出来的，现在原形毕露，因为一点点小事就会对她冷言冷语，甚至还会动手。李离一听，十足气愤，对于家暴的男人，她深恶痛绝，她心里有块疤，一提到这个，就会让她神经绷紧，心情烦乱。她劝林倩离婚，要不就打回去，以暴制暴。其实她说这话时，她心里知道自己是外强里虚，换位思考，她不一定有这个勇气去面对。果然，林倩也只能苦笑，感叹了自己的命运，说着说着竟流下了眼泪。

"有些话，我不好和你说，你知道吗？关志军一直很在意我的过去，他知道我在北京和老默好了七八年，他心里总是膈应，时不时以此为由就打骂我一顿。昨晚，他已经动刀了。"林倩似乎思忖了好久，才说出这些话，眼泪一直不停地流，李离听到这些，又气又悔，她想到在甘肃那晚关志军问她的话，可能真是她的答案带给林倩接下来的后患。如果当时，她极力否认，是否就不会发生今日的局面？

"他骂我是破鞋，是没人要的烂货，甩到他手里了。他骂的话太难听了，我都不好意思和你说。昨晚，他把我踹下床，在我肚子上踢了好几脚，我反抗，结果他急了就跑进厨房拿出刀要杀了我。"林倩尽可能将她的遭遇简单化，但李离听得毛骨悚然，她完全可以想象这几句话里藏着多么激烈的打斗。林倩这种性格，绝对不是刚烈的作风，能逼到她反抗，可想而知会有多么残暴。父亲的形象在李离的脑海中挥之不去，当初父亲一脚踹到她的肚子上，那股钻心的疼痛让她别说喊，连气都出不上来。她蜷在地上，冰凉的地面贴着她的脸，咳出来的是从胃里翻出来的酸液，热辣辣地顺着嘴角淌到地上，那是她第一次感觉到死亡的距离。李离手指止不住发抖，她极力劝林倩离婚。

"离了，我还能去哪儿呢？"

是啊，还能去哪儿呢？和她一样吗？栉风沐雨飘荡在城市中，靠一点微薄的收入苟延残喘，渴望用年轻的肉体换来一份爱情，但她又是那么缥缈难触，像林倩这个年龄，恐怕职场也没有她的容身之地了吧。原来生活并没有一个退路，你认为的那个退路不过是你并不熟悉还自认为安全的另一条路，你以为你降级退回安全地带，实则只是你放弃了现在拥有的基础选择了一个更加辛苦的开始。她们的人生犹如一场徒手攀岩，开始的时候还有十足的勇气和力气，轻松上阵，越往上爬越艰难，随着力气的消耗，顶点还遥不可及，可松手却是万丈深渊。

林倩终归是难以逃脱宿命的天网，但李离也不过是在网内的一个边角苟且偷生。时间的车轮永不会停，它将碾过所有人的青春，变成一地残骸，林倩正在经受碾压，而李离也只是在不远处观望，很快它便加足马力向她滚滚而来。

李离一无所有，拥有的只不过是短暂的青春，她可以不计后果尽情挥霍，沉迷在不问未来的现状中暂时安全。又一个新年过去，李离清晰地感受到时间的推进，姐姐的孩子已经八岁，母亲原本黑亮的头发已白了一半，青春靓丽的林倩已全然不见，李离在楼道里的独舞也终将会在天黑后结束。她需要仇振东一个答案，一个肯定的，有目标感的答案，否则她将一直在原地沦陷，等着巨大的车轮碾过。

Chapter 十三

　　她成功地俘获了这个男人，她撒下的圈套这么久终于捕住的男性之王，那么多在她身上挣扎的男人，不过是她网中的一个个陷阱，现在才是她真正出手的时刻。

仇振东的抑郁明显好转，李离陪他去医院看了医生，做了一周的颈颅磁又开了一些相应的药，吃了这几个月，基本吃饭睡觉都正常了，情绪也从外表上看不出有什么不对劲的地方。李离约了他今晚见面，仇振东答应了，对情人节的事只字未提。

　　夜晚，李离带着筹备了一天的心情敲开了仇振东的家门，仇振东穿着一身朴素的睡衣，光着脚，脸色有些疲倦，但还是热情地抱了抱李离，毕竟是分开后小半个月第一次见，李离能感受到他拥抱中的客气成分，心里暖了一下，但还是努力让自己沉浸在受伤的心境中。她灰着脸，淡淡地问仇振东是否有酒，她想和他喝一点。仇振东欣然同意，很快张罗出来，像从前一样。李离端起一杯，一饮而尽，脸色更加忧伤。仇振东问她怎么了，她没有回应，又倒了一杯，又喝了下去。仇振东慌了，赶紧阻拦，李离的眼泪适时地簌簌而下。

　　"振东，我想和你聊聊。我一直觉得，你不爱我，我总觉得我们之间有一道距离，我也不知道是什么，这道距离让我特别难受。"李离想到这大半年的委屈，眼泪更加泛滥。"我用尽了我的全力，可是，我跨越不了，我每时每刻都会想到你，渴望你能给我一点回应，然而每次都是失望。我知道你有抑郁症，我好想帮你，给你温暖，我真的，不知道怎么才能融化你的心。"

"你爱我吗？真的，你实话告诉我，我真的没办法再忍下去了。"李离已经哭得泣不成声。

仇振东的脸色也暗了下来，坐在李离的对面，低着头，半晌没有回答，李离的哭泣让他不知如何应对，面对李离这突然间的质问，他充满内疚。他端着酒杯，一直没有喝，李离的泪眼看着他，等待着他回答。

"对不起。我……"仇振东说了三个字以后，就不知道如何说下去了，李离的心一慌，她害怕仇振东说出"我不爱你"这几个字，这对她，对她这一年多的痴恋都将是一个毁灭性的打击，她甚至有点后悔今晚的举动是否太过激进，她其实完全没有做好心理准备，她不知道如果仇振东拒绝了她，她该如何收拾后续的生活。

"其实我……我心里一直有个人。我和她分开了。我特别难受，我理解你说的。我懂你的感受。我努力想爱你，真的，我想和你一直走下去。可以，给我一点时间吗？"

仇振东的坦诚让李离的心一下软了，眼泪都忘记了流，甚至，仇振东爱着别人这件事，对她好像都没有了惊讶和失落，他努力了，是的，这已足够。李离骨子里的卑微让她认为，仇振东不爱她理所当然，他的努力对她已经是难得的恩赐。她心疼极了，凑过身抱住仇振东，她用她的身体告诉他，她可以，只要仇振东不放弃她，她愿用一生去等。

仇振东的唇落在她的唇上，把她抱紧，李离只感觉一股微凉的清甜沁入她的心田，红酒的力量适时地翻涌上来，她只感觉天旋地转，幸福化成了一股绵软又强劲的力量将她直接托到云端。

李离终于得逞了，她躲进卫生间洗澡，滚烫的热水从她的头顶沿着她浓密的头发一直滑到她到脚趾，她感觉自己马上要登上圣殿的宝座，享受她用了几十年艰辛换来的荣耀。她的身体不会辜负她的，她那紧实饱满的身体一定会给仇振东宝藏一般的惊喜，他一定会沦陷，深深地爱上她。她能治愈他情感的裂痕，心底的脆弱，她的身体像阳光一样给他力量和未来。她还想给他生一个孩子，是的，她有这个能力，她不会像林倩一样怀上一个不明所以的孩子，她要怀上仇振东的骨血，那是她的光荣，也是她登上圣殿宝座后的利器，谁也不会再能撼动她的位置。她太激动了，酒精在她的血液里翻滚，她心底的恶魔此刻已胜券在握。

李离趁仇振东洗澡的间隙，慌乱地在他的床头柜翻腾，果然她看到一些安全套和其他的一些性用品，她从枕套上看到一个曲别针，真是天助，她取下来在表面放着的那个安全套中心，用力地扎下去。

仇振东光着身子，趴在她的身上。李离心跳得难以自持，她等这一刻等太久了，完全不同于她和其他男人的性爱，这是真实的仇振东，他英俊的面容就在她面前十几公分，他的身体如她想象般健壮、光滑，还有丝丝凉意。他的动作像他的人一样，温柔又克制。李离不敢太过主动，她闭着眼睛，嘴里轻轻地呻吟，她要把她心底那头恶兽安抚好，让它乖顺、含蓄、温柔。她要记下眼下发生的每一刻，这对她来说都是无比珍贵的镜头，足以让她在以后的人生中不断地回味与品呷。她成功地俘获了这个男人，她撒下的圈套这么久终于捕住的男性之王，那么多在她身上挣扎的男人，不过是她网中的一个个陷阱，现在才是她真正出手的时刻。

仇振东不紧不慢，在李离的身上一点点地耕耘，像在品尝他最爱的红酒，艳红透亮的液体在晶莹的玻璃杯里轻轻摇晃，散发着迷人的芳香。口腔触及冰凉又有点酸涩的汁液，慢慢渗进口腔，然后越来越浓，开始泛滥，酸涩感逐渐淡去，替代而来的是浓郁的甘甜。

她爱他，太爱他了，她渴望他永远地住在她的身体里，她要把他关起来，再也不能出去，只能属于她。

仇振东见李离已经进入状态，他需要用他的行动去安抚李离不安的心，去让她相信他的真诚。狂风来临，大海开始低吼，海底的振动让海面开始泛起层层波澜，凝结成一波又一波的海浪蓄势待发。没有乌云，晴空白日，整个天空深远而又广袤，大海已经从底部开始沸腾，燥热，沉闷，暗流汹涌。李离忍不了了，她好想大声喊出来，可是她不敢，她只能不断重复着："我爱你，我真的好爱你，振东，你知道吗？我真的爱你。"

风势开始扭转，从激烈变成了持续地推进，显然对大海没有太大的杀伤力，海面一直涌动，却难以形成巨浪。一波波的浪花凝聚又散开，有些力不从心。风力愈加小了，李离开始有些焦急，她用她的身体去呼应，渴望最后一波浪花的凝聚，然而风越来越小，终于仇振东翻身下来，略带歉意地说，今天有些累。李离有些吃惊，但完全没有任何不满，她坐起来抱住他，开始亲吻他的额头，脸颊，嘴唇。像安抚一个内疚的孩子，她想告诉他，她不在乎，她只想让他知道，现在已经足够，她已经获得了世界上最宝贵的东西。仇振东回应着她，两人亲吻了一会，抱住躺下，李离结结实实地窝在了他的怀里，他的皮肤上有汗液，将他俩黏合在一起，再也不能分开。

接下来的几周，李离几乎每晚都会去仇振东的家里，仇振东也来过几次李离家，他对李离的寒碜并没有表现出任何反应，这让李离放下了不少心结。李离每天都会想办法给仇振东做好吃的，还特意又做了几次粽子，仇振东明显对李离亲近了许多，每天都会主动给她发几条信息，但是仍然很少提及亲密的话语。李离内心虽有不满，但更多的是理解和宽容，他在努力了，自己不应要求太多。李离更加用心，她希望自己的付出能换来更多的回报，她再也没有登录 QQ，对她来说，现在已经是天堂，她不需要从别处寻找温暖。

考研的成绩下来了，李离过了，这让她又是开心又有些伤神，仇振东知道后，二话没说就转给她十万块钱，李离感动得不知所措，但她还是接受了。他是她的爱人，不应分彼此，况且，有了这个事情，他与她之间又多了一些联系。仇振东的工作依然很忙，但每晚都会回家，偶尔去看望他父亲，也会告诉李离。李离其实很想陪他一起去，但仇振东没有提过，她也不好主动要求。她只是一味多余地叮嘱仇振东好好待他父亲，她不确定自己说这些话的目的，是突显她的体贴大气，还是想早早给仇振东父亲一个好的印象，或者是想多多参与仇振东的生活，总之，她心里知道，每个人的家庭都是一团复杂的线团，外人根本无法理解。比如她，从过年到现在几个月，她连一个电话都没有打过，那个家，好像已经和她无关，而她真正的家，是这里。

不过，离仇振东越近，李离越觉得寂寞，她总有一种莫名其妙的感觉，说不上来的一种失落，她再也没有在玻璃窗上写字了，仇振东给了她一把钥匙，她可以自由地出入他的家。可是她有时会怀念几个月前的事情，她坐在楼梯台阶等他，她看着夕阳降落，等着那个帅气的男人从电梯上下来，笑盈盈地向她走来。她愤恨自己的欲求不满，相对之前的生活，她没有任何资格挑剔现在拥有的一切，只是让她烦闷的是，她每每看到仇振东坐在电脑前忘我地聊天，或者仇振东对她的亲热婉转拒绝时，内心总是充满着怨气。她是一个什么样的女人呢？她还是不理解，渴望爱，但又对爱充满着挑剔，任何一点点瑕疵都让她忧心忡忡。她气恼仇振东总是对她不温不火，每每说好早点回来却拖延到半夜，对她处心积虑制造的小惊喜麻木无感，不关心她的心情和生活，对她穿着打扮变化毫无察觉，等等，她讨厌仇振东，其实更讨厌自己。

这些情绪她从没在仇振东的面前表现过，但在她的内心就像憋着一锅高压蒸气，只能靠自己慢慢冷却，消化于无形。

忽然间 毫无缘故

再多的爱 也不满足

想你的眉目 想到迷糊

不知不觉让我中毒

忽然间 很需要保护

假如世界一瞬间结束

假如你退出 我只是说假如

不是不明白 太想看清楚

反而让你的面目变得模糊

越在乎的人 越小心安抚 反而连一个吻也留不住

我也不想这么样 反反复复 反正最后每个人都孤独

你的甜蜜变成我的痛苦

离开你有没有帮助

我也不想这么样 起起伏伏 反正每段关系都是孤独

眼看感情变成一个包袱

都怪我太渴望得到你的保护

淡淡的旋律充满无奈与忧伤，有时候她真的想就这样放手，或许仇振东还会怀念她，怀念起她的天真，体贴与沉默，怀念她每日做给他的饭，写在玻璃窗上的字，发给他炽热的短信。她甚至想到，如果她写一个字条后消失，仇振东会不会难过，不解，四处找寻她的下落。然而，她没这个勇气，她怕她放手，得到的将是仇振东的同意，然后再无下文，那她会发疯。她特别不快乐的时候，还会上QQ，林倩的肚子已经越来越大了，但她的心情好像越来越沉闷，感觉她怀的不是一个婴儿，而是一个炸弹，一旦引爆，将让她整个人生沦陷。她经常向她哭，但李离已经没有太多感觉，她的潜意识中，林倩已经没救了，这个软弱的女人注定将是一个悲剧，就如母亲。她不屑与她为伍，她的寒碜，懦弱，短浅都让她生气。那个男人告诉她，他已经和他老婆离婚了，他放弃了很多，只是为了追寻他要的自由，只有李离能给他最真实的悸动，不管李离如何选择，他将永远是她的奴仆。李离对他这种魄力还是很震惊的，她原本以为的游戏，这个男人却当了真。她无法想象，他条件优越，工作体面，家庭稳定，就因为性的这一点点癖好可以放弃这么多。她从来没想过和他见面，她不敢，网络上的那个她是假象，是演的，是她内心最深处那个小恶魔偶尔出来的捣蛋，这些，只能存活在虚幻世界中，在生活，见不得光。

冬天彻底结束了，北京虽然还有些清冷，但柳树开始泛绿，桃李的枝头也挤出新芽，李离盼望的冬雪彻底不可能落下了。清明时节，雨来了，让整个城市更加阴冷，雾霾混着细雨，一下子处处泥泞不堪，李离下班到了家鞋上已经全是污泥，裤脚上也沾满泥点，仇振东和她说晚上要去祭奠母亲，不回来了。李离有些失落，但也不再有那么想见他的冲动，人性大概都是喜新厌旧吧，自己曾经那么爱他，现在看起来好像也平淡了许多。她不再渴望他热切地回应了，对她来说，希望落空的感觉比不抱希望难受得多。她也买了一些纸钱，打算烧给权宝表舅。过去了这么多年，权宝表舅在她梦里都鲜有出现了，想来，时间真的可以抚平所有所谓的爱。人死了会去哪里，如果不信轮回，权宝表舅早已与大地融为一体，消逝得毫无痕迹了，如果相信轮回，那么他也早已转世，同现在这个世界无关了。不管如何，李离还是蹲在路口点燃了那叠厚厚的冥币，五彩斑斓的图案在火焰的吞噬下一张张化为灰烬，李离的眼泪慢慢地淌了下来。大概是种告慰吧，自己作为他的亲生女儿，从来没有真正意义上悼念过他，这个带她来到世界上的男人，一生充满不幸，连唯一的骨血都未必知道，不，他一定知道，否则他怎么会那么爱她。

李离拖着沉重的脚步回到仇振东家，这个屋里永远都有股仇振东特有的味道，让李离沉迷不能自拔。她没开全屋灯，把沙发边上的台灯拉亮，歪在沙发里失神。临近午夜，李离又去猫公寓喂了猫，或许是清明的缘故，整个小区比往日肃穆了不少，人影凋零，偶尔看到路口有人烧起一团团火堆，想来也是在吊唁某个已经逝去的人。他们在活着的人心中是个什么样子，又发生过什么样的情恨纠葛，在离开这个世界之后，只剩下长久的怀念和遗憾了吧！小白也被李离带到了仇振东家里，享受到更高级的待遇，它对仇振东好像比对李离更加亲热，莫非人也如此，有更好的选择就很难去将就一个差的，这是骨子里的劣根性吗？李离帮仇振东收好晾晒在阳台上的衣服，叠好放进衣柜，看到有些衣服比较凌乱，她又把它们全拿出来一件件按类重新整理，这是母亲带给她的好习惯。李离一动手，发现很多东西都需要整理，索性开始了她的大工程，衣柜，写字台，酒柜，厨房，卫生间，她依次推进下去。整理床底的时候，她发现了一个很大的鞋盒，里面重重的也不像是鞋，出于好奇，她打开了盒子。

盒子里有厚厚的一叠笔记本，还有一些相片以及光碟，她的心忽地突突跳个不停，她意识到这里也许潜藏着仇振东的秘密。她把鞋盒盖住，又原封不动地推到床下。是啊，仇振东说他爱着一个人，那么她是谁，为什么会让仇振东如此放不下，以至于因此患上抑郁？她是死了还是活着，是什么原因让他们分开？她长什么样子，和自己的区别有多大？

这些问题让李离心乱如麻，她收拾完所有角落，洗完澡，抱着小白躺在床上半天，依然难以入睡。小白见她翻来覆去，也有些烦躁，溜出去跑回自己的窝里，剩下李离一个人惦记着床底那颗炸弹何时引爆。她不敢看，她知道里面一定刻满了仇振东的浪漫回忆，他和那个女孩一同旅行，一同生活，一起创造过很多属于他们两个人的甜蜜记忆，这些足可以让她嫉妒吃醋，心伤再犯。

有什么意义，不过是她庸人自扰，自讨没趣；或者她有朝一日借着仇振东对她越来越爱，她可以对比质问，让他惭愧难堪；更或者仇振东大发雷霆，生气她窥探他的隐私。这些无论怎么看都是弊大于利，完全没这个必要。想到此，李离稍微心安了一点，翻身继续睡。时间一分一秒地流逝，李离可以清晰地听到表盘旋转的铮铮声，零点早过，四处寂静，她强迫自己尽快进入梦乡，她开始数羊，数了一半又觉得无聊，便又想母亲，想林倩，想这些可怜的女人一生都没把控住自己的命运，让生活蹂躏得凄风楚雨。

她起身拿起手机，按亮屏幕，对着仇振东的名字输入：我睡不着，好想你。半晌，没有动静，李离忍不住又拨起他的号码，响了两声，就被重重地切断。仇振东没有睡，他在干什么，为什么没有回复她的短信。叮，屏幕弹出一个对话框，仇振回复了：早点睡吧，明天还上班呢。

李离整个人都灰了，她很少向仇振东这么主动地表达她的感情，然而，得到的却是如此冷淡的回复。

李离生气了，她爬下床，拉出那个黑盒子，打开，先是拿出那一沓照片，里面并没有特别的，是仇振东和一些人拍的，有很多人的合影，有单人，也有两个人的，不过男的居多。其中，和一个男的合影分外多，而且不难看出他们关系匪浅，历时应该很多年，有着不同的发型和衣着。还有一些仇振东很青涩的面容，看起来二十一二岁的样子，朝气蓬勃，虽然衣着稍有些土气，但面容稚嫩，笑容灿烂，很是动人。李离努力在找那些合影中的女生，哪一个看上去和仇振东更亲密一些，有两三个和他拍过合影，还搂得很亲热，但也就一两张，难道他都丢掉了？

李离又打开他的笔记本，从他上学到工作，厚厚一叠，李离也没心思细看，把最近的一本拿出来，那也是五年前的内容了，想来近几年他已经不再记录。里面的有些文字甚是炽热，李离看得又惊又气，原来他会写，会说，这么甜蜜的文字。他把对对方的思念和爱毫不吝啬地表达出来，对方叫辉，李离心想这个女孩的名字还挺男性化的，想来也是一个特别个性的、漂亮的女孩。她仔细一篇一篇翻看，他们去过好多国家旅行，有日本、韩国、泰国、意大利、法国，这些李离想都不敢想的地方，他们早已去过，还留下那么多甜蜜的痕迹。

李离又是自卑又是吃醋，她多么想那个人是她，和仇振东一起在东京铁塔许愿，在富士山下看樱花，在卢浮宫欣赏蒙娜丽莎，在威尼斯乘坐贡多拉……这些都是她的愿望，有人先一步实现了。

李离合上日记本，心潮澎湃。

她一不做二不休，打开电脑把光碟插进去，里面文件夹都按时间地点标注了名字，她一一点开，发现了一个叫"love"的文件夹，是一些视频……

李离只觉得天旋地转，两眼发黑，这种感觉比听到姐姐说出她的身世时还要黑暗。

李离再也看不下去，心突突地跳着，好像马上就要爆炸，把她炸得血肉模糊，肢体分散。她无法用言语来形容此刻的心情，从未有过的一种复杂情绪涌了出来。她不相信，她觉得一定是自己眼花了，一定是自己在做噩梦，她什么也没看见，这绝不可能是真的。

她三下五除二披上衣服，就往家里跑。不知道是凌晨几点，她觉得小区里的灯光都没有了，只剩下黑暗，她跌跌撞撞还摔了几跤，膝盖和手掌上划破好几个口子，流出殷红的血液。她顾不了那么多，狼狈地爬回家，她把自己藏进被子里浑身发抖，感觉自己被一个杀人狂在追赶，而且无处躲藏。天快亮吧，她哀求着，天亮就好了，天亮了这一切都过去了，都不是真的。她一定是病了，得了臆想症，今晚是清明，肯定是鬼魂在纠缠她，只有天亮了她才能得救。

巨大的黑色谜团将她笼罩，她无处可逃。她这半生的屈辱都不足以锻炼出她的意志，她完全束手无策。是的，这个世界根本不是她想象的样子，是的，那个跪下来向她求爱的陌生人就是例子。他们都是疯子，这个世界疯了。

李离第二天没有去上班，她完全没有心思去想其他事情，她陷入一种难以名状的痛苦中。仇振东不爱她，为什么还要选择她，为什么还要同她生活在一起，扮演着乖顺贴心的样子，他一定有他的苦楚，他一定是受了童年的影响误入歧途，他也一定如她一样缺爱，缺乏安全感。就像李离，不断地从男人的身上获得一点点爱的安慰，那么仇振东也同样。他一定是对爱情失望透顶了，放弃了他爱的人，选择了爱他的人，是的，如果不是这样，他没有理由选择李离啊。每个人心中都住着一个魔鬼，驱使着他做着不遵从于自己本心的事情。这么看来，仇振东也是一个可怜的灵魂，他需要被拯救，那么李离将是最适合的人选，她相信，只要他愿意，她一定会给他一个幸福的家。她曾经发过誓，不管仇振东变成什么样，她都会爱他，那么现在，就是对她的考验！

太阳出来，李离也逐渐冷静下来，她走出门外，看到小区里的桃花开了，粉嫩粉嫩的，煞是可爱。人间如此美好，仇振东不应该一直陷入黑暗中，她才能给他真正的幸福。想到此，李离内心竟涌动出一股使命感来，她觉得自己有必要拯救他，这是她的真正价值。

她给仇振东发了一条短信，说晚上想和他好好谈谈，仇振东说好，晚上在他家见。李离白天就去了仇振东家，然后把黑色盒子原封不动地放回到床下。她坐在沙发上，倒上红酒，静静地等待仇振东的归来。很快，不到七点，仇振东就回来了，看上去非常精神，穿着一件卡其色的英伦风衣，配着一条深棕色围巾和一条修身牛仔裤。他笑笑地问李离怎么了，李离没说话，面目严肃看不出表情。仇振东脱下外套，便坐在她面前，还亲了一下她的脸，问她下班怎么这么早。李离闻到他身上一股淡淡的甜香，不知怎么，眼泪就下来了。

"我看到了你床底下的黑鞋盒，里面的东西我都看到了。"

仇振东的脸色瞬间就凝固了，他整个人僵在那里，像被人按下了暂停键。

"我真的不知道……"

李离的话还没有说完，仇振东猛然起身，二话没说，拿起刚刚挂在衣架上的衣服夺门而走。李离整个人都傻掉了，她完全没有想到仇振东一点说话的机会都没给她。她坐在沙发上一下子不知道如何是好，巨大的失望从天而降，她端起面前的红酒一饮而尽，然后又倒了一杯，再灌入。半晌，她觉得不对劲，这算什么，自己一个人坐在这里要干什么。她起身就往出追，她焦急地按着电梯键，此时的电梯好像刚刚送下仇振东，慢慢悠悠地一个数字一个数字地闪动着，李离心急如焚，赶紧往下冲，旋转的楼梯像一条向下缠绕的蛇，转得李离晕头转向，心慌眼花，她像块石头跌跌撞撞滚了下去。

仇振东正在路边打车，李离跑过去，拉住他的衣袖。

"振东，你听我说。"

仇振东扭头看她一眼，眼睛里是她从未见过的冰冷与厌恶，她的心一下子像被捅了一刀，眼泪更加泛滥。仇振东一把甩开她的手，头也不回地拉开停在他面前的的士门，扬长而去。剩下李离，心如死灰，极度的愧疚让她蹲下来，抱紧膝盖放声痛哭。

李离一下子不知道如何是好，她哭了半天，就给仇振东拨电话，拨一个被挂掉，拨一个被挂掉，她一直拨了几十个，仇振东终于接了，李离哭得已经不能自已，仇振东毫无反应，冷冷地质问她："你要干什么？"李离结结巴巴地恳求他原谅，她只想和他谈一谈，仇振东说："我和你没什么谈的，就这样吧。"然后就再也不接她的电话，清冷的风吹过，李离胃里的酒翻滚上来，哇地一口吐出来，鲜红如血。

街边的路灯全亮了，李离透过泪眼，感觉灯光像无数把利箭射进她的瞳孔。她颤颤巍巍往仇振家走去，脚底冰凉，这时她才发现她下来得急，根本没有穿鞋。她重新坐到沙发上，小白跳过来，仿佛感觉到她的伤心，用她的小脑袋不住地摩挲李离颤抖的手。李离站起身来，在这个她无比熟悉的家，一点一点地看去，她知道也许这是她最后一晚在这里了。她不舍，这里有她最珍贵的记忆和爱情，离开这里，外面就是坟墓。她又闻了闻仇振东的枕头，上面还有他特有的淡淡体味，曾经，他们在这里同床共枕，那时的李离幸福地以为一辈子将会住在这个屋子。她又给仇振东打了几个电话，还是被挂断。她知道，他再也不会见她了，刚刚还一脸温情的人在一瞬间就变成了另外一个人，寒冷与可怕。

突地，她又气极了，为什么他这么残忍，那么这一年多的温存全是假象吗？全是诱惑她的陷阱吗？明明自己才是受害者，为什么现在好像她变成了罪魁祸首？她这么痛苦，他看不见吗？她把她的全部掏出来给他，他就这样绝情地弃如废纸吗？他看她的眼神就像看到一个仇人，连一点点同情或者内疚都没有吗？借着酒劲，李离也管不了那么多了，她长篇大论的发短信给仇振东，告诉他，如果他今晚不回来，她就死给他看。这是她最后的砝码，也是她最后的机会，她相信仇振东会动摇的，他绝对不敢看到一个尸体躺在他的床上。

果然，仇振东回电了，问她想怎么样。李离说，只想和他在一起，和从前一样。仇振东说不可能。李离哀求，哭诉，然而，电话那边的仇振东毫无反应。李离绝望了，既然外面是坟墓，那么屋里又有什么温暖可言，她咬着牙说："你不怕我把你床下那些东西公布于众吗？既然你要我死，那么我们一起下地狱吧！"

仇振东彻底被她打败了，电话那边长久的无声。李离也害怕了，她手抖得差点把手机摔到地上，除了哭，她没有任何办法。半晌，仇振东才说话："李离，我真的好后悔认识你。"电话那边传来嘟嘟的忙线声，就像嘲笑，一个可怜又可恶的女人，一个不值得任何人爱的女人，她把唯一个对她伸出援手的男人推到了对面，还狠狠地给了他一刀。

李离呆呆地走到窗前，看着外面灯火辉煌，竟有种说不出的悲凉。她往楼下看了看，黑乎乎的一片，零星几点路灯像来自地狱的烛火，她越看越近，仿佛可以触手可及。她想跳下去，跳下去一切都将结束，她的灵魂也将同她的肉身一起陨灭，她死后，不会有任何人惦念她的。仇振东也许会被警察盘问，甚至坐牢。她的母亲一定会号哭以此要挟

232

一笔可观的收入，那么，她的死将会给她那个小家不小的生活改观，这就是她活了几十年的价值。太可笑了，凭什么？她不会让父母亲得逞，更不会以此让仇振东身陷囹圄，没有这个必要，他原本就不该认识她，如他所说，他们之间本来就是两个水域，是自己自以为是，自作多情罢了。如她所言，每个人内心住着一个魔鬼，仇振东有，自己难道没有吗？

仇振东眼前这个单纯善良的女孩，不是在无数个夜晚同别的男人苟合在一起吗？人心如何禁得起审判，谁又是绝对的真善美呢？

李离终于还是放弃了，她最后在仇振东的房间里驻留了一个多小时，认真地抚摸每一件她曾经珍视的物件，它们冰冷，沉默。没有仇振东，这里一切都失去了意义。小白在她脚下一直围绕着，她蹲下来，抚摸她，眼泪成河，"对不起，小白，我带不走你了，我多想和你一直在一起啊，那时你也会有爱人，会生很多小宝宝，我会把你当成我的孩子，给你全部的爱。可是，现在，我没办法，我都没有存在的意义了，何况你呢，是仇振东把你带给了我，现在你还是回到他身边吧，也许，某一天，他看到你，还会想起我，想起曾经有个傻姑娘在这个房子里像个小妻子一样忙来忙去。"

李离最后望了一眼这个房间，小白蹲在门口，像往常她上班离开一样，目送着她离去。她把钥匙放在门口的鞋柜上，轻轻地合上门。门锁咔吧一声锁上，彻底断绝了与她的关系。李离心痛如绞，她一点点走出这个楼道，玻璃窗上还密密麻麻地刻着她的曾经——"东＆离"。那天黄昏，她静默地旋转，在长长的楼道里，像一部法国老电影一样美。她用她全部的等待和热情写下了这些字，现在看起来只不过是她的独角戏。在灯光忽明忽暗的映射下，这些字像一双双微笑的眼睛，一睁一合，充满着讽刺。李离一拳击在玻璃上，一声脆响，玻璃应声而裂，几大片玻璃哗啦一下掉进黑暗，传来微弱的碎裂声。李离的指关节也好像跟着碎了，鲜红的血汩汩地流淌出来，奇怪，李离并不觉得痛，甚至有很大的快感。

再见了，我的爱。再见了，我的青春。

Chapter 十四

　　房子是不会动的，它们冷漠地看着搬来搬去的那些人们以及那么多悲欢离合坦然自若。东西都可以带走，可是太多的东西是带不走的，李离不知道是什么，反正她觉得自己的心空得像个旷野，呼啦啦的风在里面吹着，哀鸿遍野。

三十三岁的李离现在回想起那一幕，脸上露出淡淡的微笑。是的，那时她太年轻了，年轻地以为，这个世界黑就是黑，白就是白，公主一定会被王子解救，翻过浩瀚的沙漠一定会有绿洲。这是多么幼稚的想法啊，这个世界从来都没有黑白，只有灰色，上帝都会出错，何况凡人。

　　就像这阴郁的冬日，对有些人来说是难以忍受的孤苦严寒，而有些人正在发生着炽热的爱情。她甚至会想，如果当时她没有那么激烈的反应，也许她和仇振东也能平淡到老，那么现在，她应该有了他的孩子，而他也会踏踏实实过着不怎么快乐，但又安逸平稳的生活。仇振东有错吗？他也是那么可怜的一个灵魂，被十几年的爱情伤透，却还不能向他人倾诉。压抑在他内心的黑暗不一定比李离少，否则他一个大男人如何会在夜晚痛哭失声，如何会毅然决定选择和她在一起。想来在他心中，他也对爱情失望透顶，想向生活低头吧。然而那时的李离根本无法这样思考，在自己的痛苦中忘乎所以。经历了这么多，李离对人性的复杂已经完全释然了，每个人都有不为人知的苦楚，只不过在别人眼中展现着某一个侧面。佛说，以顺益为善，以违损为恶；以顺理为善，以违理为恶；为体顺为善，体违为恶。世人均以自己的标准去判断，殊不知善恶难分，福祸相依。仇振东违背自己的本性，愿意去同李离尝试，又顺应自己的本性，放李离自由。现在看来，他是善良的，他不愿意去伤害李离，不愿去让她承担本属于自己的痛苦。她愿仇振东此生所受的苦痛换作他来世的顺益，能幸福地和他所爱的人相濡以沫。

李离向公司请了一周的病假，再也没有接任何工作相关的电话，她没这个心情，她把自己关在房间里，拉上窗帘，窝在床上。小白不在了，它一定会想她吧！它哪里懂得那个视它为珍宝的妈妈再也不会回来了。她那么爱它，但没有任何再留下它的必要，她看到它会难过，会永远走不出这场地狱般的折磨。是啊，她仅仅和小白生活了一年，为什么会有如此大的依赖？而母亲，和她生活了二十年，如何做到心如冰霜。不，这不符合人性，如果她真的是权宝表舅的女儿，她一定会把她当作唯一可以聊以慰藉的女儿，她会不惜一切保护她，珍爱她。可事实却恰恰相反，她对姐姐都明显要好过于她几倍，姐姐有新衣服穿，姐姐上学从不会被勒令退学，姐姐玩得出格一些，母亲也仅仅是责问几声，甚至姐姐同她不喜欢的姐夫生下的小外甥，母亲也是极尽宠溺，抱着不忍脱手。何况，她是权宝表舅的孩子，她不可能完全没有一点情感，甚至有些厌恶。李离的汗毛再次竖起来，一个可怕的假设让她毛骨悚然，是奇叔。小巴上乡邻的闲聊，此刻变成了李离脑子里盘旋的乌云，无数只妖魔鬼怪潜藏在其中，露出些许爪牙，快速地向她压来。母亲被奇叔侵犯过，那么就一定有怀孕的可能。这也是为什么母亲和父亲那么恨她，一定是因为她的身上沾着他们共同的耻辱。为什么不把她一生下来就掐死呢，为什么？！是的，那个时代，解放初期，没人敢掐死一个婴儿招惹法律制裁，父母只能含恨将她养大。

只能是这样。

李离完全不敢想象自己是奇叔的孩子，那么这个老头对她的侮辱就更加令人发指，不，不会的。他应该知道自己有可能是他的孩子，他如何能做出这种有违人伦的事情。不，母亲生性如此，一定是她想多了，她是父母的亲生女儿，只因为她从小生得猥琐不招人喜欢而已。母亲对谁都是这样，她恨父亲，自然对她和姐姐也不会有爱。是的，是这样。今年春节，母亲明明对她是很好的，还给她做了最爱吃的羊杂汤面，还拉着她的手端详她的命运，说她以后有福。李离迅速躲进这个安全感里不出来，她告诉自己，真相就是这样，不要再多想了，她能做的，就是迅速离开这里，离开这个小区，这个房子不吉利。朱雅琪要跳楼，她也想跳楼，这里一定有特别可怕的冤魂在蛊惑她们。

李离开始上网搜寻房子，她一刻也不能等了。

离开了这里，一切重新开始，她会好起来的。爱情就是一场魔鬼的游戏，她不知不觉被引诱进来，她不该碰这些，她要好好地做一条小泥鳅，老老实实地待在她的水底。北京的房价日涨月翻，几年没有租房，李离发现自己薪资的涨幅远远没有房价上涨得凶猛，搜罗了半晌，心底尽是悲凉，可怜的小泥鳅，连自己的一方小窝都难以维系。如果没有这场突发事件，也许她就是名正言顺的北京人，过不了多久就能正式搬入仇振东的家里，享受着富裕平和的生活，她也可以招手打车，用不着汗流浃背地挤地铁，用不着为了超市几张打折券掐着时间去采购，用不着在同事邀约去玩时装腔作势自己很忙。只是，那间房子已经不属于她了，小白都比她有资格。想到此，她又想起和仇振东还有个更尴尬的交集，就是那十万元学费。她已经正式通过复试被人大录取了，学费也交了，她不知道自己何时才能还清仇振东的钱。想来，仇振东是不会主动和她要的，他现在连短信和电话都不再理她，打个电话给她都是一种耻辱吧，但李离绝不可能赖掉这笔账，这是她做人的底线，更是她对这份感情的尊重。

李离决定租一个最小最偏远的小房子，那里是北京的一个偏郊，房子非常便宜，这样她辛苦一些，但可以节省下一笔钱，她要重新回到她刚来北京的生活，那是她原本的样子。这些年，是城市的浮华让她迷失了眼睛，盲目地以为自己可以拥有上游那些大鱼的福利，纯是做梦。正想着，QQ又弹出一个视频邀请对话框，她犹豫了半天，点开。

男人一脸的兴奋，他完全没有想到她会接受他的请求，马上激动地感谢，然后便开始一脸的卑微，忏悔自己近期的冒失，打扰了她的清净。李离有点想哭，但又想笑，她此刻五内俱焚，实在没有心情和他做游戏。她呆呆地不说一句话，男人看出李离的沉郁，赶紧问是否需要他的帮助。李离淡淡地说，她需要搬家，需要钱。男人马上点头，"好，没问题！"仿佛接收到一份大礼一样欣喜。他慎微地问李离的需求，说他在西四环有一套房子，不知李离是否看得上。李离二话没说，"可以，今天就搬，你过来吧。"

男人领命，问清李离的地址后匆匆下线，不到半个小时，就打来电话说，搬家公司的车已经联系好，他现在开车来接李离。李离心情复杂，也不知自己在做什么，然而，她又觉得一切都无所谓了。她简单把自己的行李打点了一下，有一些和仇振东有关联的，她统统不要了。没一会，男人就来了，比视频中高大一些，更显得健壮，面容谈不上帅气，但很是精明，穿着一身休闲西服，微微凸起的小腹让人能看出他大概有三十四五岁的样子。李离面容平淡，男人更加殷勤，进了她家门，不停地点头哈腰，赞美她房间的高雅。李离特别尴尬，但也懒得应付。男人叫彭谨，河北人，大学毕业后考取公务员在机关工作，刚刚离婚，有一女儿随母亲。李离没问过多细节，对她来说，这些都不重要。外面春暖花开，但李离心如寒冬，她多希望春天不要来啊，一直在停留在冬天多好，哪怕一点雪都没有，都可以。

很快搬家公司到了，彭谨让李离不要动，坐在那里指挥即可，他盯着工人把东西搬进货厢，看到那个大鱼缸的时候，询问李离是不是她的东西。李离半晌没有回答，赵旭林留给她一缸鱼，仇振东留给她一只猫，这些原来都不会属于她。所有有生命的东西，都有它自己的一条路要走，李离不过是个过客。她摇摇头，坚定地走下楼。李离东西本来就少，没几下就装完，工人们随货车扬长而去，彭谨将李离接到自己的车上，询问是否可以出发了。李离再次望了望窗外这个熟悉的小区，想到她刚搬进来的时候。那时，林倩还在北京，她俩一同收拾，不久朱雅琪就带着赵旭林闯进她的生活，然后是仇振东。这里有她的幸福，也有她的迷茫；有她的黑暗，也有她的阳光，此时，随着冬天的结束也彻底结束了。房子是不会动的，它们冷漠地看着搬来搬去的那些人们以及那么多悲欢离合坦然自若。东西都可以带走，可是太多的东西是带不走的，李离不知道是什么，反正她觉得自己的心空得像个旷野，呼啦啦的风在里面吹着，哀鸿遍野。

李离不说话，彭谨也不敢多言，小心翼翼地开着车，不时问李离是否要喝水，是否要听音乐，是否需要把椅背调下去休息一下。李离都不吭声，她觉得多说一句话，她的眼泪就会淌出来，她告诉自己不能再哭了。小泥鳅是没有资格哭的，它只能苟活在角落辛苦地为生计忙碌，眼泪太奢侈，怀念也太多余。

"你能娶我吗？"半晌，李离突然发问。

一句话，彭谨的方向盘差点打歪撞上旁边也正在高速行驶的车子，对方摁了一下鸣笛表示不满。彭谨本想骂回去，但马上又扭头笑着看李离。"这？你？真的吗？你真的……"

"可以借我十万块吗？"李离又说。

"怎么？你要钱做什么？你遇到什么事了吗……"彭谨完全被李离搞蒙了，一切发生得太过突然，他不知道这个女孩受了什么刺激。李离冷冷地盯着他，他也不敢多问了，急忙道："当然，当然，我有，不用还……"

"你真的喜欢我？真的想娶我？"李离仍然面无表情，但眼神不知道是绝望，还是渴望，木木地看着彭谨。

彭谨感觉自己今天交了什么好运，一年多日思夜想的梦想，怎么突然就实现了，莫非是自己得到了上天的垂怜，在他孤苦人生中突然洒进一束阳光？

他激动得不知道该如何回答，小心翼翼地问："你要是真愿意嫁给我，我真的，真的，可以为你牺牲一切！！"

李离被彭谨的这句话彻底打动了，这半生，从来没有人对她这么好，她真的有那么重要吗，真的有那么珍贵吗？为什么父母、亲朋，包括叶一鸣、赵相林、仇振东，完全不会把她当回事？自己这么卑微的灵魂，还真有人爱若珍宝。

到了彭谨家，李离才发现，这里并不是一个空房子，明显有住人的痕迹。一个有点特殊的两居室，房型虽然普通，但装修用色特别奇怪，沙发背景墙是纯黑色的，电视墙是用红色的砖头砌成，上面涂鸦着夸张的图案。另外两面墙也暗红色，还有着一些钢筋铁管的装饰。估计主人不太会收拾，沙发上，地上，床上到处凌乱，屋子里还有股霉味，混杂着一些其他不知所以的味道，给人感觉像是工科男生宿舍。彭谨连连解释，他离婚后就住这里，过几天就搬走，他会叫保洁过来，马上清理。同时，如果李离需要什么，喜欢什么尽管吩咐，他一定照办。

李离摇摇头，"不用了，很好，你也不用搬了，就这里吧。"

男人说能陪在她身边是他的福分，他愿意为她效犬马之劳。工人们三下五除二把东西搬上来，像拆解出一堆内脏堆在地上。李离从沙发上起身打算收拾，彭谨立马制止，告诉她，在这个房间里，你只需要发号令即可，什么事都不需要动手。李离也懒得和他抗争，便让他随便归整，她只想睡一会。彭谨连忙道歉，马上动手把另一个房间的床收拾出来，特意又换上一套新的床单被罩，让李离先休息，如果后续李离想换什么，他都可以满足。李离没有说话，径直躺在了床上，彭谨轻轻把门合上，退了出去。

李离给同屋小夫妻打了个电话，告诉他们她有急事已经搬走了，家里留下的一切都归他们处理，剩下的两个月房租也不要了，后续他们直接和房东联系即可。对方虽有些诧异，但也没有多问，直接答应了。两天两夜没合眼，李离困极了，她把窗帘拉严实，把衣服全部脱掉，赤身裸体地窝进这张陌生的床上，厚实的被子散发着同样陌生的味道，让李离好有安全感。真好，全是新的了。这里就像一个子宫，她就是正在孕育的胎儿，一觉醒来，她便新生了。

迷迷糊糊中李离回到了她农村的家，这是一间普通的农村平房，一进门是待客的堂屋，放着老旧的餐桌和四把凳子。左手边是西厢房，没有客人住的时候不开火，便放置一些杂物或粮油，右手边东厢房就是此刻李离母女睡觉的屋子，冲南向阳的位置盘着一个火炕，炕头边的灶台就是母亲操办一日三餐的地方。做饭的时候，灶台里的烟顺着炕里盘好的轨道穿过墙壁，最后从屋顶的烟囱冒出去，饭做好时，炕也就烧热了。地中央架着一个火炉，锈迹斑斑的铁烟筒七拐八拧地捅出窗户将炉里的烟送出去。最北侧放着两个大红顶盖柜子，是母亲结婚时置办的，柜子上只摆着一个座钟，也是那时置办的，昼夜不停地发着滴答的声音。靠东侧的地上放着一个脸盆架子，上面的水盆用来洗脸，下面的水盆用来洗脚。脸盆架子旁是一个橘黄色的橱柜，里面放着擦洗得干干净净的盘子和碗，另一些隔子里放着其他做饭用的工具或调料，紧挨着橱柜旁放着一口巨大的缸，里面便是从村口挑回来的井水，一家的生活用水全靠它。

此时，八岁的李离和姐姐半跪在炕中央，头对着头趴在一个四方炕桌上写作业，桌子上除了书本外，放着一盏昏暗的煤油灯。李离觉得看不清楚书本上的字，便小心翼翼地问母亲，能不能开会电灯。正在炕头上盘腿纳鞋底的母亲瞪了她一眼，起身用手里的针把煤油灯的灯芯挑了挑，说道："小小年纪眼神就不好了，我坐这么远还能看见针脚呢，不知道电费贵啊，一个月好几块钱，赶紧写吧，写完睡！"煤油灯的火苗被挑了一下灯芯后，瞬间旺了一些，李离也没敢再多说话，低头写作业。姐姐探过身，把墙上的灯绳一拉，电灯开了，母亲白了她一眼，也没再说什么。

单薄的玻璃窗外挂着厚厚的棉帘子，是为了防止玻璃被冻碎。从棉帘子的边角缝隙望出去，外面下着好大的雪。屋子里面的地中央生着一个火炉，此刻火炉里的火势兴旺，把炉壁都烧红了。李离仿佛能听见外面雪花飘落的声音，她看着专心纳着鞋底的母亲和认真写作业的姐姐，火炉的温暖使她们的脸庞都洋溢出一层恬静的红晕，李离觉得此刻好幸福，确实，在这个冷冰的家庭，能拥有这么一份短暂的和谐与宁静是非常不容易的。

正这时，听着一阵急促的脚步声传来，紧接着她听到咣咣的砸门声。母亲披了件衣服下了炕，嘴上喊着："来了，来了。"父亲披着一身风雪进来了，带来一股彻骨的寒风。

"操他妈的，冻死个人！这鬼日的天气！弄碗面给我！"父亲顺势把手上那双黑乎乎的手套脱下来甩在李离写字的桌子上，紧接着把棉帽子也摘了扔过来。父亲的脸色潮红，不知道是冻的还是又喝了酒，李离心里止不住忐忑起来。母亲灰着脸，赶紧从橱柜里拿出面盆，挖了一碗面倒进去，掺上水开始和面。李离和姐姐也不敢再写作业了，收拾起桌子，腾出炕中央大块的面积，胆战心惊地看着父母亲。

"加个鸡蛋！"半晌，父亲冲正在下面的母亲说。

"没了，昨儿刚卖了。"

"日你妈的，养了十几个鸡，老子到今儿连个蛋味也没闻过，全你妈卖了，卖了的钱留着给你妈买棺材呀？"

"这马上过年了，不得给孩子们置办点衣裳？"李离心里怨恨母亲又扯出自己，她知道鸡蛋还有，母亲就是不愿给父亲吃，是留着卖，但卖的钱也不会给她买衣服。

"置办个毛，没见你对老子这么上心过！日你妈的，你就盼着老子死，死了你好找那个男人，是哇？"李离心咚咚地跳起来，她看到父亲脑门的青筋拧结在一起，整个眉头皱得像颗核桃，猩红的眼睛放射着凶狠的光芒，腮帮子因为牙关交错鼓出一大包。

"行了，行了，热饭还堵不住嘴。"母亲多余的一句话，彻底激怒了父亲，他一脚把旁边的火炉踹翻，火红的炭块洒出来，像一筐火红的橘子滚了满地，几节炉烟筒瞬间砸下来，砸到李离的眼前。她吓得瑟瑟发抖，她恨死母亲为什么不能温顺一点，非要惹此大祸。父亲把面碗一摔，一把薅住母亲的头发把她摁在炕沿上，锤子大的拳头就往母亲瘦弱的身上砸去，她和姐姐惊声尖叫，母亲却一声不哼，像死了一样。父亲看她不求饶，用力把母亲的上衣撕开，然后便是裤子，"我日你妈，看你这个骚货想跟那个男人，你门也没有！"李离哀求着，哭叫着，然后父亲更加用力，房子也跟着摇晃起来，李离吓到极点。

父亲狞笑着，"你就是一个贱种，活该让男人弄死！"剧烈的摇动，屋子轰然倒塌，发出巨大的碎裂声，烟雾升腾，灰尘弥漫，李离的家像一颗爆炸后的原子弹。忽然，一双大手将她托起，她一看竟然是赵旭林，赵旭林喊道，快走。她挣脱开赵旭林的手就向外跑去，扭身回望，只看到赵旭林同父亲、母亲、姐姐随着房屋的倒塌直接陷入地下，形成一个幽深的裂痕。浓烟滚滚，下游红色的火光燃烧起来，发出噼里啪啦的声音，厚实的雪也跟着落了下去，白色的雪块砸在火堆上，瞬间形成滚烫的白气升腾起来。李离难过得大哭，向下喊叫着母亲，然而迷雾中的母亲却淡然地冲她笑，父亲不见了，姐姐不见了，赵旭林也不见了，火光中母亲毫发无损，立在残垣断壁中，她整洁的黑衣服被撕成碎条，随着火光漂动，她雪白的肌肤发着金色的光，她长出一张血盆大口向李离张开。李离吓坏了，慌忙往前跑，她的面前又是一声惊天巨响，又一道大的裂缝在李离脚下裂开，李离只觉得脚下一空，整个人急速下坠，她慌忙伸手抓住地面，四周一看，只有她一个人扒着一条狭窄的崖头垂在空中，她不敢哭了，稍微一动就会掉入万丈深渊。

李离浑身发抖，热浪袭来，烤得她皮肤开裂，她甚至能闻到烧焦味。对岸出现好多男人，都是李离网上约的那些人，他们无一例外赤身裸体，向她招手，李离想向他们求救，然而他们动也不动，脸上绽放出淫邪的笑容，眼睁睁看着她垂死挣扎。这时，她听到声后有人喊她的名字，她扭头看去，崖岸上是仇振东，他一身白衣，帅气得像个天使，他冲她温柔地笑着。她急忙喊："振东，救我。"仇振东手一抬，从他的袖子中飞出一条晶莹的绳索，径直向她飞来，紧紧地扣在她的手边。仇振东说："不要怕，爬过来。"李离用足全身力量，将自己的身体搭在绳上，可是她怎么也调不过头来，火势更大了，扑面而来的炽热把绳子烤得直滴水。李离才发现，这是一条用冰雪凝成的绳子。她焦急地喊道："振东，救我，绳子快断了。"仇振东不回答，李离扭头看去，他面目冷峻，毫无感情。李离哭求道："救救我吧！"仇振东岿然不动，就那样等着她。

大风袭来，吹得绳索摇摇晃晃，李离顾不了那么多了，她一点点倒退着爬，火焰在大风的吹袭下更加凶猛，火舌舐着她的脸颊、头发、肢体。她绝望极了，她宁愿刚刚同父母一同坠落下去，现在的她命悬一线，孤单无助，对崖男人的呐喊声远远地传来，仿佛要看她像一枚被烧焦的叶子最终飘落于火海。这时，她身后好像爬来一个人，他扭头看是彭谨，他焦急地说："我来救你了。"李离又是感动又是生气，骂道："绳子快断了，你怎么救我？"彭谨笑着说："没关系啊，我陪你一起死。"

终于，绳子扛不住两个人的重量，咔吧一声从崖口处断裂，李离尖叫一声，向下坠落，一股股热浪将她吞没，她全身急速下坠，身上发起一层一层的酥麻，四周所有景物全部化成一条火红色的深井隧道，她悬空而下。

李离猛然惊醒，发现自己全身大汗，被子和枕头都被浸湿，有一种冰凉的触感。她的心突突地狂跳不止，头还在眩晕中，她使劲定了定神，才看清自己正处在一个漆黑的小屋里。

她在床上坐了良久，终于回想起这两日的种种，她不知道现在是白天还是黑夜，更不知道自己睡了多久，她还沉浸在刚才的噩梦中心有余悸。她口渴得很，嗓子里好像被烧焦了一样干涩。她爬下床，随意披了一件衣服往外走，打开门，一片强光晃得李离睁不开眼。是夜晚，彭谨打开了所有灯，李离有些不能适应，眯着眼睛才看见，彭谨把房间全部清扫了一遍，分外干净。他看到李离出来，又惊又喜，直接迎过来，"把你吵醒了，我真该死。"李离甚是无语，但也懒得理他，径直走到厨房准备找点水喝，只见彭谨忙不迭地凑过来帮李离盛满一杯水，双手递给她。李离习惯性地说了一声谢谢，只见彭谨马上说，你怎么可以对我说谢谢，我为你做什么都是应该的。李离懂得他的癖好，也就没说什么，喝完水，说了一句："你忙去吧，我想一个人待一待。"彭谨不从，说亲爱的你一定是累坏了，我现在就给你按摩。李离不让，他非要，说着已经凑到她的跟前。

李离吼了一句："滚！我让你滚！"

彭谨这才收手，赶紧退下，回到自己的房间。李离被自己这句话吓到了，她无法理解自己怎么突然像变了一个人。她从来没有对任何人这么粗暴地说过话，甚至连硬气一点的气势都不曾有过。为什么今晚会这样？按理说彭谨真是到目前为止对她最好的一个男人了，情人节给她送花，每次上线都嘘寒问暖，如今在她最落魄最紧急时出手相助，她没有任何资格这样待他。难道仅仅是因为他爱她而她不爱他吗？那么相比起来，仇振东真是一个天使，他不爱她依然那么温柔地待她，甚至努力逼自己爱上她。而自己呢，对一个不爱的人，完全没有任何耐性和柔情，看来自己真是一个不折不扣的贱人，一个踩低捧高，爱慕虚荣的小人，自己那所谓的爱也太过狭隘了。

李离在这个房间转悠了半天，这个房子虽然要比仇振东的小了一些，但这怪异的装修风格反倒让房间显得很神秘，给人一种光怪陆离、别有洞天的感觉。她转悠了半天，看到自己的衣服和行李整整齐齐地叠放在沙发旁的垫子上，其他物件都已放好。她便把衣服拿进刚才自己睡的房间，把衣柜里的东西规整了一下，也能放进去。

李离不禁恍惚，人到底是什么东西变的，为何具备着动物的属性，莫非真有一个造物主将各种动物披上人皮然后形成一个复杂的群体，实则在人皮下面又有着完全不同的属性。仇振东应该是一只孔雀，彭谨是一条狗，赵旭林是一只豹子，老默是头牛，那父亲就是一只狼，叶一鸣算是一只老鼠吧，想来想去，这些男人中，也只有权宝表舅是一个人，完整的人，但他已经不在了。

李离刚睡醒，头还有些沉，并且她感觉到自己有些发烧。这两天的折磨，对她来说犹如地狱般煎熬。她此时有些感谢彭谨，若不是他，现在她可能就住在远郊一个小平房里，烟尘四起，她边哭边收拾她那些破烂。而现在，她又可以衣着得体地寄居在这个城市，从上帝的视角看，那么多层层叠叠的楼房里，发着亮光的小窗户又有什么区别，她只不过从那个窗户搬进了这个窗户，夜晚还是一样的，明天天还是会亮。

正想着，门轻轻地被敲了一下，彭谨小心地问她是否有什么需要。李离站起来说："我正要找你谈谈。"然后她走出房门，坐在沙发上，彭谨跟在身后，见她坐下，马上坐在她的面前。

李离打量起眼前这个男人，也算高大健硕，虽然有点胖，但整体还算匀称，只是整个人太过奴颜婢膝，让人觉得很是猥琐。彭谨见李离打量他，很是不安，忽然醒悟，跑回房间拿出一张卡，递给李离，这是十万块。李离接过来。

彭谨脸色有点难堪，吞吞吐吐地问李离："你是不是不喜欢我啊？"

李离看着他认真的样子，一时不知说什么好，短短一夜，她从仇振东的家里搬到彭谨的家里，她从一个卑微的角色转变成利力在握者。人啊人，外表看起来都一样，可是造物主给每个人的心底都装了一枚符，用爱恨情仇画就的符。佛说，人的所有痛苦都是欲念造就。那么，要想断绝痛苦，大概只有彻底断绝欲念，撕下这枚符。

"我们明天去结婚吧！"

好吧，李离，你的痛苦是你不切实际的幻想，只有彻底斩断，才能痊愈。现在，是时候了。

现在的李离好怀念那个冬天啊，那应该是她人生最关键的一个冬天，从那个冬天，她一点点和自己和解，和过去和解，和这个世界和解。那时的她还浑然不觉，还在抱怨天干下不下雪，怪罪仇振东对自己不好，可是，沉浸在幸福中的不是她吗？那个穿着垂坠毛衣在楼道里开心到旋转的人不是她吗？那个窝在沙发上看着自己男人帅帅地从淋浴间出来的人不是她吗？难道是仇振东？佛说，缘来则去，缘聚则散，缘起则生，缘落则灭，万法缘生，皆系缘分。想来，仇振东也在努力维系这段缘，然而终归是被她破灭了。一切恩爱会，无常难得久。由爱故生忧，由爱故生怖。若离于爱者，无忧亦无怖。李离在这个城市漂荡了整十年了，她再也没有遇到过仇振东，她欠他一句道歉，她需要原谅这个世界给她的一切，也要感恩每一个出现在她生命里的人，是他们，通过各种各样的方式，陪着她走进自己深邃的内心，直面那些困扰她的阴影，找到最坦然的自己。

Chapter 十五

　　人，唯一能做的就是爱自己，只有爱自己的人才具有吸引力，就像一块磁铁，自己没有足够坚定的磁场，就会沦为一块平平无奇的石头，久了风吹日晒变成一地散沙。

第二天，李离把银行卡连同取款密码装进一个信封，发了一封挂号信寄给了仇振东。

李离真的有点适应不了一下子没有这个人的生活，才短短半年，为什么李离有点像心被砍了一块似的疼。可能就是她的不甘心吧，她不是没想过和仇振东分开，事实上每次仇振东对她不冷不热时，她都设想过无数次分手的画面，她甚至在想，等她的不满累积到一定程度，也许是她先放弃他，那时有可能仇振东会哭求着不让她离开。李离知道，这次分手之所以这么痛苦，就是不在自己设定的范围内，她不甘心。

没过两天，李离就和彭谨领证了，这应该是李离有生以来做过的最大胆的决定，和一个刚认识三天的人结婚，而且完全没有通知父母。她的户口本在她上大学时就单独转户出来了，所以彭谨问起她的家庭，她没有言声，彭谨也就没敢多问。

李离也不知道自己为什么这样做，是冲动吗？她觉得自己理智得可怕，内心连一点波澜都没有。是赌气吗？她和谁赌气？对于仇振东来说，自己的任何行为都不再对他构成任何影响。那是什么？大概是理智吧，对于自己，在北京，有一个男人给了自己百分百的安全感，已然是上天的恩赐了。

领证的过程很简单，一个简单的柜台，面目麻木的中年妇女确认他们自愿结婚后，填上表，然后走一系列流程，输出两个小红本，一人一个，就算合法夫妻了。他们一起拍结婚证件照时，摄影师让他俩笑一笑，甜蜜一点。不知道为什么，李离怎么也笑不出来，这么多年的演技在那一刻完全失效，除了笑不出来，她甚至有点想哭。摄影师喊了半天，她都没笑，彭谨看了她一眼，也不敢多说。李离让摄影师等一下，自己跑了出去。她找到一个没人的楼道，黑黢黢的，她面对着冰冷的墙，不断地告诉自己，李离，这是你最后的机会，你没有什么资格挑选！但她越说，眼泪却止不住地流下来了，她设想过太多次结婚的画面，但完全不会是这个样子，在林倩的婚礼上，她替林倩哭，哭林倩的命运不济，然而现在，她自己可能连林倩都不如。

　　彭谨找了半天好不容易找到她，看她一个人哭又不敢马上过来，小心翼翼地问她是否有什么心事。李离说没事，彭谨不放心，乖乖地待在一边。李离说："你出去吧，让我静静。"彭谨没动，试图走过来，用手摸她的头发。在他的手掌还没有碰到她的头发时，李离扭身瞪着眼睛看着彭谨。彭谨有些害怕，慢慢抽回手，扭身离开了。

　　李离看着他高大的身影走出去，在幽暗的楼道里一点点向亮光处走远，她的眼泪又下来了。她忽然理解了那个梦的意思，在生活的火海中，赵旭林给了她一个方向，仇振东给了她一个根本无法穿越的道路，而那些男人只会隔岸观火，享受他们要的乐趣，而陪她坠入火海的人，只有彭谨。她懂了，她擦干眼泪追出去，一把挽住彭谨的手臂，"走，我们拍照去。"

　　照片中的李离笑得特别开心，她正式进入北京了。在这个城市，她用她的青春换来了一张凭证。只是当她名正言顺变成了一条上游的大鱼后，她才真正地了解，原来大鱼并不一定比泥鳅过得快乐，只是泥鳅永远不会懂得大鱼的心事。

出来后，彭谨问李离，是否需要办婚礼。李离摇头，彭谨说李离如果有什么要求，他会尽力满足。李离说，她想去一趟甘肃安西。彭谨说，好的。

车窗上突然落下重重的一滴水，李离以为自己眼花了，紧接着第二滴，第三滴，噼里啪啦把整个车窗都砸花了。彭谨骂了一句："操，下雨了。"这场雨来得特别诡异，明明他们上午出来时还晴空万里，不知什么时候天空就积起厚厚的乌云，此刻没有任何先兆，一场瓢泼大雨降落下来。路上的人没有防备，被淋得四散奔逃，很快被浇成落汤鸡。有几个在路边摆摊的小贩，根本顾不及自己，忙着把东西收拾起来，大雨对他们毫不留情，李离看到一个大妈全身已经湿透，雨水把她的头发粘在一起，贴在脸上，滑进脖子里，她的裤管在滴水，鞋子全部泡在泥水里，她慌忙地把自己卖的橘子用塑料布盖住，封好，然后推起小三轮车，艰难地往前走。李离看着她，不知道为什么全身发冷，如果没有彭谨，她现在差不多会是这样吧，她有什么资格哭，一个乡下来的小女孩，能找到一个北京户口的男人，应该是多少人的梦想吧。只是李离还奢望爱情，未免有点不自量力，临渊羡鱼。

雨越下越大，彭谨只好慢慢往前开，李离不说话，他也不敢多语。

"你没有家人吗？结婚不需要通知他们一下？"

彭谨脸色灰了一下，明显不太想回答，但看着李离望着他的眼睛，半晌，才说："我母亲在我很小的时候就离家出走了，父亲再婚了。"一句话，让李离不知如何安慰，怔了半晌，彭谨突然伤感地说：

"我什么都没有，我只有你，答应我，不要离开我好吗？"

大雨好像小了一些，落在车窗上的雨也变成了细密的雨丝，车窗上的雨刮器开始放缓速度，不紧不慢地扇动着。原来彭谨从小没有妈妈，也许这就是他变成今天这样的一个原因，李离有点心疼，但也没有表现出来。

"您打我，骂我，都可以，不要离开我，好吗？"

彭谨见李离没应声，更加没有安全感，语气卑微到了尘埃里。

"好。"

不知为什么，说这个字的时候，李离心中也突然多了一份温暖，原来这个世界上有一个人这么需要我，从某种意义上，他比仇振东更可怜，仇振东至少还有猫公寓，还有过一个爱着他的人，他抗争的只是对爱情的失望。而彭谨，他却需要一种绝对的安全感，这太难了。一个人，如果完全依赖他人，那是多么胆战心惊的举动啊！李离想都不敢想。彭谨缺爱，他需要从对方身上找到存在的价值，然后获得安全感，李离也缺爱，她需要从男人短暂的需要中找到温暖。他俩不同的点是，彭谨需要长期，而李离只是片刻，彭谨想要的，是完完全全归属于一个人。怪不得，他痛快地同意了和李离结婚，大概这也是他最后的机会了吧。

窗外下着厚厚的雪，屋子里漆黑一片，李离睡在炕尾最边上，盖着一层薄薄的被子，被子太小太薄了，她冻得瑟瑟发抖，但她不敢言声。她努力把自己蜷缩起来，仅凭着自己怀里那点温度滋养着全身。没有人爱她，连躺在她身边的父母亲，都把她当作一个寄生虫。李离只能想象，躺在权宝表舅的怀里，他的怀抱宽大又温暖，她能闻到他身上皮夹克那种皮质的味道，混杂着权宝表舅的体温，有种说不出来的幸福。现在权宝表舅不在了，她无依无靠，只能靠自己，她必须强大起来，把那些披着权宝表舅外衣的男人统统踢开，他们给了她温暖又迅速撤离，真正能给她温暖的永远是自己怀里那一点温暖，现在它已成长为一团火，烧尽所有虚情假意，尔虞我诈。

她感觉自己变成了自己世界里的女王，她挺起自己的胸膛，胸口的火焰在燃烧，照亮她那张漂亮的脸庞，散发着金灿灿的光芒。她从来没有这么自信过，她正视自己的身体，正视自己的内心，正视自己的恐惧与痛苦，正视自己的残缺与伤疤，她是谁，在这么多男人的洗礼下，她终于知道，外界的光永远融化不了心中的寒冰，只有心底长出力量，她才能真正自由。在这场游戏中，她终于不再扮演任何女人，她只需要做自己，她可以把自己的愤怒与怨恨统统发泄出来，也可以把自己的渴望与欲望大声喊叫出来。

那一夜，李离睡得特别香，她从没有过的感觉，是一种彻底的安全感，她的心再也不会飘荡，之前的每个人都没有给到她这种感觉。没想到，一个她根本不爱的男人给了她。这一觉，她连梦都没有做一个，她隐隐有些不安，是不是自己真的是魔鬼，回到了自己的魔窟，所以她才有这种感觉。第二日，她不敢面对彭谨，冷着一张脸来平稳自己忐忑的心。彭谨很是喜悦，早早起床给李离做了早饭，看得出来他平时是不怎么会照顾人的，早餐做得很粗糙，煮了一颗鸡蛋，切了一个西红柿，面包还烤煳了。但李离很踏实，她好像看到了自己未来的生活，彭谨不会，但她都会，她会把这个房子收拾成像一个家一样。彭谨把她当成唯一，而她也要把他当成唯一，就像那个梦中一样，哪怕他两一起坠入火海，永不超生都没关系。

彭谨带着李离去了三亚旅行，这是李离第一次看见大海。她站在海边看着浩瀚无际的大海，内心十分震动，原来很多景象，无论你在电视上或者相片上看过多少次，与自己亲临现场的区别还是很大。那天天也非常好，万里无云，朗日晴空，湛蓝的天与墨蓝的海之间形成清晰的一条天际线。

李离久久地望着那条线，那是地球的尽头吗？站在那里望这边，是不是也是地球的尽头？很多人都在找寻幸福的终点，然而幸福本身就没有终点，只会有节点，每个节点对于另外的节点，也许都是幸福的终点。李离现在是不是幸福的终点呢？她不敢确定，但回顾起仇振东，她仍然怀念那个无雪的冬日，对她来说是那么梦幻与幸福。甚至刚来北京那个寒冷的小平房，现在想来也没有那么糟糕，那时她青春懵懂，站在一个电话厅里渴望着她幸福的未来。

都过去了，任何痛苦在时间的包装下，最后都能变成甜蜜。

彭谨说，他小时候最想去的地方就是大海，他没看见过，所以总是充满幻想，他觉得大海一定能包容他所有的孤独与烦恼，大海就是母亲，沉默但慈爱。李离问他现在还有这种感觉吗？彭谨说早没有了，能包容这些的只有自己。

彭谨在外面是非常精明能干的，就像变了一个人一样，他热情积极，能言善辩，安排的行程非常合适，并且总能找到性价比最优的方案。他忙里忙外的，对外人强势且得体，完全看不出他内心会有那么多脆弱无助的想法，也许一个人越是在外面强势，越是想证明自己的强大与独立。他和酒店的工作人员据理力争，原因是他提前订的海景房被换成了园景房，酒店还给升了级，但彭谨认为这是酒店的擅自安排，没有征询他的同意，是违反约定的。李离站在他身边，看着他有理有据，寸步不让的样子，心中无限感慨。

和一个不爱的人，永远达不到一种百分之百的幸福感，就像一壶永远烧不开的水，无论李离如何强迫自己对彭谨好一些，强迫自己忘掉过往把彭谨当作她唯一的爱人，然而她的心做不到。她不会因为彭谨的关心而激动，不会为彭谨给她制造的浪漫而哭泣，她自己都觉得自己好贱，如果仇振东有百分之十彭谨对她的好，她都能开心得忘乎所以。人性本如此，大概爱是上天安在每个人身上的软肋，一举一动，一言一行，所有情绪都会受其控制。彭谨倒是大大咧咧没有太大反应，也许她认为李离就是这个样子，从一开始他们网上认识时，她就是这么冷冷的，沉默不语的，对谁都不信任的性格。他喜欢并享受她这样对他，这样，他才觉得自己有价值，有存在的意义。

三亚的旅行并没有让李离那么开心，景色极美，彭谨安排的行程也非常奢华，住的酒店全部是海边的五星级酒店，吃的餐都是豪华大餐厅的高级餐饮，灯光典雅，杯光觥影，各种山珍海味应有尽有，只要李离喜欢的，彭谨统统满足，他甚至仔细地留意着李离的微表情，但凡她对某一个东西或食物表现出一点点喜欢，彭谨便马上能依此安排相应的内容。李离内心是感动的，但她不想表达出来。用一个人给的伤害去惩罚另一个人，这应该是最无良的行为了吧，但她对此无可奈何。想来仇振东当初对她的心境有过之而无不及吧，这也是为什么仇振东断然与她分手的原因！

李离曾经多么梦想这种生活啊，物质丰盈，豪华气派，她像一个上流名媛一样享受着一身素黑的服务员对她的服务，她不用考虑价格，不用考虑未来，她一条小泥鳅终于变成光明正大的大鱼，游在上游的水域中无忧无虑。她再也不用挤地铁，彭谨每天都开车接送她上下班；再不也用吃三元一碗的刀削面，彭谨会载着她吃各种各样的饭馆；她再也不用站在十字街口迷茫，不知道自己的家在哪里，彭谨的那间房子是她稳定的家。但她为什么就不能开心起来，换作两年前的她，应该感恩上天给予她如此优厚的待遇吧！人性贪婪，大概如此，一山望着一山高，她竟有点怀念曾经那个简单的渺小的自己，那时的她还渴望着爱情，渴望着改变，渴望着今天的生活。人有渴望就是最幸福的，原来走上了山顶，才发现山顶什么都没有，而山下却是一片欣欣向荣。

在三亚度完蜜月，李离和彭谨更加熟悉了。

李离时而觉得生活好踏实和幸福，时而又会被巨大的空虚感所笼罩，她不知道自己到底要什么，为什么一个自己劝自己学会满足，另一个自己又经常蛊惑自己不甘现状。

看着身边睡得香甜的彭谨，她有时也有一种欣慰，她至少还有这么一个忠诚属于她的人，这个世界上，她没有什么值得信赖和亲近的人了，她好孤独。她虽然不爱他，但他属于她，他的一切都依赖于她的喜好。她突然又想起小白，心里又不免一阵伤感，那个陪了她近一年的小家伙，终归离去了，就像她的爱情一样，那么无奈与不舍。爱情是种奢侈品，只有少数人能拥有，大部分人在情感中都是穷人，无论他们在物质上多丰盈，只有他们自己知道，爱情对他们来说有多么望尘莫及。彭谨爱她吗？其实李离也不确定，他更多的是依赖李离对他的控制欲吧。爱是什么，李离都觉得他不懂。

熟悉了，彭谨越来越喜欢喊李离妈妈，李离很不习惯，但又懒得争辩。她总想多了解一些彭谨的过去，但彭谨不愿意说，更不愿提及母亲，每次李离问急了，他都说，你就是我的妈妈。李离有时会母性大发，一种责任感油然而生，她想拯救他，用她的关心和爱去让他不再这么自我折磨。但有时，她又很厌恶，彭谨就像一张已经落笔的画纸，根本无从改写。他对李离的需求越来越大，越来越重，李离有些害怕，但有时又觉得他贱不可忍，不得不满足他。与彭谨的重癖好相比，李离反倒越来越抽离，她有时会陷入一种深深的自我怀疑中，不知道自己这样做是对还是错，他们像两个吸毒者一样，见不得天日，苟且偷欢。

冬天又来了，一过国庆，树叶开始调零，不到两周，原本郁郁葱葱的树木就变得灰秃秃的，像在一夜之间被上帝抽走了绿色一样，整个城市再度陷入一种灰白色的冷空气中。没有了树木的遮挡，冰冷无情的城市大楼更加醒目，除了一些广告牌夸张地凸显着生气外，其他东西都进入了冬眠状态。李离坐在温暖的车子里，看着路边那些缩着脖子急匆匆的行人，心里无限惆怅。过去，她终归是回不去了，那个在冷风中茫然的少女，一定不会知道来来往往的车辆中，有一个女人会心疼她，羡慕她。金钱名利、房子车子原来也不过如此，它们根本决定不了幸福，甚至和幸福无关。那么多倾注一切，不惜牺牲血脉亲情，相交知己以及携手伴侣去追逐表象目标的人，最终会幸福吗？电视剧演的反面都是在为了钱财争得头破血流，为了权位不择手段，最后他们真的开心吗？李离看到路边有一对小情侣在寒风中瑟瑟发抖，男孩把女孩的手抓紧塞进自己的口袋里，还笑眯眯地亲了女孩小脸一下。就那一幕，让李离好生羡慕，其实比起心中的苦，身体受苦真是不算什么，克服身体的苦，本身就是一个向上拼搏的动力，这股动力就是幸福的。而爱情，不是你想去拼搏就能得到的，它诡秘莫测，完全没有章法可循。你以为只要掏出你全部的心血，一定会感动对方，然而感动的往往是自己，你不当回事举手之劳的慰藉，对别人也许是寒冷心房中的一束暖阳。人，唯一能做的就是爱自己，只有爱自己的人才具有吸引力，就像一块磁铁，自己没有足够坚定的磁场，就会沦为一块平平无奇的石头，久了风吹日晒变成一地散沙。爱自己好难啊，李离感叹，她可以勉强自己做任何事，唯一做不到的就是爱自己，这大概是她天生缺乏的能力。

李离扭头问正在开车的彭谨："你真的爱我吗？"

彭谨慌了，他扭过头愣愣地看着李离，半晌，才问："你怎么了？是不舒服吗？"李离心里灰了一下，但也没什么，轻轻笑了。这个世界，人人都喊爱，这个爱这个，那个爱那个，然而真正用心爱一个人，愿意把自己的一生赌在他身上的人屈指可数，也许有些人一辈子都不会遇到，比如自己，比如母亲，比如父亲，甚至仇振东，李离真的爱他吗？她是贪图他的容貌和条件吧，否则为何她会那么狠毒地要报复他呢。真是可笑，自己其实谁都不会爱，只是渴望一个自己爱的人爱自己吧。怪不得传说中的那些旷世奇恋会得到人们争相传颂，因为它真的稀缺得像传说。

入夜，彭谨又缠着她，李离心情沉郁实在不想配合，她冷着脸拒绝了，可是彭谨兴致更高了，不断地折腾李离，李离生气了，让他滚，彭谨走了，半晌见李离没动静，又出来，李离轻声说，好了，我们睡觉吧，便翻身不再理他。

彭谨害怕了，蜷在那里一动不敢动，半晌才说，你是不是不喜欢我了，不想要我了，声音卑微得像要哭出来。

李离心中一阵恻隐，平静了一下安抚他，让他早点休息，彭谨特别失望地出去，再没有回来。李离也懒得管他，听着外面的风声，刮着树木和房屋，感觉像哭声一样凄凉。

北京下雪了，没有任何征兆，窗外突然飘洒起细碎的小雪粒，正在上班的李离抬起头，看着外面灰雾迷蒙的天气，分不清是上午还是下午，雪粒很小，落在窗棂好像一层薄薄的盐。远处灰白的天底下，根本看不到雪，只有一层浓浓的白雾，地面还没有那么冰冷，所以雪花落下去，便消融不见，留下一层湿湿的痕迹。

李离忽然分外激动，她驻在窗前好久，然后她等不了了，连招呼也没打，就直接下楼往地铁站走去。此时正是半下午，地铁站人不多，车厢里也同高峰期两个模样，比较清静，不知怎么，李离觉得自己正式告别了之前那种水深火热的生活。这个冬天也没那么冷了，路也没有那么远，生活也没那么艰难了。原来，有些痛苦只是一朵乌云，只有在乌云下面的人才能感受到暴雨刮风的摧残，而乌云外面的人，完全不会感知。

　　大半年没有回到这个熟悉的小区，一切都没有变化，天上零星的雪粒让李离的头发，睫毛很快变得湿漉漉的。她先去猫公寓看了一下，一切同样井然有序，小猫们还认识她，亲切地围过来，之前出生的小猫也长成大猫了，对李离并不是很熟悉，远远地站在一边。李离看到，猫舍也进行了新翻，重新添置了新的草垫，食盆里也有干净的水和猫粮。

　　待了一会，身上已经全湿了，有一种阴冷的感觉，李离起身便沿着小区小道往仇振东的房子走去，如她半年前去他家的路一模一样，只是心境却是大大不同，只有半年多，李离感觉像过了一个世纪。下了电梯，还是那片熟悉的玻璃窗，曾经写在上面的字，现在被风雨侵刷所剩无几了，仅有边角的几个字还能看清，真实地保留着她存在过的痕迹。李离眼睛特别酸，但一滴泪都流不出来。她突然想起《花样年华》中张曼玉再次回到自己的老房子，房子没变，里面的人都变了，家里的摆设和气味也完全变成另一个人的生活天地。时间真的好可怕啊，它不紧不慢地走着，碾碎一切，仅留下一些星星点点的记忆在某个人的心里，变成永恒的伤疤。此时是下午，但因为阴天，没有阳光，窗外的雪好像大了一些，开始从雪粒变成了雪花，细密地飘洒，冷漠而又安静。

　　李离鼓足勇气走到仇振东的门前，连门口的脚垫都没有变化，她驻足了良久，才轻轻地敲了敲门，果然，仇振东不在家，也是，此时还不是他的下班时间。小白听到了敲门声，喵喵地在里面发出声音，李离的眼泪一下就掉出来了，小白好像猜到了是她，喵喵声更加娇嗔，李离轻轻地说："小白，你还好吗？"

　　小白不会说话，它在里面来回踱步，用爪子抓着金属的门框，发出刺耳的嚓嚓声。"小白，妈妈回来看你了，妈妈很想你，妈妈很对不起你，但是妈妈没办法见你，见到你妈妈会心疼。"李离把对仇振东的感情，不，是自己那段炽热的爱恋全部哭了出来，她的眼泪把门框都湿了一大片。半晌，她才冷静下来，站起身，转身往回走，天色已经暗了，李离一点都不想再见到仇振东了，是的，自己已经结婚了，短短半年，物是人非。时间可以带走一切，想来仇振东也有了自己新的生活。今天，她只是郑重地和曾经的自己做个告别，那个极度缺爱，极度缺乏安全感的小女孩，你从这么多男人身上试图抓住一根救命稻草，显然，你希望落空了。从今天起，你要学会自己编织巢穴。

Chapter 十六

　　人，只是借助了一次契机来到了这个世界，被构以家庭的约束，道德的绑架，情爱的诱惑，一次次完成了蜕变，找寻到自己存在的意义。

林倩望着窗外萧瑟的城市，心中死灰一片。西北的天永远都那么高远，但不是那么蓝，就像被洗过褪色了一般，天上的白云被风扯成一丝一缕的，轻薄透亮，让人看着都觉得舒服。然而，林倩望着那天，竟完全体会不出一点轻松，不时有一两只鸟像子弹一样从眼前掠过，它们有着翅膀，也只能飞在这方寸之间，天太大了，大到没有什么人能真正逃离。

　　林倩以为离开了北京，她便像落了地的鸟，再也不用飘荡，安稳地筑巢产卵，慢慢看着孩子长大，自己也能从中获得一丝快乐，年老后盼着远去的孩子一个电话或一封信，偶尔会怀念一下青春的时光，然后再安于眼下平淡又安逸的生活。她以为这是她一生最后的归宿，可是现在，她一点都不敢确定了，她无比害怕与无助。昨天，关志军又一次打了她，她挺着快八个月的肚子，被关志军打翻在地，他在她背上重重地踢，踢得林倩感觉自己的后背都要被踢穿，剧烈的疼痛让她连喊叫都发不出一点声音来。没有太多的原因，就是因为关志军想让林倩给他做一顿羊汤面，可是林倩不知怎么地，对羊肉的腥味特别敏感，一闻到就有种恶心反胃的感觉。她没有做，关志军认为她忤逆了他，便破口大骂，又扯出她之前在北京的事，骂她心不在他身上，甚至怀疑肚子里的孩子不知道是谁的野种之类的。林倩气急了，便反口了几句，关志军便大打出手，完全不顾及她的身孕。

开始林倩还会在网上或者电话里同李离哭诉一下，听一听李离的安慰，她还能纾解一些。后来，关志军不让她上网了，嘴上是说怕她受电脑辐射，实则是吃醋她在网上同别人聊天。不过，和李离说多了，林倩自己都觉得无聊，也就懒得再去打扰李离了。其实伤痛就是这样，真正痛苦的时候，不是一开始发生，那时所有人都会对你表示同情和安慰，然而一而再，再而三，当一个伤痛说多了，所有人都听腻了，但伤痛本身并没有变，那时才是最痛的时候。

林倩感觉好无助，她再也没有任何资格去找别人帮助了。开始，她大哥还找关志军理论，适得其反，关志军会变本加厉。林倩不是没有想过离婚，只是她不知道离婚后，她的去路在哪里。一个年近四十岁的女人，回到家乡也抬不起头，会被别人笑话，混得一事无成不说，还挺回一个肚子。再去闯北京，林倩自己都没信心，姑且不说她这个年龄不受职场待见，她的能力在这两年也退化生疏了不少，她没有信心去重新开始。想来想去，她无路可去，她不知道自己为什么会沦落到这步田地，是她的性格吗？还是命运如此。她一生没做坏事，为什么活得如此艰难？

这些天，她夜夜失眠，无数个灰色的念头像魔鬼一样在她脑子里盘旋，趁她意识迷离时，不断地蛊惑她，去死吧，死了就轻松了，跳楼，割腕，上吊都可以，你死了，关志军会大哭，会悔恨，会被所有人怪罪，他会一生不能安宁。可是又一想，我死了，母亲怎么办，她该如何伤心，把自己养这么大，还没有好好尽孝就撒手而去，留给老人这般致命的打击，活该被打入地狱。她睡不着，就坐起来，在客厅里一个人发呆，关志军会站出来骂她神经病，完全不能理解，她已经游走在生死边缘。林倩懒得说话，没有意义，她觉得一切都没有意义，连她肚子里这个成形的小生命都来得特别悲哀，为什么要投胎到这么可怜的女人身体里呢？！想来也是一个苦命的孩子。

失眠引发了其他的症状，林倩开始缺乏食欲，每天都没有饥饿感，她做的饭就像她的心情一样，变得生涩难咽，有时太咸，有时又太淡，她自己尝不出什么味道，关志军便发一阵牢骚。心也开始发慌，就像被惊吓了一样，不时地出现一阵一阵的心跳加速，头皮发紧的感觉。她难受极了，她去看医生，医生说她有严重的抑郁症，但因为有胎儿，不利于过度服用药物，希望她能马上住院。林倩拒绝了，她知道关志军一定会认为她在无病呻吟。医生见劝说无效，十足不放心地叮嘱她，一定要多晒晒阳光，多出去和朋友交流一下。林倩知道，她这是心病，无药可治。

她其实蛮羡慕李离的，这个女孩看似胆小懦弱，其实骨子里有股子劲，是她不具备的，她拿得起放得下，她和仇振东的事，林倩听过，她佩服她的果敢，敢于当机立断，扭头走人，不像她，和老默像缠着一棵枯死的树消耗了七八年，她没那个勇气，她走到今天所有的原因都归结于她的软弱。老默会想她吗？她给他拨了一个电话，老默听起来很是吃惊，开始还客气地寒暄，没想到却听到林倩哭天抢地的痛哭声，他不知道该怎么办，只能静静地听着。

哭完了，林倩问他："你还爱我吗？"

老默半晌没有吭声，林倩继续追问："你说一句，你爱我吗？就一句。"

老默避开了这个问题，安慰她别想太多，万事都往好的一面去想，总会过去的。林倩失落地挂掉电话，她太孤单了，这个世界上没有人爱她，也没有人在乎她，她是一个挺着大肚子的中年妇女，毫无价值可言。对男人而言，她已经没有任何吸引力了，只能是个累赘。

林倩偷偷地吃了一颗安眠药，暂时可以逃进梦中休息片刻，然而，病魔并不会放过她，追进梦中同样折磨着她。她梦到自己拿起刀把睡在一旁的关志军给杀了，她用那锋利的刀刃，恨恨地划进他的脖子，鲜血喷射，关志军一声也发不出来，血呛进他的气管，他四肢乱踢，瞪着眼睛，喉咙里发出咕咕的呛水声。林倩害怕极了，她杀人了，她会被人唾弃，被法律制裁，被上天惩罚。是她自己的选择啊！是她明明不喜欢关志军还要嫁给他，才会逼得他这般凶残善妒，是她的错啊，为什么要杀人呢！她吓出一身冷汗惊醒，此刻正是凌晨四五点钟，关志军睡得沉稳，她勉强爬起来，肚子里的孩子好像睡着了，安静得出奇，她披了一件薄薄的衣服走到窗前。

　　跳下去吧，跳下去一切就解脱了。她望着幽暗的楼底，什么也看不清，她开始想象自己死去的惨样，一定会摔得面目全非，口鼻冒血，她的脑浆都有可能出来，她一生爱美，死得如此惨烈。对，还有孩子，他太无辜了，为什么要承受这种痛苦？自己真是一个自私又恶毒的母亲。她退缩了，她被脑子中的画面吓得瑟瑟发抖，她重新坐回沙发上。不，不，脑子里的坏念头赶紧走掉，不要折磨我了，我受不了了。

　　病魔没有打算放过她，她身上开始一阵一阵地抽搐，皮肤上出现密密麻麻的皮疹，她把自己抱紧，头埋在膝盖里。她无处可逃，无人可救，感觉自己待在一个全是黑暗的监狱，永无出头之日。她不断地摇头，用力地大呼一口气，口里默念着南无阿弥陀佛，可是不管用，她的力量太小了，完全抵抗不住这巨大的灰暗。林倩给李离拨了一个电话，没人接，是啊，现在是凌晨四点，人们都在熟睡啊，有谁能帮她呢？

　　强烈的求生欲让她忍不住跑进卧室，她一下钻进被子里，紧紧抱住关志军，关志军迷迷糊糊地哼了一声又进入梦乡。林倩摇着他，"志军，醒醒，救救我，救救我！"她无助地求救着。可是关志军半晌没有醒来，最后实在忍不了，睁开眼看了一眼林倩，眼前这个女人披头散发，双眼血红，神情惊慌，丑陋至极，他骂了一声："你他妈神经病啊！"然后一把把林倩甩开，扭头又睡了过去。病魔得逞了，它狞笑着看着林倩，你无处可逃了。

巨大的悲凉，让她完全失去了理智，她拉开了抽屉，里面有她之前开的一些安神助眠的药，她管不了那么多了，颤颤巍巍地把所有药从铝箔纸里挤出来，一颗一颗，直到挤完所有她能找到的药，各种形状，颜色，大小。她一把抓起来吞了进去，由于太干，呛得她吐出来一半，她又挪到厨房里接了一大杯清水，然后就着药全部倒了进去。她安定了，是的，明天的太阳，她是不会看见了，未来，不重要了，她已经走到了尽头。亲爱的人们啊，不要挂念我，也不用为我悲伤，我来过了，也体会过了，我的这一生就是这样，可以了。老默啊，你要好好保重，不要为我悲伤，也许你到死也不知道我已经先你离开了。我的母亲，千万不要怪我，你的女儿真的太痛苦了，让她解脱吧，好吗。

林倩的眼泪不住地流，她爬到电脑跟前，也懒得理会寒冷以及她颤抖的手指，她磕磕绊绊地在自己的共享空间更新了一条文字：朋友们，不要为我伤心，请为我祝福吧，我们天堂见。

她又看到了李离的留言，这段时间，李离经常上线见不着林倩，一溜的"在吗"叮叮地跳了出来。林倩给李离敲下了一段文字：

亲爱的妹妹，不要怪我，我已经走了。生活于我，太过黑暗，我得了抑郁症，太痛苦了。我不想过多描述我的惨状，想来你也能想象到。我们如此相同，又如此不同，还记得我们在北京的时光，那时你初来北京，一身朝气。我多想能回到那时，我们谁都不要恋爱，只爱自己，快乐洒脱地活。只是，我太软弱了，妹妹，千万不要向我学习，人最重要的是自爱，只有自己爱自己，才有能力爱别人。不要为男人哭泣，他们不值得，不要为未来哭泣，它就在你的前方。勇敢地走吧，不要回头，替我走出精彩的人生，我会在天堂保佑你。

黑暗席卷而来，在这个冬夜，没有风，也没有雪，城市里各个楼宇散发出来的亮光，完全起不了任何作用，微弱的近乎萤火。一念愚即般若绝，一念智即般若生。只是一念之间，天人两隔。世间的不幸经常这样，令人唏嘘，很多人就是那么一瞬间走不出来，就放弃了自己。世间是冰冷的，但不要忘了，光明永远会在后面，再孤独的人都有他存在的意义，不是吗？至少，这天下的花草树林，公平地为每个人盛开。

无妄想时，一心是一佛国；有妄想时，一心是一地狱。众生造作妄想，以心生心，故常在地狱。菩萨观察妄想，不以心生心，故常在佛国。

李离看到林倩的留言是第二天的上午，她像往常一样上了班。雪已下了厚厚的一层，彭谨一宿没有回来，李离也没有打电话过问。她打了一辆车，到了公司。短短不到一年，她已经不习惯挤地铁了，人总是这样，有了更好的，就很难适应原来差的，这就是欲望，永无止境。她把脚上的雪泥在办公楼门口的脚垫上跺了跺，然后轻快地坐上电梯进了办公室。昨晚的失落还残留一些在脑海，她没有和同事们打招呼，径直坐在办公桌前。她接了杯热水，把桌面上的一些文件整了一下，然后正式开始一天的工作。QQ那个熟悉的头像跳了起来，李离有点心烦，她知道，一定是林倩又要和她唠叨生活的不如意了。她没有急于点开，先是把其他同事的留言看了一遍，答复完，才点开林倩的头像。

她整个人都蒙了，她完全没有读懂这段正常的文字。她又仔细看了两遍，一身鸡皮疙瘩迅速长了出来，温暖的办公室，李离只觉得寒气逼人，她的手指僵在键盘上半天，都不知道如何动。她不相信，一定是林倩又发神经和她开玩笑呢。

半晌，她疯了似的拨打林倩的电话，电话一直关机。她又拨打关志军的电话，没有人接。她害怕极了，但远在千里之外，除了关志军，她不认识任何他们之间相关的人。她的心咚咚地跳个不停，同事和她说话，她完全没有听见，直到被人喊，她才醒过神来。大家看出李离的异样，关切地问她怎么了，她连忙摇手说没事。

她躲进卫生间，开始安定自己的心神，不可能，林倩已经怀孕了，关志军和她婆婆一定会照看她的，她怎么可能死呢？一定是她心情不好，发疯了写的胡话，这会说不定正睡着。她又冲回办公室看了一下林倩的留言时间，是凌晨四点多，现在不到十点，应该睡着了。求求你，上天，保佑林倩，她一定没事，一定被关志军劝好了。

李离每隔五分钟给关志军打个电话，都没人接，她的心情越来越压抑，肯定是出事了，否则关志军不可能不接电话，或者，现在正在医院抢救，是的，一定是的，林倩一定福大命大会活过来的。李离的双手止不住地颤抖起来，她给彭谨打电话，对方也没接，是啊，她该如何说呢！彭谨完全不知道有林倩这个人的存在。李离开始在手机上查机票，发现近两天的机票都没有了，最快的都是第三天的。她心想，冷静，等关志军回话，一定会有消息的。

一直到晚上，关志军的电话总算打通，电话中关志军气急败坏，也听到一些伤心和慌乱，他说林倩自杀了，连孩子也没有了。李离其他声音都听不见，她只感觉时间忽然静止了，滑过她脑海的是——那个冬日，她和林倩在北京的街头嬉笑怒骂，她们那时无忧无虑，抓起街边厚厚的白雪，互相抛掷，天真得像个少女。不可能的，她那么快乐，阳光，怎么会轻生呢？一定是搞错了，也许就像电视剧里演的一样，她只是开个玩笑，经历大起大落后，她又会死而复生。关志军没有理李离的疯魔，匆匆挂了电话，她听到电话那边声音嘈杂，应该是医院里的医生和患者家属，或者其他人在吵论着什么。

李离自始至终不相信这个事实，她不能去甘肃，她不想看到那个画面，她固执地相信，这一定是关志军设下的骗局，他不想让林倩再和北京有任何纠葛，所以他把林倩藏起来了。她相信，总有一天，林倩的 QQ 还会跳起来，那张笑脸会告诉她，李离，你还好吗？她把林倩的留言反复翻阅，翻到她们刚刚相识的时候，她们一起谈论未来，一起八卦公司的碎事，一起商量着周末去那游玩，一起痛骂负心的男人们。她一直很坚强，她还想老了房子买在一起，她们可以一起养老，她们都喜欢文学，可以读书，写一些伤春悲秋的段子，甚至可以开个专栏，记录她们这曲折的一生。为什么你要放弃呢，你这个背信弃义的家伙！李离不相信，那个活蹦乱跳的林倩不在这个人世，这绝对不可能，甚至李离开始怀疑，这一年多 QQ 视频里那个面目苍白，蓬头垢面的女人不是林倩，她在李离的印象中一直是一个知性大方、和颜悦色的都市文艺女青年，她哪儿去了，她什么时候走丢了？可是全部的事实就呈现在李离面前，那段留言以及关志军的语气，听不出半点虚假的成分，她们都是善于编谎的女人，这个谎言编得也太真实了吧！

一整天，李离都在失魂落魄中。她再给关志军打电话，对方已经不接了，她又发了很多短信，也没有回复。每一条沉入大海的信息，都让李离心里下一层雪，冰凉无声，她恐慌极了。下班的时候，彭谨来接李离了，李离上车后，看到后座还坐着一个男人，对李离礼貌客气地笑了一下，彭谨说这是他的一个朋友。李离脑子压根没有放在这里，她还沉浸在这件不可思议的事情中难以抽身，她回忆起所有和林倩相关的事情，她无比后悔，为什么林倩每次和她哭诉抱怨时，她总是一副隔岸观火、风轻云淡地劝说，她有真正走进她的内心去体会她的痛苦吗？她有设身处地为她考虑过吗？没有。甚至她从来没有想过去银川看看她，她骨子里认为林倩将会在那里一直沦落下去，而自己会在北京生根发芽茁壮成长。她是看不起林倩的，她必须承认，否则她怎么可能那么干脆利落地数落林倩的软弱呢！因为，她看不起弱者，身为弱者的她居然看不起弱者，这真是一个可笑的发现。

如果林倩真的就这样死了，她算勇敢的人吗？李离内心充满痛苦，一个人连死都不怕，为什么会怕活着，还有比死亡更令人恐惧的东西吗？是啊，我们都受着生活的严刑拷打，但没有想过低头。人的一生会受太多的折磨，童年、原生家庭、自我认可、意外、情伤、被背叛与侵犯、寂寞、迷茫……有谁能阳光无忧，一生顺遂呢！李离曾经以为上游的大鱼们是这样的，但现在看来，人人都有苦水一缸，只不过没人知道，能左右自己的只有自己。态度决定了结果，如果你用阳光的眼睛看待世界，你看到的是鲜花绿叶，如果你用悲观的眼睛去看，你看到的是凋零衰败。每个人都不能左右自己的终点，但过程是属于自己的，你如何过，如何选择，如何看待生活，只能自己做主。

李离开始恨林倩，恨她怎么能这么无情，毫无征兆地说出这么一段话来吓自己，这很好玩吗？你这个愚蠢女人！他们三个人一起吃了饭，李离几乎一口没动，彭谨紧张地问她发生了什么，她不想回答。回到家，李离歪在床上，怅然失神，今天的这件事太过忽然，她的三魂五魄丢了一大半，她都有点记不起来今天一天的时间是怎么过的，怎么就黑天了呢！她看着外面幽黑的夜，和昨晚没有任何不同，也许只是她在床上做了一个梦吧，是的，是下雪了，没错。她刚从仇振东家里回来，现在正躺在床上忧伤，林倩的事是一个梦，不是真实的。一会她要起来去上班，然后一切照旧。

彭谨把一个男人带回了家，她都没太注意，他们在客厅窃窃私语了半天，电视声音开得很大，彭谨把屋里的灯光调得很昏暗，有点不太真实。李离的大脑处于一个半痴傻状态，结合着此时的情景，她完全以为是在梦中。彭谨居然认为李离不喜欢他，他可以找一个李离喜欢的人一起。李离大脑都被震碎，她大吼大叫，把他们赶出去，放声痛哭，直哭得地动山摇，昏天暗地。半晌，她终于累了，瘫软在床上，像一具被抽掉了空气的塑胶人偶，除了她的眼睛在流着眼泪，其他部分全部不能动弹。

李离望着外面越发深重的黑夜，心里无比透明。她终于知道自己躺在了哪里，自己从一个小村庄只身闯进这个五彩缤纷的城市，她在寻找，也在救赎，她一直不知道自己寻找和救赎的是什么，现在她知道了，是她自己。

她太过脆弱，四处寻找一条可以抓住的稻草，然而，现在她才清楚，根本没有救命稻草，那些只不过是她自以为是的梦罢了。力量是从她的血液里酝酿出来的，思想也是从她的脑子里萌生的。她失去的，其实她本身就拥有。林倩太蠢了，她以为老默这根稻草断掉，关志军就是接她坠下的草垫，其实只不过是一个浮萍罢了。

生活很艰难，这就是生活的真实面目，没有谁是谁的救星，能救自己的只能是自己，她需要把自己练就金刚不坏，百毒不侵。她永远拥有选择的权利，不是吗？就算她生得下贱，但她已成功长大，就算她沦为泥鳅，但她可以自得其乐。那些困住她的东西，早该扔掉，她完全可以独立前行，像一只展翅翱翔的雄鹰。天空是属于她的，大地也是属于她的，她选择的是在哪里落脚，哪里生根，哪里开花，绽放出自己的芬芳。

人终究要自我救赎，捆绑自己的永远不是外界的环境，而是心里的枷锁。对爱情的执念，对个人价值的执念，对原生家庭的执念，对物质，对名利，对孤独，对未来的执念，这些变成一根根看不见但异常坚韧的细线捆绑着人。其实，每一根线，只要自己能找到源头，直面它的丑陋，就能找出解开它的法门。这些年，李离终于一点点走进她的心底，剥开皮肉和鲜血，找到那些症结，原来也不过如此。爱情再大，也没有爱自己大，阴影再厚，也会被心底的光照透。人的想法五花八门，在不同的阶段，每一段道理都需要内化才能折射出行动。

第二天，李离搬走了，没有留言。她拖着一个小小的行李箱，挤上了地铁，地铁的人好像是被雇来的群众演员，永远都是一副样子，一个情景。李离抱着扶杆，眼神坚定，她其实不知道她要去哪里，但她不迷茫了。

她在一个过街天桥上再次看着这个灰雾迷蒙的城市，桥下车流汹涌，静默无情，像一条奔腾的长河，日夜不停。她把手机卡从手机里抽出来，朝桥下扔掉，一道细细的弧线闪过，小小的卡面瞬间便不见踪影。就像她，她来这个城市，现在离开，也毫无影响。每扇窗户里都有一个像李离一样的人吧！他们还在热火朝天地忙碌着，为生计所累，为情爱所困。困住他们的不是这座城市，是他们多年来在这个城市走过的路，认识的人，流过的眼泪，做过的美梦，一点点织成了网，他们在里面迷失，也在里面经营。

李离打算回家多住几天，她进了村子，村口正坐着几个老人在晒太阳，看到她竟有些不认识，一个个张着嘴傻痴痴地望着她。阳光很好，天很蓝，清澈的天底下是这座仿佛被上帝遗忘的村庄。

李离跨进自己院子，就像她昨日刚刚离开一样。母亲可能是出去忙农活去了，这个季节，母亲需要捡一些干柴用来过冬。父亲也不在，可能是同一些男人们喝酒去了。李离打开门，发现姐姐在，她抱着孩子正在炕上看电视，见李离回来很是吃惊，问她怎么回来了。李离笑了笑，这是我的家，我为什么不能回来啊！

五分钟后，李离归家的新鲜感就烟消云散了。姐姐说，隔壁的老张瘫了，女人跑了，没人管，几个孩子都把他当包袱一样甩来推去，一个人很是可怜。又说，孙大才家里那个二闺女考上了北京的大学，可风光了，以后肯定就嫁到北京了。侄儿看到李离箱子里的笔记本电脑，分外新奇，吵着要打开看，姐姐阻止，扭身又和她说，现在村里通了自来水了，母亲不用再挑水了，水井明年就填了。

李离起身在家里转了转，看到母亲那个又笨又重的黑箱子，忍不住问姐姐："你说妈这么多年攒了多少钱啊？"姐姐神秘地一笑，"还说呢，早被爹收拢干净了。"边说边走到箱子跟前，叫李离过去，李离才发现箱子后面的边框早被人拆下来过，用几个小细钉子别着而已。李离大惊："那母亲没有发现吗？"姐姐无奈地笑道："这老太太呀，怕是脑子有病了，她根本不知道里面有多少钱。"姐姐把木板移开，看见里面用旧布子裹着一个方块一个方块的，姐姐打开其中一个，是李离小时候的书本，被裁成钱币大小，整齐地拿头绳拴着。

"她攒了一辈子钱，想逃出去。弄了半天，自己都把自己为什么要攒钱给忘了，你说逗不逗？"

李离怅然，正说着，母亲回来了，一身的土，扛着一捆干柴，一大捆干柴比母亲身形都大，显得母亲清瘦又佝偻。她见李离回来，也没太大反应，笑了一下，"呀，丽萍回来了。"仿佛她刚刚放学回来一样。

生活原本就是这样的，周而复始，往复循环，只不过身在其中的人，在自我纠结折腾而已，李离出去一大圈，回来，一切还是老样子，可是她的心态却不同了。她能改变什么吗？也改变不了。罗曼·罗兰说过，世界上只有一种英雄主义，就是看清了生活的真相之后依然热爱生活。李离这一刻才明白了其中的力量，就像姐姐，同她一样生在同样的家庭，但明显心态上要比李离轻松得多，也简单得多。这么比较起来，她俩到底谁更幸福呢？

姐姐问李离在北京过得咋样，有对象了没？李离一时不知咋回答，笑了笑，说她打算去深圳了。姐姐诧异，北京不挺好的嘛！李离其实不知道何为好，她过得好吗？她不知道。但在姐姐眼里，她目前的样子，洋气大方，赚的钱蛮多，这就是"好"的证明。但是，李离并不觉得，她知道，内心的充盈，愉悦才是真正的好，这和钱财名利都没多大关联，关联的是自己的心境和想法。

她其实有些羡慕姐姐，果敢自我，说不上学就不上学，说找姐夫就找姐夫，父母亲在她身上好像并没有留下多大阴影。她虽然嘴上会喊着生活艰辛，但她每晚都睡得死沉，开心了就笑得夸张，生气了就破口大骂，她没有李离那么多庸人自扰的心结。姐姐羡慕她，说她现在漂亮了，和小时候完全不一样了，人也平和了，不像小时候拧巴。李离只能笑一笑，她们已经是两个世界的人了，但好像又是一个世界的。

小说，一定会有一个谜底揭开，真相大白。李离自始至终不知道自己的亲生父亲是谁，她曾经那么执着地寻找答案，用了整个青春去纠结这件事情，然而，她现在开始释然。一个人，不就是一颗精子和一颗卵子的结合体吗？也许只是偶然的一次放纵，也许是某一个邪念的恶果，也可能是莫名其妙的一次意外，更或者就是日常琐碎的迷糊。就像赵旭林和朱雅琪那激烈的碰撞，母亲被奇叔的侵犯，李离对仇振东的小心机，还像彭谨和她那非同一般的关系，任何一次都有可能创造一个无辜的小生命，能代表什么？林倩为了老默打了几次胎，由此引发后续种种丢掉了性命，值得吗？性是什么，爱又是什么？李离轻蔑地抬了抬嘴角，未免人世间也太高估了它们吧！人，只是借助了一次契机来到了这个世界，被构以家庭的约束，道德的绑架，情爱的诱惑，一次次完成了蜕变，找寻到自己存在的意义。林倩那么聪明，早早就看透了，为何她却自己跳不出这个圈套，她的存在就是为了指引今天的李离吗？

佛说，物随心转，境由心造，烦恼皆由心生。人人都懂得的道理，只是在自己的世界中，总是被欲望控制，不可逃脱。其实看淡了，人生一世，沧海一粟，得到和失去本来就是相对论，而真正属于自己的，只有打开双手，未知的未来，那就是最精彩的地方。

晚上，李离睡在自己家的炕上，父亲又喝多了，大吼大嚷地，李离倒和从前完全不同的心态了，她心中一丝波澜都没起，她竟有点可怜父亲。她心平气和地说了他几句，父亲反倒有点不适应，嘟囔了几句也就没再吭声。窗外寒风萧瑟，母亲说，估计要下雪了，她出去把遮窗的棉帘子挂上，怕把玻璃冻裂。姐姐把火炉又续上了煤，炉火烧得很旺，红通通的，整个小屋里暖意洋洋。火炉盖上给小侄子烤着南瓜籽，此时散发着淡淡的香气。

李离做了一个梦，梦到一家人挤在炕上谈笑风生，火炕很暖，屋里是生活的琐碎物品，有多年因烧水已经发黑的水壶，有在炕头上用棉被捂着的发面盆，有窗台上母亲腌制的腊八蒜，有挂在墙上红通通的年画……母亲笑得特别开心，她穿着李离给她买的紫红色棉衣，头发梳得整齐，还戴着金光闪闪的耳环。姐夫给父亲敬酒，父亲笑着和他猜拳，姐夫输了，连连叹气。小侄子穿着一身过年的新衣服，嚷嚷着要放花炮，姐姐喊她一起去，他们仨便跑出门外，外面下着厚厚的雪，三个人的脚印踩在上面，形成斑斑点点的梅花样子。烟花炸开了，煞是漂亮，小侄子开心地跳起，烟花的彩光打在李离和姐姐脸上，两个人都仰天看着，就像看着他们美丽的梦。这时，李离听到有人喊他，院门口进来一个男人，是她的爱人，是她从未见过的样子，憨厚帅气，大雪中，穿着厚厚的皮衣，有点像权宝表舅。

后 记

　　人终究要自我救赎，捆绑自己的永远不是外界的环境，而是心里的枷锁。对爱情的执念，对个人价值的执念，对原生家庭的执念，对物质，对名利，对孤独，对未来的执念，这些变成一根根看不见但异常坚韧的细线捆绑着人。

李离当初离开北京后，回老家待了一个多月，便只身去了甘肃。她找到关志军，这个男人失魂落魄，和李离哭诉了半天。李离也懒得听他讲述，她问清了林倩的墓地地址，便去坟前哭了一场。

　　三年后，李离又来了。她在林倩的墓地上坐了半晌，看着这片荒凉的坟场，这是关志军家族几代人埋葬的地方，按着祖上的规矩有着严格的排序。林倩作为第三代儿孙的媳妇埋在最下游的一个边角，但坟冢倒是最大的，毕竟是近年来最新的成员，还有些许人对她有记忆。那么上面那些已经被风吹雨打变得扁平到几乎找不出痕迹的坟冢又埋着谁呢？他们又有什么样的人生，什么样的悲欢情仇？现在看来早已没有人关心。林倩至死都没有脱离关志军的约束，多年以后她还要和他死同穴，想来都让人心酸。李离不想和任何人埋在一起，她的一生都像粒浮尘，死后也会如浮尘一样散落在这个世间。母亲一辈子不敢和父亲离婚，想来是怕死后沦为孤魂野鬼吧！那她的生就是为了这一点意义吗？真是可悲。一个人生来没有自由，死后谈何自由，一个人生来没有得到幸福，死后岂能安乐！生死本来就是万物循环，何必纠结那短暂的一瞬。

　　老子的《道德经》写道：道可道，非常道。名可名，非常名。无名，天地之始；有名，万物之母。有无相生，难易相成，长短相形，高下相盈，音声相和，前后相随。恒也。早已将此道理言明，只是凡人难以顿悟，何为有，何为无，本是无限，没有答案。

李离对此也只是略晓一二，只不过这几句话在她脑子里像一块永远难以消化的糖，越品越有味道，越琢磨越觉得高深莫测。道法自然，人生在这个世界上太渺小，年轻时，人总会把自己看得太大，以为自己可以改变和控制一切，然而，冥冥中，万事万物，无悲无喜，沿着一种无形的道在自然行进着，人在这条长河里犹如一枚落叶，能控制多少？可是人为什么又要去控制呢？大概这就是人生，就算没有意义，我们依然希望知道自己这枚落叶落在何处，承受着怎么样的高低起落。众人熙熙，我如婴孩淡然，众人昭昭，我独昏闷而自省。澹其若海，飂若如止，人应该如风如海，无形而坚定，对于过去都是值得感恩的修为，对于未来更是值得期待的精彩。不是吗？

正想着，她的手机亮了，一个男人发来的信息："老婆，你今晚回来吗？我去接你。"

她笑了笑，起身回复："好呀！"

暮色低垂，轻风徐徐扫过，尽夹着一股暖意。此时已经冬末，荒芜的戈壁大漠，零星几棵胡杨早已掉光了叶子，干枯歪斜的枝干倔强地伸向空中，像一双不甘埋葬于地下的手，倔强地生长着，细细看去，枝丫上多了几颗芽苞。李离裹着一件驼色的毛呢大衣，大红色的羊绒围巾随着她披肩的长发风中飘舞，她一步步地迎着夕阳走去，金色的余晖将她的身影剪出一圈金边，像一匹自由驰骋的野马。

春天终于来了。